JN078647

信長の秘宝
レッドクロス

岩室 忍

祥伝社

信長の秘宝
レッドクロス

目次

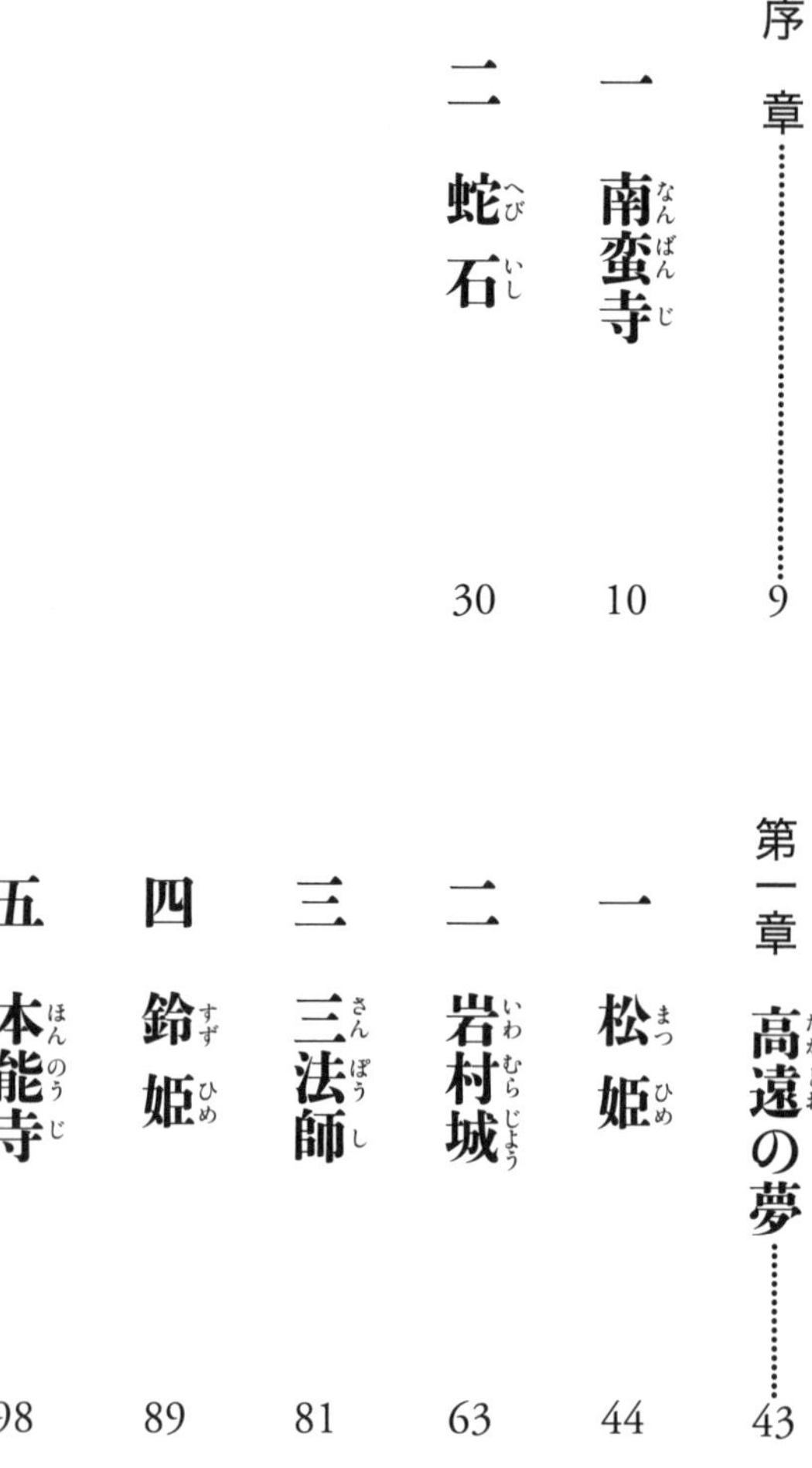

第四章　岐阜の雪……215

カバー写真／アフロ

装幀・本文デザイン／かとう みつひこ

序章

一　南蛮寺

天正四年（一五七六）八月十五日イエズス会司祭グネッキ・ソルディ・オルガンティノによって京に南蛮寺が建立された。フランシスコ・ザビエルが天文十八年（一五四九）八月十五日、薩摩国坊津に上陸してから、二十七年の月日が流れ、奇しくもザビエルの上陸と同じ、聖母被昇天の祝日に、聖母教会こと南蛮寺の落成ミサが行われた。

教会堂が老朽化したため、豪商小西ジョウチン隆佐、その妻小西マグダレーナ和草、その次男小西アウグスティヌス行長、キリシタン大名高山ダリオ友照、その妻高山マリア、その嫡男高山ジュスト右近ら、五畿内のキリシタンの支援を得て建て替えられた。

南蛮寺は別にデウス堂とも呼ばれる。

南蛮寺は京にだけあったわけではない。ザビエルが天文二十年（一五五一）に教会堂として使った山口の大道寺が最初で、豊後、平戸、長崎、堺、京、大阪、安土、岐阜、金沢、駿府、江戸にまで作られる。それらは南蛮寺、南蛮堂、デウス堂と呼ばれるキリスト教の教会だ。

オルガンティノやルイス・フロイス、ロレンソ了斎など伴天連は、京の南蛮寺を聖母教会と正式名で呼んだ。三層の楼閣は木造瓦葺で、二層の外観に見晴らしの廊下と手すりが廻らされ、入母屋の屋根には十字架が立っている。一層の内部には百畳の礼拝所があった。祭壇は洋風、畳、襖、障子は和風、瓦には十字が彫られ、天井、襖などの絵はキリストの絵という、和洋折衷の教会だった。

聖母に南蛮寺を捧げるミサは、万灯の蠟燭が灯り荘厳に行われた。

堂内には京とその周辺の信者が集まり、立錐の余地もなく混雑している。敬虔なキリシタンたちだ。祭壇に近い前の席にジョウチン隆佐と妻マグダレーナ和草が座っていた。ミサが終わると、祭壇からオルガンティノが下りて来て、隆佐と和草の前に立った。

「ジョウチンリュウサ、無事にミサが終わりました。アリガトウ。神の御恵みがありますように……」

オルガンティノは晴れやかな顔で十字を切り、項垂れる隆佐と和草の頭に十字架をおいた。その十字架は黄金に紅玉が十二個並んだ特別な十字架だった。南方、タウングー王国(ミャンマー)で採れたキリストの血のように赤い紅玉を、インドのゴアに持ち帰り、ポルトガルに運んで十字架にした貴重なものだ。

亡きザビエルの十字架で、豊後からゴアに戻るとき、ザビエルが日本の布教をコスメ・デ・トーレスに託した十字架だった。その十字架をトーレスは亡くなるとき、天草志岐でオルガンティノに託したのである。オルガンティノは元亀元年（一五七〇）六月十八日に天草志岐に上陸した。その年十月二日にトーレスが亡くなった。

「司祭さま、聖母教会の完成を、安土の信長さまにお知らせしなければなりませんが、何か献上の品がありませんと？」

　そう言う隆佐はここ数日、良いものがないか和草と考えていた。

「ジョウチンリュウサ、この十字架ではどうですか？」

「こ、これはザビエルさまのレッドクロス……」

　滅多に、見ることとさえできない十字架である。隆佐は驚いたが、織田信長に献上ということでは反対もできない。今や信長は将軍を京から追放し、天子をもしのぐ実力者である。

「教会は貧しく、信長さまに献上するものがありません。この春、長崎から取り寄せた地球儀とコンフエイトウがあるだけです」

　オルガンティノは南蛮寺建立を許可した信長に、その御礼として紅玉の十字架と地球儀を差し出すつもりでいた。

　南蛮寺からゾロゾロと信者が夕暮れの中に歩いていく。そこに京の所司代村井貞勝が二人の家臣を連れて現れ、人込みをかき分けながら南蛮寺に入った。ルイス・フロイスたちが「京の総督」と呼ぶ、信長の代理人で京の最高実力者である。鋭利な頭脳を持つ老将だ。

「ショシダイさま……」

オルガンティノが十字を切って頭を下げた。

「そのまま、そのまま、隆佐殿、来ておられたか、ようやく完成したようだな？」

「村井さまのお陰にございます」

「いや、司祭たちの頑張りじゃ」

老将がオルガンティノたちを褒めた。

隆佐もオルガンティノも、京におけるキリシタンへの最大の理解者が、村井貞勝だと感謝している。貞勝は勝手に京に入れてはならない木材の搬入を許したり、教会建立に反対する京の旦那衆を説得したり、完成までには並々ならぬ便宜を図って来た。三人が立ち話をしているいると笑顔でフロイスが現れた。貞勝とフロイスは信長が上洛した時からの古い付き合いだ。

「所司代さま、司祭さま、このようなところで立ち話では、どうぞ、こちらへ……」

「フロイス、あの天井の絵だが、南蛮から持ってきたのか？」

天井を見上げ、貞勝は日本では見られないキリストの絵を眺めている。

「イタリアから天竺に運ばれたものを、ゴアから運んでまいりましたものです」

「寺の天井絵とはずいぶんと違う。どの絵にも裸の男がいるが、あれがそなたらの神か？」

「イエス・キリストさまです。キリストさまを抱いておられるのがマリアさまです」

「神さまの母親だな？」

「聖母さまと申し上げます」

「ほう、それでそなたらは南蛮寺を聖母教会と呼ぶのだな？」

ザビエルが上陸してから二十七年の間に、九州を中心に根付き始め、キリスト教は大名たちにまで根を張っていた。五畿内では摂津の高山親子を知らない者はいない。父親の高山ダリオ友照、その妻のマリア。そして嫡男高山ジュスト右近は高槻城の城主である。妻のジュスタや子供たちまで、洗礼を受けた敬虔なキリシタン一家だ。

「ショシダイさま、聖母教会が完成しましたので、安土の信長さまに御礼を申し上げたいのですが、その献上品を見て頂けますか？」

「安土に行くか？」

「はい、伺います」

「上さまは安土城の普請をしておられる。忙しくて会えぬかも知れんが行くか？」

「承知致しております……」

オルガンティノが村井貞勝を祭壇脇の小部屋に案内した。盲目のロレンソが椅子に座っていたが人の気配で立ち上がった。

「了斎、そのままでよいぞ！」

「これは、所司代さま、お出でなさいませ……」

そう言って名説教家のロレンソ了斎が机の傍に立った。机の上には一抱えもある大きな地球儀が載っていた。机を囲んだのは村井貞勝、ルイス・フロイス、ジョウチン隆佐、マグダレーナ和草、ロレンソ了斎とオルガンティノの六人だ。

「ショシダイさま、この地球儀と信長さまがお好きなコンフエイトウ、それにこのクロスを献上したいと考えております」

「おう、血のように赤い紅玉だな？」

「南のタウングー王国にて採れた石をポルトガルに運び、十二のルビーにしたザビエルさまの十字架です」

「このような珍品は上さまの好みじゃ。お喜びになる。この丸い大玉も見たことがない」

そう言って貞勝が地球儀に興味を示した。

「この世の大地はこのように丸いそうです」

「ほう、大地は平らではなくこのように丸い玉だと、お主らの神さまはそう教えているのか？」

「神さまの教えではなく、南蛮の学者たちが調べた結果、判明した事実にございます」

ルイス・フロイスが笑いながら口を挟んだ。

「そうか、調べた事実な……」

頭脳明敏な貞勝が半信半疑でフロイスの話を聞き、不思議そうな顔で大玉の地球儀をクルクル回した。

「面白い。これも上さまの好みじゃ」

貞勝は大玉の回るのが面白いと思った。大地が丸いなど、にわかに信じられる話ではない。天地がひっくり返る話だ。

「この箱がコンフエイトウだな、中を改める。蓋を取れ」

オルガンティノが箱を開けると、貞勝がコンフエイトウを一つ抓んでポイと口に入れた。

「うむ、甘い。毒見じゃ、毒見……」

そう言う貞勝もコンフエイトウが大好物なのだ。オルガンティノとフロイスが、所司代を訪ねるときは必ず、コンフエイトウを進上した。

「ショシダイさまには別に用意してございます」

「そうか、いつも忝いのう」

ニコニコと貞勝は機嫌が良い。甘い物は人の気持ちを穏やかにする。甘い物を食べながら怒る人はあまりいない。

「確かに献上品を確認した。上さまがお喜びになる品々だ。その方らの気持ちが上さまに伝わる献上品だな。大切に運べ……」

「明日、ロレンソさんと安土にまいります」

「気を付けて行け」

村井貞勝がフロイスの差し出したコンフエイトウの箱を抱えて小部屋を出た。その後をオルガンティノが追ってきた。

「ショシダイさま……」

呼び止められて貞勝が祭壇の前で立ち止まった。

「所司代さま、明日、お伺いしたいのですが、ご都合はいかがでしょうか？」

「明日か、昼過ぎにまいれ」

そう言うとオルガンティノが十字を切って貞勝に頭を下げる。そこに小部屋からフロイスたちが出てきた。無事にミサが終わってひと安心の顔だ。

翌朝、そのフロイスとロレンソが、信長への献上品を持って、修道士や信者たち十数人で聖母教会を出た。

「司祭さま、セミナリヨ（神学校）のこと、所司代さまに宜しく？」

「ご理解いただけると宜しいのですが？」

そう言うオルガンティノに見送られて、フロイスが荷駄隊を追って行った。今朝になって急遽、貴重な砂糖も献上することになり荷車に積み込んだ。聖母被昇天の祝日が過ぎ、暑かった京もめっきり秋めいている。南蛮寺こと聖母教会の近くには、信長が時々宿所にする広大な本能寺があった。北は五条坊門小路から南は四条坊門小路まで、西は油小路から東は西洞院大路まで、七つの塔頭院を持ち、百近い末寺を持つ大寺院だ。応仁の乱で荒廃した京を蘇らせたのが日蓮宗の本能寺だった。

その本能寺の山門から五、六町（約五四五〜六五四メートル）離れて、村井貞勝の天下所司代と呼ばれる屋敷がある。オルガンティノが訪ねた時、貞勝は公家で神主の吉田兼和と囲碁の最中で、決着がつかず、負け碁にいらついて手仕舞いできずにいた。

「殿、南蛮寺のオルガンティノさまがお見えでございます」

そう家臣に告げられて、貞勝はようやく仕舞いにすることにした。

「所司代さま、建て替えの南蛮寺が完成したと聞きましたが？」

神主の吉田兼和は南蛮寺建立に反対の立場だったが、そこは公家らしく露骨に貞勝に反対を言ったことはない。裏で反対の考えを京の旦那衆に吹聴した。そんなことは百も承知の貞勝である。だまし合いでは、兼和より貞勝の方が数枚上手の古狸だ。

老将は若い兼和が碁敵として、なぜ頻繁に所司代へ出入りしているか、その理由もわかっていた。兼和は半家の地下家だが公家で、朝廷の諜者のようなものだ。それをわかっていて、信長が兼和を堂上家に推挙した。貞勝から信長の動向や考えを聞き出すのが、兼和の裏の役目だった。神主は公家であれ武家であれ商家であれ、どこにでも出入りができる。

「昨日、完成の祝いをしたようだ。それがしにも祝いのコンフエイトウをくれた。年寄りは時々甘い物が欲しいときがある。オルガンティノは完成のお礼にでも来たのであろうよ」

　貞勝が恍けた顔で碁石をざらざらと碁笥に入れた。

「所司代さまが南蛮寺建立には、随分と便宜を図られたとの噂にございますが？」

「うむ、上さまがあの伴天連たちは、天竺の三倍も遠い南蛮から、何万里も荒海を越えてきた者たちゆえ、便宜を図ってやれとの仰せでな」

「天竺の三倍？」

「さよう、この国の者は天竺にすら行っておらぬとも仰せであった」

「天竺は唐の向こう？」

「天竺とは西方浄土だな。その三倍向こうに南蛮があるそうだ」

「西方浄土の三倍向こうの南蛮？」

　吉田兼和には想像もできない話だ。その兼和が困った顔で碁石を片付けると、貞勝に頭を下げて座を立った。碁に勝ったことも忘れている。

「また、伺います」

「今日は負けました。敵(かたき)は後日、改めてとりますぞ？」

兼和を家臣が送って行くと、暫(しばら)くしてオルガンティノが現れた。十字を切ってから貞勝の前に正座する。オルガンティノは吉田兼和を知っていたが、廊下ですれ違った時、軽く頭を下げただけだ。神主と宣教師は水と油で、どう振ってみても混じることがない。オルガンティノは神主も僧侶(そうりょ)のことも正確に理解していた。彼らに嫌われていることも知っている。

数年後、イエズス会の巡察師アレッサンドロ・ヴァリニャーノの命令で、後世の宣教師たちのために、『日本史』を書き残すことになるフロイスを始め、オルガンティノたちは正確に日本を理解していた。それはザビエル以来、適応主義布教をとってきたイエズス会の伝統でもある。ザビエルはいち早く、他国とは違う日本独特の習慣や考え方、しきたりを見抜き、南蛮の考えを押し付けない適応主義を取り、日本人に受け入れられ信者を増やした。

「所司代さま、今朝、フロイス神父が安土に出発しました。昨日は色々とありがとうございました。お礼に砂糖をお持ちいたしました」

「忝い。いつも貴重な砂糖を、感謝しておる」

オルガンティノの差し出す砂糖の袋を貞勝が引き取った。日本では他人に何か頼みごとをしたり、面会を求める時には、必ず贈物が必要だとオルガンティノたちは知っていた。身分の高い者に対しては特に大切だと考えている。それは、ザビエルが九州から上洛した時、贈物となる品をすべて九州においてきたため、将軍をはじめ誰にも会うことができず、数日、京にいただけで、贈物を取りに九州に戻った苦い経験があった。その後、ザビエルは京に戻れなかった。

「所司代さま、聖母教会に続いて、またお頼みがあります」

「うむ、安土にも南蛮寺を建てたいか？」

貞勝の鋭い問いにオルガンティノがたじろいだ。何と勘の鋭い人だと思った。

「いずれ南蛮寺もお願いに上がりますが、今日はセミナリヨのお願いに上がりました」

「セミナリヨ？」

「はい、信者の子弟に神の教えを学んでいただく場所にございます」

「神の教えを学ぶ場所、やはり、寺のようなものか？」

「南蛮寺とは違い子弟だけが学ぶ場所にございます。九州には既にありますが、京の近くにも欲しいと考えております」

「それで安土が良いと考えたか？」

「はい、京、大阪、堺などの信者の子弟を、新しい安土城下に集めたいと考えました」

イエズス会は日本人の司祭や修道士を育てることが、今後の布教には不可欠だと考えている。そのために初等教育のセミナリヨ、高等教育のコレジオ、イエズス会員養成のノビチアートを建てる考えでいた。長崎にもセミナリヨが建とうとしていた。

フロイスらは京の南蛮寺にセミナリヨ併設も考えたが、京は仏教の中心地であり、神社なども多く強い反対が考えられた。そこで信長の新しい城下ができる安土にセミナリヨを考えた。信者の子弟が住み込みで学ぶ場所である。学問の内容はキリスト教の公用であるラテン語、日本の古典、体育、フルート、オルガン、聖歌、水泳、ピクニック、劇、ラテン語の演説などだった。

日本人に差別意識を持っているフランシスコ・カブラル神父などは、劣等民族の日本人にラテン語などの習得は無理だと考えていたが、セミナリヨが開校されると、その学習能力の高いこと、子どもたちは難解なラテン語を瞬く間に習得するのである。

「そのセミナリヨは信者の子弟だけなのだな？」

「はい、信者の子弟二、三十人を育てたいと考えております」

「そんなに集まるか？」

「最初は四、五人かと思います」

当時、南都北嶺や紀州根来寺は大勢の僧兵を抱えていた。なかでも、根来寺のように七十万石もの領地と二万人もの僧兵を擁して、武家に反抗する僧侶たちに対抗するため、信長が伴天連たちとキリスト教を保護しているのを貞勝は知っている。

「わかった。上さまにお話ししよう。新しい安土城下に面白いと喜ばれるかも知れぬな？」

「何卒（なにとぞ）、宜しくお願い申し上げます」

オルガンティノが十字を切って神に感謝し貞勝に感謝した。

このセミナリヨは四年後の天正八年（一五八〇）に、安土城の完成とほぼ同時に、その城下に完成する。セミナリヨは安土城に最も近い一等地に三階建てで、安土城と同じ青瓦の使用を信長に許され、高山ジュスト右近が生徒集めをし、オルガンティノがその責任者になる。

信長が巡察師ヴァリニャーノからもらい受ける、黒人の弥助（やすけ）が頻繁にセミナリヨに出入りするようになる。

「内密に聞きたいが、昨日、そなたが見せた紅玉の十字架だが、あれは高価なものであろうな？」

「あのルビーという石は日本では採れません。南蛮でもなかなか手に入らず、ことにザビエルさまの十字架に値はつけられません」

「うむ、内密に値をつけてみろ？」

貞勝が強引にオルガンティノに値をつけさせた。

「南蛮の国王であれば、黄金で数万枚かと？」

ザビエルの十字架に値を付けるなど、オルガンティノにはできない。

「そうか、そのように大切なものを上さまにな？」

貞勝はオルガンティノたち伴天連が妻帯もせず、万里の波頭を越えて異国に来て、神に仕えている真面目な態度にいつも感心していた。

「セミナリヨのことは心配するな。安土に実現するよう上さまに話そう」

村井貞勝は信長に最も信頼されている家臣の一人である。信長に京の支配を任されていた。広く五畿内のことにも指図している。

その頃、安土に向かったフロイス一行は、急がず途中で一泊して城下に入った。

安土山は丸裸に木が伐られ、縄張りが済んで莫大な石が運び込まれ、石の鎧を着せられた山に変貌していた。それでも石が足りず、川、村、山などいたるところから石が運ばれてくる。信長は京の二条城の石垣や石仏まで運ばせていた。フロイスは昼過ぎまで待たされ、信長の仮御殿に案内された。大広間に南蛮寺の献上品が並べられている。

「フロイス、ロレンソ、もっと寄れ！」

信長が扇子で二人に命じた。フロイスがロレンソの手を取って、信長の高床主座近くに進み、片膝をついて十字を切ってから正座した。

「この度、京の聖母教会が無事に完成いたしました。すべて、上さまのお陰にて、イエズス会を代表し、神の名において心から感謝申し上げます」

「うむ、南蛮寺のことは所司代から聞いておる。良い寺だそうだな。本能寺の近くと聞いた。いずれ立ち寄ることもあろう！」

「お待ち申し上げております」

「上さま、南蛮寺からの献上品の目録、披露いたしまする」

小姓の森乱丸が信長の前で平伏した。

「申し上げまする。フォペルの地球儀一荷、コンフエイトウ一箱、砂糖一荷一袋、黄金と紅玉の十字架一つ、以上にございます」

「うむ、地球儀とはその丸い大玉か！」

「はい、この世の大地はこの玉のように丸いと考えられております」

「なぜ、丸いとわかる？」

信長がフロイスに聞いた。

「上さまはこの世に昼と夜があるのはなぜと考えられますか。おそらく、朝に太陽が昇って明るくなれば昼、太陽が沈めば夜とお考えかと？」

「うむ、そうだな！」

「実はそれが逆にございます。太陽は動かずこの地球が自力で一回転すれば一日、一日の半分は太陽の光が当たり昼、半分は光が当たらず夜にございます。また、一年は地球が太陽の周りを一回りする期間にて、毎年、夏が来て冬が来るのはそのためにございます」

「面白い！」

「月が地球の周りを一回りすれば一カ月。また、太陽と地球の間に月が入りますと、月が邪魔になり昼でも太陽が消えます。太陽と月の間に地球が入りますと夜でも月が消えます」

「うむ、理屈だな！」

「この太陽と地球と月の関係を見つけた者は、南蛮のコペルニクスという男にて、三十三年前のことにございます」

この頃、宣教師たちは自由にニコラウス・コペルニクスの地動説を語っていた。それは一日、一カ月、一年という事実を合理的に説明できたからである。信長もフロイスの説明を聞いて、何の疑いもなく理解した。

宣教師たちもコペルニクスの死後に出された『天球の回転について』という著書を読んでいた。この著書が三十三年前の一五四三年（天文十二）信長が生まれた九年後、種子島（たねがしま）に鉄砲が伝来した年に南蛮で出版された。それが急に太陽が地球を回る天動説に代（か）わる。

四十年後の一六一六年（元和（げんな）二）のガリレオ裁判の直前に、突如、ローマ教皇庁はコペルニクスの著書の閲覧を禁止した。それは地球が動いては、聖書の「神は、初めに天地を創造された」の一文に不都合だと考えられたからだ。

元和二年と言えば徳川家康が死んだ年である。つまり、コペルニクスが死んでから、ガリレオ裁判の直前までの七十三年間は、宣教師たちも地動説を信じ、地球は動くと合理的に考えていた。信長が地球儀を手にしたのは、この七十三年間の真ん中だった。よって信長はフロイスの説明を極めて自然に理解した。地動説を最初に理解した日本人が信長だった。

「面白い、地球儀のことはまたの機会に詳しく聞こう。乱、その赤い十字架を！」

乱丸が三方に載せたまま、紅玉の十字架を信長に差し出した。それを信長が袱紗ごと手に取った。

「随分赤いがこの石はどこで採れた？」

「天竺に近いタウングー王国で採れたものにございます」

「黄金に紅玉か！」

そう言うと信長が無造作に袱紗ごと懐に入れた。長さ五寸（約一五センチメートル）ほどの美しい十字架だった。

「乱、コンフエイトウは余の好物じゃ、砂糖は二つに分けて半分を岐阜の帰蝶に届けてやれ！」

「承知いたしました」

「残りは六等分にして米五郎左、又右衛門、猿、佐平次、小左衛門に渡せ、残りが余の取り分だ！」

米五郎左は築城総奉行の丹羽長秀である。又右衛門は大工棟梁の岡部又右衛門、猿は縄張り奉行の羽柴秀吉、佐平次は瓦奉行の小川佐平次、小左衛門は石奉行の西尾小左衛門だ。

ことに石奉行の西尾小左衛門は石探しに考えられない苦労をしていた。兎に角、安土山に運ぶ石が足りなかったのである。

「フロイス、高槻の高山右近は一家眷属、みなキリシタンだと聞いたが誠か？」

「はい、仰せの通りにございます」

「九州には右近のような大名が何人もいると聞いたが誠か？」

「事実にございます」

「フロイス、余の家臣には、うぬらキリシタンが蔓延ると、南蛮が大船を連ねてこの国を襲うと危惧するものがいるが、そんな考えを持っているか？」

信長が畳みかけるように核心をフロイスに聞いた。

「イエズス会にそのような考えはございません」

フロイスがきっぱりと嘘を言った。イエズス会もフランシスコ会も、日本を植民地にして、その兵力で朝鮮と唐に侵略し、植民地にするのが大戦略だった。

「そうか、だがフロイス、この国が欲しくば、攻めてくるが良い、余がうぬらの船をことごとく沈めてくれるわ！」

信長はフロイスたちを保護するよう村井貞勝に命じていたが、フロイスたちのイエズス会も、遅れて日本に来たフランシスコ会も、布教や交易だけでなく、日本そのものを植民地にしようとする、隠れた意図を持っていると見抜いていた。

「そのような恐ろしいことは考えておりません」

「そうか、うぬが考えずとも、南蛮の本山が考えるだろうよ！」

そう言って信長がニヤリと笑った。

信長の織田水軍とも言える九鬼嘉隆の九鬼水軍三百隻が、この七月十三日に毛利の小早川水軍、因島村上水軍、能島村上水軍、来島村上水軍など七百隻と、木津川沖で戦い壊滅させられている。それでも南蛮船が攻めてくれば、ことごとく沈めると信長が豪語した。

木津川沖の完敗で信長は海戦の重要さを認識し、二年後の天正六年（一五七八）十一月六日には鉄甲船六隻で、村上水軍六百隻を木津川沖で壊滅させるのだ。世界の海に鉄の船が浮かぶ三百年前に、日本の海には鉄甲船が浮かんでいた。信長は世界より三百年先を歩いている。

「フロイス、この城が完成したら見にまいれ！」

「はい、必ず、拝見に伺います」

「うむ、大儀であった！」

そう言うと信長が高床主座から消えた。

二　蛇石（へびいし）

安土築城の石奉行西尾小左衛門は安土山を覆（おお）う石不足に悩んでいた。

信長から京の二条城の石垣を運べとの命令が出て、石不足も解消するかに見えたが、全山を石で覆うにはまだ足りなかった。

信長は安土山を未来永劫（えいごう）にわたって鎮（しず）める巨石を探していた。それなりに大きな石は安土山からも出たが、信長の探している巨石はその数倍は大きいもので、まさにこれから信長が造る巨大な安土城を災（わざわ）いから守る巨石だ。信長は安土城にある重大な意図を持たせようとしていた。

城は敵に攻められたときに防御できることと、城主の権威を表すことが第一義の目的である。だが、信長は安土城に城とは違う意図を考えていた。それは、信長が自らの功績を顕彰する記念碑としての役割と、自らを神へと昇華させる聖地としての役割である。つまり、信長は安土大聖堂を建立し、生きながらにして神になる山を考えていた。

　そのためには城としての機能より、この世に二つと存在しない極限の美を備えた聖堂を造りたいと考えていた。信長は以前にフロイスから南蛮の大聖堂の話を聞いている。その建物がどのような目的で、どのような様式で建立されるかも知っていた。信長がその大聖堂を木造で実現しようとしたのが安土城である。

　そのため、巨大な吹き抜けを持つ建物など、火が入ったら一溜りもないと反対する大工棟梁の岡部又右衛門と激論になった。だが、信長は聞く耳を持たない。又右衛門をねじ伏せ巨大聖堂にした。それが大天主である。天守と言わず天主としたのは、キリスト教の天にいます神のことで、そこに住む信長自身のことである。大名が天守に住むなど聞いたことがない。だが、そういうことをするのが信長なのだ。

　そんな折、信長が奇妙な伝説を耳にした。

　湖水の東岸に霊山があるという。その山は、元は天竺の霊山である霊鷲山の一岳にて、古き頃、その霊山は大蛇の背に乗って湖水の東岸まで来て、山を乗せたまま大蛇は石となったというのだ。その大蛇は石になっても日に三度は口を開くという言い伝えだった。

霊鷲山は釈尊が法華経を説いた山と言われ、その一岳を乗せたまま大蛇が石になったということは、その石を安土山に持ってくれれば安土山こそ紛れもない霊鷲山になる。おもしろい信長の発想だった。

信長は津田七兵衛信澄を呼んだ。信澄は信長が暗殺した弟信勝の子である。信長は信勝の母土田御前の助命嘆願を受け入れ、幼児を柴田勝家に育てるよう命じたのである。その坊丸こと信澄は織田姓を名乗ることをはばかり、津田姓を名乗って二十二歳の武将に育っていた。

「七兵衛、余はこの安土山を鎮護する巨石を探しておる。知っているな！」

「存じ上げております」

「連日、五郎左たちが観音寺山、長命寺山に入り探しておるのだが見つからぬ」

「それがしもお手伝いをしておりまする」

「うむ、そこで七兵衛、余は珍奇な言い伝えを耳にしたのだが……」

信長も奇妙な伝説を半信半疑で考えていた。天竺から飛んできたとは俄かに信じられる話ではない。だが、そのような噂があるということは、それらしき何らかの痕跡があるはずだと信長は考えた。もし、大蛇が石になったという巨石が見つかれば、願ってもないことである。その巨石の噂を信長が信澄に話した。

「七兵衛、この話を猿が聞けば、あやつのことだ、得意になって探しに行く、余に何を摑ませるかわからぬ。そこで七兵衛、猿が動き出す前にそなたが探せ、噂がある以上、湖水の東岸を探せば、それらしきものが必ずある。別命だ。兵は好きなだけ使うがよい！」

「有り難き幸せ、すぐ東岸を隈なく探してまいりまする！」

信長の別命を受けた津田信澄は四千の兵を率いて、観音寺山や長命寺山とは反対の琵琶湖の東岸に、巨石を探すため散って行った。ところが信澄がこの巨石を簡単に見つけたのである。彦根の荒神山に、大蛇の尻尾石と呼ばれる名石があるとの噂に、信澄が駆けつけると、その石は山麓からわずかに顔を出していた。兵たちや村人たちが集まって騒々しく話していた。

「村長はいるか？」

信澄が村人に聞くと、七十歳を超えたであろう白髪の老人が人ごみから出てきた。

「そなたが村長か？」

「へい、さようで……」

「訊ねるが、この石の見えない部分は大きいのか？」

「村の言い伝えでは、見えているのは極わずかで、この大蛇の頭は山の反対側に出ていると言われております」

「何、山の反対側だと？」

信澄は信長から聞いた話の通りだと思った。

「村長、この石を信長さまの安土山に運ぶ！」

「大将さま、この大蛇の尻尾を傷つけると、祟ると言い伝えられております。村のため、何卒、この石を取り出すのはご勘弁願いたいのですが？」

老人がおどおどと巨石を持ち去ることに反対した。

「黙れ、信長さまが安土山の鎮護石になさるのだ。不吉なことを言えば斬るぞ！」

太刀の柄を握って老人を睨み付けた。

「掘り出せッ！」

信澄は数日でも石を放置すれば、村人たちが埋めてしまうことも考えられ、即座に掘り出すことにした。巨石は噂を超える大きさで、石の高さ一丈（約三メートル）余り、掘り出した長さは三丈（約九メートル）ほどもあった。深山幽谷でも滅多に見られない巨石である。

信澄は三、四万貫（約一一二・五～一五〇トン）はあるだろうと思った。

「土を洗い流して傷つかぬよう布団、蓆で包め！」

信澄の命令で土まみれの巨石に、大量の水がかけられ、こびり付いた土泥が洗い流された。すると、巨石は光り輝く黒岩に変わり、その黒い石肌に真っ白な大蛇の尻尾が現れたのである。それはうねうねと白く輝き、生きているかと思える美しさだった。

「大蛇の尻尾だ。蛇石だ！」

「神さまが現れたぞ！」

村人が一斉に巨石を拝み出した。巨石の上にいた十人ほどの兵がバラバラと慌てて飛び降りる。これまで村人は雨が降ると必ずこの大蛇を見てきたのである。

「大将さま、お願いだ。持っていかないでくだされ！」

村長が地べたに頭をこすりつけて信澄に懇願した。だが、信澄は信長の別命を帯びている。そうですかと引き下がるわけにはいかない。

「老人、この石は天下を鎮護する石になるのだ。有り難いと思え！」

「大将さま……」

「黙れ、これ以上言えば斬るッ！」

信澄と老人が睨み合った。

「石を包めッ！」

二人の様子を見ていた信澄の足軽大将が気を利かせて叫んだ。

「おう、蓆だ。縄を集めろ！」

「丸太を探せ、安土まで道を作れ！」

四千人の兵たちが大騒ぎになった。この巨石発見の報はすぐ安土城にもたらされた。信長は岡部又右衛門と天主の建つ石組を見聞していたが、それを放り投げ「馬引け！」と命じ、乱丸に「五郎左、彦右衛門、猿たちを呼び戻せ！」と命じて、馬廻り三十騎ばかりを率いて彦根の荒神山に向かった。その頃、信澄は巨石を運び出す支度に大忙しだった。まず、山麓から石を下ろすための道が必要だ。四間（約七・二メートル）幅の頑丈な道が必要である。巨石が傾いたり滑ったりしては困る。

「突き固めて頑丈にしろ、端が崩れるぞ！」

信澄が馬から降りて道作りや、巨石を運び出すため大縄を作ったり、巨石を乗せる丸太を集めさせたりしているところに、信長が馬廻りと現れた。

「七兵衛ッ、大儀、この岩か！」

「御意！」

信長が馬から飛び降りて巨石に近づいた。

「おう、見事な大蛇だ！」

「水をかけて上さまにお見せしろ！」

信澄が命じると四、五十人が巨石に群がって水をかけた。

「おおう！」

見事な大蛇が再び浮かび上がった。その美しさに信長が後ずさりする。

「七兵衛、この巨石を割らずに安土山の上まで運べ！」

「はッ！」

「五郎左と猿に手伝わせる。追っ付け、お乱が二人を連れてくる。彦右衛門にも手伝わせる。決して割るな。割ったら打ち首だ！」

信長が何度も巨石の周りをまわって、馬廻りに石の大きさを測らせ、気に入ったようで上機嫌だ。そこに丹羽長秀、滝川一益、羽柴秀吉の三将が一万の大軍を率いて駆けつけた。

「上さまッ！」

「五郎左、猿、見ろ、安土山を未来永劫、鎮護する巨石だ！」

「上さま、これは、蛇？」

「うむ、太古から伝わる伝説の大蛇だ。天竺からこの山をここまで乗せてきた大蛇だ。頭が山の反対側にあるそうだ！」

「何と、天竺から来た大蛇？」

「そういう言い伝えがある！」

信長が築城総奉行の丹羽長秀に説明した。

「猿、七兵衛の手柄だ。うぬはこの石を割らずに安土山に運べ、割ったら首を斬る！」

「はッ、畏まって候」

そう承ったものの秀吉はこんな巨石を割らずに、あの安土山にどうして上げるのだと考えた。大人数で引き上げるしかない。ずり落ちるようなことがあれば大事故になる。

秀吉の頭が猛烈に回転した。縄の太さ、丸太の太さと長さ、道の固さと整備、引く兵の数、このような派手で大げさなことが大好きな秀吉である。指揮権がいつの間にか信澄から秀吉に移ってしまった。

「松明を作れ、道の両側に篝火を焚け、一間（約一・八メートル）ごとだ！」

秀吉の指図は的確である。

「日が暮れるぞ。飯を食え、夜通し石を引くぞ！」

一万四千の大軍が秀吉の指図で動き出した。信長と信澄がそんな秀吉を苦笑しながら見ている。

「猿め、張り切りおって！」

信長が呟いたのを傍で信澄と一益が聞いていた。

「五郎左、余は安土に戻る。猿が石を割らぬよう見張っておれ！」

信長が丹羽長秀に命ずると、馬廻りを率いて安土に戻って行った。この後、巨石運びは難航を極め、捗らないこと夥しかった。何と言っても三、四万貫もあるだろう巨石を運ぶ道がない。道幅も硬さも不充分で道普請が必要だった。長秀、一益、信澄、秀吉の四人が額を寄せて、石引きが止まる度に相談した。もし、万一にでも巨石が割れたりしたら、信長のことだから本気で首を斬るかも知れないのである。巨石を荒神山から出すため、巨石に注連縄が張られ、神主が呼ばれてお祓いが行われた。煌々と篝火が昼のように明るい中、山が動くような大騒ぎで巨石の運び出しが始まった。秀吉が巨石に乗って扇子を振りながら「それ引け、やれ引け！」と大声で叫ぶ。

「石の下に丸太を入れろ！」

　秀吉の指揮で巨石が少しずつ動き出した。その頃、安土山の信長の仮御殿に大工棟梁の岡部又右衛門と石奉行の西尾小左衛門が呼ばれていた。

「彦根の荒神山で巨石が見つかった。五郎左と猿が運んでくる！」

「安土山の鎮護石に？」

「うむ、又右衛門、天主の傍に西向きに埋めたい！」

「天主の下ではないのですか？」

「天主の下には仏舎利を埋める！」

　又右衛門は仏舎利のことは聞いていた。この時、信長は天主を乗せた大蛇を想定し、安土山と天主を霊鷲山にすることを考えている。

「小左衛門、天主の東に深さ五間（約九メートル）、幅三間（約五・四メートル）、長さ八間（約一四・四メートル）の大穴を掘れ、底に石を敷いて巨石が沈まないようにする。その上に巨石を乗せる頑丈な石の井桁を組め、高さは一間だ！」

信長が不思議な命令を小左衛門に出した。又右衛門がそんな信長に言った。

「上さま、その場所は天主の入り口付近になると考えられますが？」

「うむ、天主が建つのに支障があるか！」

「後ほど、その大穴の場所を上さまに決めて頂きます。天主の縄張りから五間も離れていれば支障はございません」

「そうか、十間は（約一八メートル）離せ！」

「承知いたしました」

「急ぐ話だ。二、三日で巨石が山に登ってくる！」

信長は二人を連れて夜の山頂に登り、大穴を掘る場所を決めた。その夜から又右衛門と小左衛門の立ち会いで穴掘りが始まった。その穴の正体が何か誰も知らない。又右衛門と小左衛門は安土山の鎮護石を埋める穴と思っている。

その頃、信長の使いが岐阜城の織田信忠と面会していた。信長の大切な命令が伝達されたのである。

二日後、岐阜城から荷駄隊が木箱を満載して安土山に到着し、木箱は次々と信長の仮御殿に運び込まれる。仮御殿の奥には信長と乱丸がいて木箱の数を数えている。重い木箱二百が部屋に山積みにされた。

「乱、この木箱をあの大穴に埋める！」

「はッ、承知いたしました」

「中を見るか？」

「この山を鎮護する宝物ではないかと思っておりますが？」

そう答えた乱丸を信長が不快な顔で睨んだ。

「見張れ！」

信長がそう命じて不機嫌に部屋を出て行った。乱丸が木箱の中身を当ててしまったことに怒っている。信長は臍曲がりだから当ててもまずいし、当てなくてもまずいと乱丸はわかっていた。そんな厄介な信長だが乱丸は大好きだった。

一方、彦根の荒神山から下ろされた巨石は、三昼夜をかけて安土山の近くまで運ばれていた。さすがの秀吉も巨石の上で座り込むほど疲れ切っている。

「羽柴殿、それがしが代わりますするゆえ、少しお休みくだされ？」

見かねた信澄が交代を申し出たが「いやいや七兵衛殿はこの大石を見つけられた一番手

柄、それがしはせめて二番手柄を頂戴したい。これしきのこと大丈夫でござる……」と強情に言って大きな放屁を一つして「失礼……」と信澄に頭を下げた。人は寝ないと放屁ばかりする。

その巨石が安土山を登る日の夜、深更に信長と又右衛門、乱丸の三人が大穴の縁に立っていた。大穴の底に木箱が運ばれ、井桁の周りに三段に並べられ土に覆われて姿を消した。

「又右衛門、この上に大石を乗せても、天主に支障はないな!」

「巨石を見てまいりましたが、天主の建築に支障はございません」

「うむ、乱、この大穴に石が入るまで交代で見張れ!」

そう言い残して信長と又右衛門が仮御殿に戻って行った。信長は安土山の鎮護石である巨大蛇石の下に黄金二万枚を埋めた。自らを神として顕彰する大聖堂が建つ、霊鷲山の千年の鎮護を願ったのである。安土山は信長らしくない宗教色の極めて濃厚な山なのだ。

名石の蛇石は一万人の動員で安土山の山頂に登り、大穴の中に滑り込んで地中に鎮座することになった。この蛇石の下の黄金の所在は、信長と岡部又右衛門と森乱丸の三人しか知らない。この六年後、信長が死んだとき、その遺産金は黄金七万枚だったという。秀吉の遺産金は七十万枚、家康の遺産金は六百五十万枚だった。岐阜城にあるはずの信長と斎藤道三の黄金がすべて消えた。

第一章
高遠（たかとお）の夢

一　松姫

武田信玄の六女松姫は織田家と武田家の同盟のため、永禄十年（一五六七）十二月に織田奇妙丸こと中将信忠と婚約した。奇妙丸は十一歳だったが、松姫は七歳と幼かったため、織田家に輿入れせず武田家預かりとなり、織田家嫡男の正室として父信玄の側で、新館御料人の身分で暮らしていた。

ところが元亀三年（一五七二）、信玄が駿河、遠江、三河と侵攻し、三万からの大軍で上洛戦を開始すると、三河の家康と戦うことになった。家康と同盟関係の信長が三河に援軍三千を出したことで、松姫と信忠の婚約が解消されてしまう。

この時、信忠十六歳、松姫十二歳になって、文の交換をしており二人は愛し合っていた。両家の都合で婚約は解消したが、二人の愛は深まるばかりだった。松姫は婚約解消後も、押し寄せる求婚を受け入れず、信忠の正室として新館御料人を通していた。信忠は断固として正室を置かず「正室は松しかいない！」と言い切る頑固さで、実母の帰蝶もお手上げだ。松姫のことになると信長に抗う気概を見せる信忠だった。そんな中で天正元年（一五七三）に信玄が亡くなり、家督相続した武田四郎勝頼が天正三年（一五七五）に長篠で、織田軍に大敗し武田軍の老将たちが全滅すると、松姫の同母兄の仁科五郎盛信が、安曇野の森城主から高遠城主になった。この兄に庇護され松姫は高遠城下の信虎屋敷で暮らすことになる。

信玄の父信虎は駿河に追放されたが、追放した信玄が亡くなると、高遠城主で信玄の弟の逍遥軒信廉に引き取られ、天正二年（一五七四）に亡くなり、信虎屋敷は空屋敷になっていた。そこに松姫が入った。兄五郎盛信の松姫に対する配慮だった。城内に入れず信忠と逢う機会がいずれあるだろうと考えてのことだ。盛信は伊那谷の高遠城と、織田家を相続した信忠の支配する東美濃の岩村城が近いことから、中将信忠と愛し合う松姫が逢えるようにと、密かに二人のことを考え城下に住まわせたのである。

岩村城の城主は信忠の傅役河尻秀隆だった。信忠は領内見回りをすると神出鬼没で、どこに現れるか知れなかった。岩村城の秀隆とは幼い頃から気心が知れており、時々、岩村城に現れて数日を過ごして岐阜に戻るのが常だ。

そんなある日、信忠の文を松姫に運んでくる女間者の陽炎が信虎屋敷に現れた。

「姫さま、本日は中将さまのお文ではなく、お願いの儀がございまして伺いました」

松姫と陽炎は十年来の付き合いだった。松姫は十九歳になっていた。深夜の松姫の部屋は静まり返っている。黒装束の陽炎が部屋の隅にうずくまっていた。

「陽炎がわらわに頼みとは初めてじゃな。嬉しいこともあるものじゃ」

「恐れ入りまする」

「わらわにできることなら何でも？」

「有り難いことにございまする。姫さまにお願いの儀、申し上げまする。陽炎が仕（つか）えております頭（かしら）の村木甚八郎（むらきじんぱちろう）さまが、姫さまにお会いしたいと望んでおられまする」

「おう、そのことか、わらわもお会いしたいと思っておりました」

「村木さまは中将さまより、姫さまをお守りするようにとの密命を戴（いただ）いておりまする」

「中将さまがわらわを？」

「はい、何がありましても、村木さまはじめ、姫さまの周りを護衛しておる者たちが、必ずや姫さまをお守りし、中将さまの元へお連れ申し上げまする」

松姫が薄暗がりの陽炎を見詰めそっと涙を拭（ふ）いた。

「忝（かたじけな）く存じます……」

「では、後日、お頭をお連れいたしまする」

陽炎が松姫に平伏してから影のように部屋から出て行った。

松姫は信忠を愛して長い月日だったと思う。既に十九歳になり婚期は過ぎていた。大名家の姫は十三歳ぐらいから婚期に入る。十九歳はもう晩婚になる。そんな妹を同母兄の五郎盛信は心配していた。松姫の最大の理解者が信玄に代わって盛信だった。だが、その盛信は信玄と顔も気性も似ているということで、敵国美濃に一番近い高遠の城主に移された。織田の領地と最も近い城に勝頼は異母弟を配備したのである。当然、勝頼は信忠と松姫のことを知っている。

そんな松姫は愛する信忠と、愛する兄とが戦う日が来るのではと心配していた。信忠と盛信は同い年の二十三歳だった。信長と勝頼が戦うことになれば、二人も戦うことになる。

松姫は武田領内にいるが、信忠の正室だと思っていた。だがそれは松姫と信忠の二人の約束でしかない。武田家は松姫が織田家に嫁ぐことに反対はないが、二人のことを肝心の信長は知らない。婚約は破棄されたものと考えている。信忠はそんな信長に言い出す機会がなかった。信長が破談にした話を持ち出せば何が起きるか知れない。信忠は母の帰蝶にだけは包み隠さずすべて話していた。だが、帰蝶とて信長に迂闊に話せることではない。武田家をどう扱うかは信長の重大事なのである。信長と村井貞勝しか知らないことだが、この頃、朝廷は東海に属する甲斐武田を滅ぼせない信長に、征夷大将軍の資格がないとみていたのだ。

征夷大将軍とは東海路を常陸まで攻め下って行く将軍に与えられる令外官である。北陸路を越後に攻め下って行く将軍は征狄大将軍といった。九州路、西国路に攻め下って行く将軍を征西大将軍という。古くから甲斐は東海路に入っている。

常陸の佐竹や相模、関東の北条は信長に誼を通じ、多くの贈物をするなど信長に服従していた。駿河、遠江、三河の徳川は信長と同盟している。尾張は勿論、織田家の領地であり、伊勢には織田信雄がいた。甲斐の武田だけが信長に敵対している。長篠の戦いで敗れた武田勝頼は、信長と誼を通じようと佐竹を仲介にしたが、武田は徳川と交戦中で信長が勝手に武田と和睦はできない。そんな理由から武田家と織田家はいつ戦闘状態に入ってもおかしくなかった。そんな緊迫した状況下でも松姫と信忠は愛し合っている。乱世でもこのような悲恋はあまりない。

　愛は前途に困難があればあるほど、激しく熱く悲しいまでに純粋になれるのだ。そんな愛に捕えられると、人は死をも恐れない強さを身につける。究極の愛には神もひれ伏す。松姫と中将信忠はそんな極限の愛に捕えられていた。二人は乱世で最も美しい愛と悲劇を生きることになる。陽炎が松姫の部屋から消えた十日後、織田家の間者集団を信長から任されている村木甚八郎こと、間者の甚八が高遠に現れた。高遠には松姫を護衛する織田家の間者たちの忍び小屋が出来ている。

「お頭、今夜、姫さまのところへ……」

「うむ、日花里も支度をしておけ」

　甚八が若い妻の日花里に一緒に行くよう命じた。

　甚八たち織田家の間者は京の村井貞勝の配下になっていたが、それは名目であって信長の直属である。いつでも、どこでも信長と直接話ができた。信長の傍には甚八と信長を繋ぐお仙と滝乃がいる。甚八を頭に岐阜から東を甚八が差配し、西は京の小頭竹兵衛が差配していた。竹兵衛は滝乃の夫である。甚八の配下は東西で二百人近くいた。信長は桶狭間の戦いの頃からいち早く各地の出来事を報せてくる間者を大切にしている。今川の乱破、北条の風魔、武田の三ツ者、上杉の軒猿、毛利の世鬼、徳川の伊賀、真田の滋野など大名はそれぞれ忍びを抱えている。甚八たちは尾張では透破などと呼ばれていた。

　松姫の住む信虎屋敷は盛信の命令で警備が甘い。盛信は松姫が信忠に愛され、その配下に守られていることを察していた。それでわざと警備の手を抜いている。中将信忠がいつ現れても良いようにである。勿論、信忠が現れても討ち取る考えはない。戦場で正々堂々と戦いたい。松姫の兄として見苦しい振る舞いはしたくない。松姫が信忠の正室になるとき、恥ずかしい思いをしないように、振る舞いは潔くしたいと盛信は考えていた。

　深夜、松姫の部屋に甚八、日花里、陽炎の三人が現れ部屋の隅に平伏する。

「姫さま、お頭と奥方さまをお連れいたしました」

　陽炎の呟きに松姫は驚くことなく褥に身を起して三人を見る。部屋は薄暗い灯りがともっている。

「甚八郎殿、いつもご苦労に存じます。心から感謝しております」

優しい松姫の言葉に甚八が「ははッ……」と平伏した。

「勿体ないお言葉にございまする。本日は中将さまのご命令にて参上いたしました」

「有り難く承りましょう」

松姫が褥からおりて畳に正座した。

「衣服も改めず、中将さまのお言葉を頂戴するご無礼をお許しくださりまするよう……」

松姫が甚八に頭を下げた。

「中将さまのお言葉を申し上げます。来月、十月七日、岩村城にてお会いしたいので、家臣を高遠に差し向ける。隠密にお屋敷を出て戴きたいとの仰せにございまする」

松姫は信忠に逢えると思うとカッと顔が熱くなった。七歳の時から待ちに待った対面である。何から話そうかと思う。奇妙丸という名前だったからどんなお顔の方であろうかと思う。

「姫さま、ご返事を賜りたく願いあげまする」

「あッ、ご無礼を……」

松姫が慌てて頭を下げた。

「中将さまのお言葉、確かに頂戴いたしました。思し召しに従い、喜んで岩村城にまいりまする。そのようにお伝えくださいまするよう……」

「確かに承りました。十月七日まで後十日にございます。六日の深夜、それがしがお迎えに上がりまする」

「よしなに……」

「ここに控えおります日花里をお見知りおき願いまする」

松姫が日花里を見詰めてニッと恥ずかしげに微笑んだ。

「姫さま、本日はこれにて失礼いたしまする」

三人が松姫に平伏して部屋から消えた。それからの松姫は信忠のことを考えて眠れなかった。眠ろうとするとドキドキと心の臓が眠りを拒否する。松姫はわが身を持て余して夜が明けるまで、あれこれと信忠のことを考えた。明るくなって庭に出ると高遠城が見える。もう秋も深く信州の遠い山々には雪がきていた。

「兄上に話したい、兄上と中将さまが戦う日がくるのだろうか？」

松姫が最も危惧している不安である。乱世とはいえそんな悲しいことは嫌だと思う。

「姫さま、お早いお目覚めで……」

侍女の小園が縁側で微笑んでいる。

「小園、嬉しいことがありました」

「また、陽炎殿が中将さまのお文を？」

そういう小園に松姫が首を振った。話したくてたまらなかった。

「姫さまがお文より嬉しいこととは？」

「そなたにはきっとわかりませぬ」

松姫が自信満々で言った。

「意地悪をなさらず、教えてくださりませ……」

「小園、登城はまだ早いか？」

「はい、まずは油川さまがお城にお知らせをして、殿さまのご都合をお伺いしてからになります」

「爺はまだ寝ているのか？」

「いいえ、先ほど玄関でお目にかかりました」

松姫が爺と呼ぶのは、母於百合姫の一族で、幼い頃から松姫の警護をしている於百合の叔父油川甚左衛門である。小園は信玄の妻三条の方の紹介で、松姫を京風に育てるため京の公家、四辻家からきた松姫の乳母とも言える侍女だ。

「小園……」

松姫が手招きして小園を呼び、その耳に信忠と会うことになったと告げた。

「まあ、中将さまが？」

「小園、まずは兄上に知らせてからじゃ。それまでは内緒……」

松姫も小園も内緒話が大好きである。女の多くが内緒話を好む。松姫と小園は顔を見合わせてはつい笑顔になる。生まれたばかりの松姫を大切にしてきた小園は、母親と言える存在だった。於百合姫は既に亡くなっている。松姫は嬉しさのあまり朝餉もそこそこに、甚左衛門が城から戻ると、その甚左衛門と小園と侍女の於尋を連れて登城した。

その頃、甚八配下の足の速い七里が岩村城から岐阜城に向かっていた。岩村城に信忠はいなかった。七里は松姫の返事を信忠に伝えるのである。七里は半刻（約一時間）で七里（約二八キロ）を走ることからそう呼ばれている。陽炎は七里の妻だった。七里は兵糧と水さえあれば、夜も寝ないで走る得意技を持っている。松姫が大手門から高遠城内に入ると、盛信の近習が案内に出てきた。慣れた城内だが四人は近習に従って奥に向かった。

高遠城は諏訪一門の高遠頼継の居城だった。それを天文十四年（一五四五）に武田信玄が攻めて奪い南信濃の拠点にし、山本勘助が武田家の城として大規模な改修をした。伊那谷の大自然に包まれた美しい城である。天竜川の支流である三峰川と、その支流である藤沢川の合流部、高さ二十丈（約六〇メートル）余りの巨大な崖の上に築かれた城だ。早朝の高遠城は散り始めた紅葉の中に佇み、静寂に包まれている。松姫は大手門から入り三の丸を二の丸に向かい、右手に本丸を見ながら南曲輪に入った。

「兄上は南曲輪ですか？」

松姫は本丸に上がる石段の下で、案内の近習に聞いた。

「はい、南曲輪で姫さまを待つと仰せにございまする」

「南曲輪は初めてです」

近習が一瞬、戸惑った顔をした。松姫は二の丸と本丸にしか入ったことがなかった。高遠城には他に三の丸、笹曲輪、法憧院曲輪、勘助曲輪があり、南曲輪と笹曲輪、勘助曲輪は三峰川の断崖を望んだ景観の良い曲輪だった。松姫は南曲輪の庭に案内された。五郎盛信が庭の高台に立って三峰川の景観を見ていた。

「松姫さまをご案内いたしました」

「うむ、松、ここに来て川を見よ」

盛信が松姫を高台に呼んだ。甚左衛門と小園、於尋と近習が高台の下に控えた。

「松、朝から何事だ、その顔色は嬉しいことだな？」

「そうです……」

「中将さまのことであろう？」

盛信に当てられ松姫がうつむいた。嬉し恥ずかしい気持ちだった。

「松の嬉しいことと言えば、中将さまのことしかあるまい？」

「まあ……」

「違うのか？」

「違いませぬ」

松姫はつい笑顔になってしまう。

「中将さまがお忍びでお見えになったか？」

盛信が少しからかい気味に言ったが、松姫は気にしない。

「兄上、松が岩村城に伺ってはいけませぬか？」

「うむ？」

「東美濃の岩村城です」

「中将さまのお呼び出しか？」

「はい、十月七日に会いたいと仰せです。ご家来の方が六日の夜に迎えにまいります」

「返事はしたのか？」

「伺いますと申し上げました」

「それでよい。松は中将さまの正室さまだ。お会いするに誰はばかることなく、好きなように振る舞うことだ」

「兄上……」

「泣くな。余は松を幸せにすると父上に誓った。松は中将さまにお会いすることだけを願って生きてきたのだ。遠慮はいらぬ。ただ、中将さまはまだ信長さまのお許しを得ていないのかも知れぬ。中将さまが松を庇い切れねばそなたの首が飛ぶ。いいな？」

「はい！」

盛信が万一の事態を考えていた。勝頼が長篠で信長と戦い、一万人もの死者を出して敗北したのだから、信長が松姫を中将の正室として認めるかはわからない。中将が盛信に知らせてこないということは、内密に松姫と会うということで、信長は知らないことを意味している。

「覚悟はできておりまする。信長さまが松の首を所望であれば差し上げまする」

「うむ、その時はおそらく、中将さまも生きてはおるまい。余も武田信玄の子として見苦しい振る舞いはできぬな」

松姫は盛信の覚悟を見た。織田軍と戦う覚悟をしていると感じる。

「兄上、中将さまと戦うことになりまするか？」

「心配するな。そのようなことはない。甲府のお館さまは長篠で織田軍と戦って以来、再度の戦いは考えていないようだ。和睦は長篠で戦う前であればよかったが、まだ遅くはない。織田家との和睦を考えておられると聞いておる」

そう言いながら盛信は和睦するのは困難だと考えていた。長篠の戦いで父信玄が育てた優将たちが全滅し、徳川や織田と交渉できる人材がいなくなっている。その痛手を盛信は最も心配していた。

「兄上は中将さまと戦いまするか？」

「うむ、織田軍がここへ攻めてくれば戦うことになる」

「兄上、中将さまと和睦はできませぬか？」

「松、お館さまの甲府を捨てて、余の一存で和睦はできぬ。だが、安心せい。戦はそう簡単にはできぬ。もし戦うとしてもまだまだ先のことだ」

盛信は異母兄の四郎勝頼の短慮を心配しているのだ。その点だけは武田軍のお館さまとして不足だと思っている。だが、勝頼と盛信の関係は悪くない。盛信の方が勝頼のすることに立ち入らないように考えているからだ。

「心配せず、中将さまと会ってまいれ……」

盛信は松姫が岩村城に赴いて、中将信忠と会うことを快く許した。周りの反対を押し切ってまで松姫を愛している中将信忠に盛信は敬意を持っていた。

「兄上、松は何がありましょうと、強く生きてまいりまする」

「うむ、父上もきっとお喜びじゃ。必ずやお守りくださる」

松姫は盛信と暫く話をしてから城を辞した。甚左衛門も小園も盛信との話のことは聞かない。仲の良い兄と妹である。その顔色を見れば二人の話に齟齬がないことはわかる。

「小園殿、姫のお供は、それがしが仕りまする」

小園から松姫と信忠が密かに会うと聞いた老将がそう決心した。いくら愛し合っているとはいえ、岩村城は武田軍が占拠したことのある敵方の城である。不測の事態が起きないとの保証はない。甚左衛門は信玄と於百合姫から松姫を守るよう命じられていた。その二人は既にもうこの世にはいない。

「甚左衛門殿、やはり、馬になりましょうか？」

「うむ、六日の夜ということは馬だな。輿では七日までに岩村城に到着するのは厳しかろう」

「姫さまはここ一年ほど、馬には乗っておりませんが？」

高遠城の大手道を歩きながら小園が心配した。

「小園殿、心配ご無用。姫の乗馬は折り紙付きじゃ」

松姫に乗馬を教えたのが甚左衛門だ。松姫は幼い頃から水遊びが好きで、甚左衛門はよく松姫を笛吹川や釜無川に、馬に乗せて連れて行った。十歳の頃には一人で馬に乗る活発な新館御料人になっていた。そんな松姫を母の於百合姫が「乱暴な振る舞いはなりませぬ」と叱ることがあったが、そんな時は信玄が庇ったり甚左衛門が庇ったりした。

「姫さまはあちらに何日ほど？」

「小園殿、それは中将さま次第でござろう。帰ってこなければ上々吉でござる」

「まあ、そんな乱暴な。中将さまともあろうお方が？」

「二人とも十年、恋焦がれていたのじゃ。会えば別れがたくなる」

「そんなこと……」

小園が甚左衛門を睨んだ。京の四辻家に生まれた小園は、中将という位がいかに高いか知っている。そんな高貴な方が乱暴をするはずがなかった。勿論、男女の後朝の別れがいかに悲しいか、公家の姫だった小園は知っている。その悲しさに耐えてこそ愛する者の後朝の別れは美しい。小園はそう信じていた。そのまま帰らないなどあってはならない。男女の恋は悲しく美しいものと小園は少女のような考えを持っている。何度も何度も『源氏物語』を読んで、小園は男女のことを知った。小園にとって松姫との愛を貫く中将信忠は光源氏なのだ。

甚左衛門は中将がそのまま松姫を岐阜城に連れて帰れば、上々吉と単純に考えている。だが、そんなに二人の都合が良いようにはいかないとも思っている。甚左衛門は信玄が諏訪頼重を宴に招き、謀殺しておきながら、その娘の梅姫の美形に惚れて強引に奪い、勝頼を産ませたことを知っている。武家というものは多少、荒々しいほうが良いとさえ考えている。京育ちの小園とは真逆だ。

中将信忠が松姫に信玄のようなことをすれば、小園は短刀を抜いて信忠に襲い掛かりそうだ。だが、松姫が信忠を深く愛していることを知っている。中将が松姫を岐阜城に連れて行けば、小園が乳母として岐阜城に押しかけて行くと甚左衛門は見ている。

松姫は二人の思惑など知らぬ顔で晴れやかに、空を見ても山を見ても川を見てもつい笑顔になってしまう。松姫の愛は乱世の無慈悲を飛び越えようとしていた。松姫が高遠城に登城した翌日の深夜、松姫の部屋に陽炎が現れた。いつものように薄暗い松姫の部屋の隅にうずくまっている。

「姫さま、中将さまのお文をお持ちいたしました」

そう言って軽く咳(せき)をすると松姫が目覚めた。

「お文ですか？」

「はい、岐阜よりお持ちいたしました」

七里が一昼夜寝ずに走って信忠から預かってきた文である。陽炎が松姫の褥に這(は)い寄って、信忠の文を差し出した。美人の陽炎はいつも黒装束で顔を隠している。松姫が文を開くと、陽炎が灯の芯(しん)を切って部屋を明るくした。文を読み終わると松姫は陽炎にニッと笑った。信忠の文は、会える日を一日千秋の思いで指折り数えているという熱い愛の文だった。短い文に松姫への愛があふれている。

「返事を差し上げまする」

「はい、お待ちいたします」

松姫が手を打つと小園が現れた。

「文を書きます。支度を……」

小園がチラッと屏風を見た。その裏に陽炎が身を隠していると思う。松姫が隣室に立って行き、四半刻（約三〇分）足らずで信忠への文を持って一人で戻ってきた。陽炎が屏風の裏から出て松姫に平伏する。

「中将さまへ……」

「はい、お預かりいたしまする」

「六日の夜は馬ですか？」

「はい、姫さまは乗馬の名手とお聞きしております。中将さまが馬上の姫さまを見たいと仰せにございまする」

松姫がうつむいて顔を赤くした。信忠が乗馬のことまで知っているのに驚いた。

「その馬は乗り慣れたわらわの淡雪にしたいが？」

「お頭にそのように伝えまする」

「供は甚左衛門とお華の二人です」

「承知致しました。では、六日の夜、お迎えに上がりまする」

陽炎が松姫の文を持って部屋から消えた。そこに隣室から小園が入ってきた。

「お華に馬の稽古を命じておきます」

侍女の中でお華だけが馬に乗れた。お華は松姫より一つ年下の若い侍女だが、武家の娘でのぞんで松姫の侍女になった。

「姫さま、あちらに何日ぐらい？」

小園はずっとそのことが気になっていた。その日にちによって支度が違うのである。

「小園、持ち物は要りません」

「そのようなことを……」

「岐阜に行くかも知れませんから……」

「そのような……、姫さま、それはなりませぬ。大騒動になります」

真剣に言う小園に松姫が笑顔を見せた。

「信忠さまはそのような乱暴はしません。おそらく、長くて四、五日です。そういうお方です。心配は要りません」

二　岩村城

天正七年（一五七九）十月六日深夜、高遠城下の信虎屋敷の前に三頭の馬が並んだ。甚八、日花里、陽炎の乗った馬である。

「陽炎？」

「はい、そろそろかと……」

陽炎が馬からおりて屋敷の門の前に立つと、ゆっくり門扉が開いて、青鹿毛に乗った甚左衛門が出てきた。その後ろから白い葦毛に乗った松姫が現れた。月明りに美しい馬だ。陽炎が頭を下げて名馬淡雪の轡を取った。その後ろからお華が鹿毛に乗って出てきた。陽炎が淡雪を甚八の傍に引いた。

「姫さま、岩村城まで走りまする」

「はい、よしなに……」

岩村城で信忠に会うと思うと松姫は動悸が高鳴るのを感じる。十年の思いが叶うのだ。

甚八が先頭で、次が甚左衛門、松姫の後ろにお華、日花里、殿に陽炎の馬が並んだ。馬は音を消すため馬草鞋を履いている。甚八の手が挙がって隊列が動き出した。甚八一行は諏訪と岩村を繋ぐ伊那街道に出て、東美濃に一気に南下する。この道には甚八配下の仁右衛門、風鬼、霧丸、楓、赤馬、金八、宗次郎らが配置されている。城下を出ると馬草鞋を取り、並足を早足にして道を急いだ。馬は全力で走っては長くは走れない。一、二里を走ればよいほうで替え馬がない以上、無理はできなかった。それでも夜が明ける前に道の半分は行きたい。甚八は頻繁に休憩を取り、馬を疲れさせないように配慮する。天竜川を渡河して伊那街道に出ると、街道を南下し飯島に向かった。すると白みかけた街道に騎馬二騎がいた。

「殿ッ！」

甚左衛門が手綱を引いた。甚八と松姫も手綱を引いて馬を止めた。

「兄上……」

松姫の呟きに甚八が馬から飛び降り、前方の騎馬に向かって走った。仁科五郎盛信だとわかったからだ。甚八が片膝を地面について盛信に頭を下げる。

「高遠城主仁科薩摩守盛信さまとお見受けいたしまする！」

「うむ、五郎じゃ」

「初めて御意を得ます。織田上総介信長が家臣、村木甚八郎信吉と申しまする」

甚八は信長がどんな高位になろうが、いつも上総介信長と言った。

「村木殿、中将さまが松を岩村城にお召と聞き城から出てまいった。父信玄亡き今、松を守るのは兄の務めと考えております」

「はッ！」

「中将さまにお伝えくだされ。いずれどこかでお会いしたいと……」

「必ず、中将さまにお伝えいたしまする」

そこに松姫と甚左衛門が近づいてきた。

「松、気を付けて行け」

「兄上、ご一緒にまいりませぬか？」

「うむ、いずれ中将さまとはお会いすることになる。その日が楽しみじゃ。一足先に中将さまにお会いしてまいれ」

「はい……」

「殿、行ってまいりまする」

「叔父(おじ)上、松のことお頼みいたします」

松姫一行は盛信と近習一人に見送られて街道を南下した。飯島、市田(いちだ)、大島(おおしま)、浪合(なみあい)、平谷(ひらや)と南下して、岩村城下に入ったのは夕刻だった。一行は岩村城の大手から城内に入った。甚八が岩村城には何度も出入りしていて、城主河尻秀隆とは入魂(じっこん)にしている。

松姫たちが藤坂(ふじざか)を上り、初門、一の門、土岐門(ときもん)、大手門から城内に入り、大手道を三の丸まで行くと、二の丸門の前で秀隆と七里が待っていた。甚八が馬から降りた。五十三歳の老将は中将軍団の副将として信忠を補佐している。信忠の傅役を務めた河尻秀隆は清洲織田大和守家の家臣だったが、信秀の家臣になり、十六歳で小豆坂の戦いに出た老将で、信長と信忠から信頼されている。

「甚八殿、中将さまはまだお見えになっておりません。中将さまがお使いになる二の丸にてお待ちください」

「承知致しました」

甚八は秀隆が信秀の家臣になった頃から知っていた。四十年の知己である。秀隆は松姫の正体を知っていたが、頭を下げただけで本丸の方に歩いて行った。名乗って挨拶すれば信長に報告しなければならなくなる。中将信忠のことを考え甚八の配下としておけばその必要はない。

「姫さま、二の丸御殿にて中将さまをお待ちいただきます」

そう言って甚八が松姫に頭を下げた。秀隆は見ぬふりを決め込んだのだ。淡雪からおりた松姫は中将さまの城だと思うとドキドキする。

「日花里、姫さまを頼む」

甚八が厩の前に馬を繋ぐと、甚左衛門が松姫から手綱を受け取って甚八の馬の傍に繋いだ。一同が二の丸御殿の玄関に行くと数人の侍女たちが待っていた。松姫、お華、日花里、陽炎の四人が侍女たちに案内されて奥に消え、甚八と甚左衛門、七里は近習の案内で二の丸の大広間に向かった。高床主座は無人で三人がその前に座る。そこに河尻秀隆が入ってきた。秀隆は城主だが主座には座らない。そこは中将信忠の座なのである。

「油川甚左衛門にございまする」

甚左衛門が秀隆に頭を下げた。どこから来たか、誰の家臣か言わない。だが、秀隆は油川と聞いて武田家の家臣だとわかった。

「河尻与兵衛（よへえ）でござる」

秀隆も名だけを名乗った。

「中将さまは間もなくお着きになると思います」

そう告げて座敷から出て行った。入れ替わりに近習が現れる。

「油川さまを三の丸にご案内いたしまする」

甚左衛門には三の丸の部屋が宛（あて）がわれた。甚左衛門は松姫と引き離されたことに少々不満だったが、そこは老将らしく顔色に表さず、案内する近習と北側の三の丸に移った。

岩村城は信玄が生きている時、秋山虎繁（あきやまとらしげ）が城主の武田の城だった。上洛戦を戦った武田軍が、三方が原（みかたがはら）で家康軍を完膚（かんぷ）なきまでに叩（たた）き潰したが、その直後、信玄が発病、大量の血を吐いて陣中で倒れた。それでも信玄の上洛の野望は凄まじく、浜名湖畔で越年して、重体の身を引きずるようにして三河野田城を落とし、信長の尾張に迫ろうとした。

だが、天は信玄の天下への道を塞いだ。戦いでは一寸たりとも引いたことのない信玄が、長篠城に引き上げ療養した。病状は好転せず、信玄が育てた優将たちの合議で甲斐への総撤退が決まり、三州街道を北上する行軍中、乱世の巨大な星は路上に墜ちたのである。

その場所は岩村城に近い阿智村の駒場だった。その頃、岩村城には秋山虎繁がいた。虎繁は夫を亡くしたばかりの女城主おつやに求婚して妻に迎え、城ごと手に入れたのである。信玄の西上戦が始まってすぐのことだ。岩村城攻撃は美濃と駿河の二方面に展開する信玄の陽動作戦だった。

信長の叔母で、信長の子坊丸三歳を養子にしているおつやは、愚かにも虎繁の求婚を受け入れ、城を虎繁に明け渡してしまった。信長は激怒したが既に遅く、坊丸は人質として甲斐に送られた。その後、まもなくして信玄が死んだ。坊丸は今でも甲斐にいる人質だった。岩村城は後に日本の三大山城と言われるほどの堅牢な名城である。力攻めでは落城まで何ケ月かかるかわからない。信長が救援に出てくるのは必定だった。そこで虎繁は求婚という非常手段を取ったのである。この求婚に身をゆだねたおつやの悲劇はすぐにおとずれた。

二年後、武田勝頼が長篠の設楽が原で、信長の鉄砲隊に全滅に近い敗北を喫すると、勝勢にのって信忠の大軍が岩村城に殺到した。ことここに至り、虎繁とおつやは籠城しても武田からの救援は期待できず、兵の助命を条件に降伏する。だが、信長のおつやに対する怒りはおさまらず、虎繁とおつやの他に三名が岐阜に送られ、長良川河畔で逆さ磔にされた。信長が自らおつやの首を斬ったというほどの怒りだったとも言う。兵の助命も叶わず、一か所に閉じ込められ焼き払われた。その後に、河尻秀隆が城主として入ったのである。女城主おつやの悲劇の舞台になって数年しか経っていなかった。その岩村城を秀隆は大規模に改修して、東美濃から信濃に侵攻する拠点の城にした。岩村城は本丸、二の丸、三の丸、出丸、八幡曲輪、東曲輪、帯曲輪があり、数万の織田軍が駐屯できる城に変貌している。

夜になって「中将さま、間もなくご到着！」先触れが岩村城に飛び込んでくると、静かだった城内が急に騒々しくなった。秀隆が大手門に走る。その後を近習が追う。秀隆の家臣団や足軽が大手道に走って整列する。甚八も二の丸を飛び出すと大手門に走った。

二の丸御殿の奥にいた松姫にも城内の緊張が伝わってきた。

「中将さまのお成りにございます」

中将来訪に慣れている侍女が松姫に伝えた。いよいよ来たかと松姫の心臓は飛び出しそうになった。お華の手を握り落ち着こうと思うが、そう思えば思うほど動悸が激しく、目眩を起こして卒倒しそうになる。それでも、早く信忠の顔が見たいと思う。それは松姫だけではなかった。信忠も領内見回りの名目で岐阜城を飛び出すと、一目散に岩村城を目指したのだ。

「篝火を焚けッ、松明を持てッ！」

秀隆の命令で一斉に火が入り、大手道は昼のように明るくなった。大手門の外にも目印の篝火が立った。

「中将さまッ、ご到着ッ、ご到着でござるッ！」

馬廻りの一騎が叫びながら大手門に飛び込んできた。大手道に整列した家臣団が地面に片膝をついて頭を下げる。秀隆も甚八も頭を下げた。そこに煌々と松明に囲まれた中将信忠が、黒い甲冑に身を包んで、馬体の大きな青鹿毛に乗って、百五十騎の馬廻りと二千の槍隊を率いてザッザッと兵たちの足音が止まって大手門に到着、手綱を引いて馬を止めた。

「爺、大儀！」

「ご無事のご到着、祝着に存じまする」

「うむ、甚八、ご苦労だったな、大事ないか？」

「はッ、ございません！」

信忠は甚八に優しかった。それは信忠だけではない。信長もわずかな俸禄で、命がけで働く忍びの甚八たちには優しかった。甚八はあの恐ろしい信長に一度も叱られたことがない。

「達者か？」

「健やかにお過ごしにございまする」

甚八が松姫は元気だと信忠に伝えた。

「そうか、爺ッ、三日の間、誰も二の丸に近づけるな！」

「はッ、畏まってございまする」

「甚八、話がある。ついてまいれ！」

二十三歳の信忠には従三位左近衛中将の威厳が出てきている。甚八はこのまま城外に出て、三日後に松姫を迎えに来ようと思っていた。甚八は七里を三の丸の甚左衛門のところに行かせ、信忠の後を追って秀隆と二の丸に向かった。七里に甚左衛門を見張らせた。万に一つ信忠に故障があってはならない。

信忠と松姫の正式な対面の場は設けられなかった。あくまでも隠密な対面である。もしも、信長の耳に入れば何が起きるかわからない。それは秀隆も甚八もわかっている。信忠の振る舞いは極めて危険なのだ。敵と通じた謀反とみなされれば、秀隆も甚八も責任を問われかねないのだ。秀隆と甚八が大広間で暫く待つと、鎧だけを脱いだ信忠が高床主座に現れた。

そこに信忠の家臣、団平八郎が入ってきた。

「平八、二の丸の警備、手落ちのないようにな！」

「はッ、只今（ただいま）、馬廻り衆にて昼夜交代で警備するよう手配してまいりました」

「うむ、相わかった。三人とも寄れ！」

信忠が秀隆、甚八、平八郎の三人を傍に呼んだ。

「上さまの安土城が間もなく完成する。母上も安土に移られた。上さまは安土城天主にお住いになられると聞いた。安土城が完成すれば天下布武（てんかふぶ）の仕上げに入る」

「では、西国へ？」

秀隆が聞いた。

「うむ、石山本願寺（いしやまほんがんじ）も四国も九州もある。甲斐もだ……」

「甲斐？」

「甚八、これは余の密命だ。何があろうとも松を守ってもらいたい……」

「ははッ！」

「いずれ上さまに話すが、松をすぐ岐阜城に迎えられるかわからぬ。だが、余の正室は松以外にはいない。余が武田と戦うことになったら、松を密かに逃がしてもらいたい」

「はい、畏まりました」

「この先、いつ武田と戦うことになるかわからぬ。爺、甚八を支援してくれ……」

「承知致しました」

「甚八、当面の軍資金を岐阜から持ってきた。黄金三百枚と銀だ。不足分はいずれ七里に渡す。それでも足りなければ爺に頼め……」

「畏まりました」

「武田攻めの先陣はおそらく余であろう」

そう言って信忠が苦笑した。中将信忠は武田との戦いがそう遠くないだろうと考えている。

「その時は爺、頼むぞ」

「承知致しました」

「殿、先鋒(せんぽう)はこの平八郎に！」

団平八郎は若き猛将だ。中将軍の先鋒を務めている。

「うむ、武田軍は強いぞ！」

「はい、承知しております」

「甚八、万一の時、余が呼ぶまで松を武蔵恩方(むさしおんがた)辺りに隠せ……」

「武蔵の恩方？」

「そうだ……」

信忠は武田軍と必ず戦う日が来ると考えている。それは武田が駿河、遠江の領地を守ろうとすれば三河の徳川と衝突し、徳川と同盟している織田との和睦は難しいと思っているからだ。武田と徳川の和睦の気配が全くなかった。

三人の話し合いが終わると、信忠は御殿の奥に入り、秀隆は本丸に戻り、甚八は甚左衛門と七里に会い、七里を三の丸に残して城外に出る。城下の忍び小屋に戻った。平八郎は二の丸警備の指揮をとるため、馬廻りの中に戻って行った。奥に入った信忠が松姫と対面する時が来た。

「姫さまのお支度、整いましてございまする」

陽炎が信忠の座敷に出て挨拶した。陽炎は信忠の婚約が破棄された後、松姫の文を運び信忠の文を運んだ女間者で信忠を良く知っている。

「陽炎、今日は大儀だったな」

「恐れ入りまする」

信忠は誰にも話せない秘密を持っていた。信長にも、松姫にも、絶対に言えない秘密である。それは陽炎と同僚の霞(かすみ)のことだ。陽炎に聞きたかったが松姫と会うことがまず先だ。陽炎に案内されて松姫の部屋に入ると、灯りの薄暗い中に松姫が平伏している。信忠の後ろで静かに襖(ふすま)がしまった。部屋には信忠と松姫だけである。廊下に陽炎が座った。

「松か？」

信忠が立ったまま聞いた。

「はい……」

「会いたかったぞ、顔を上げて余を見てくれ」

平伏した松姫は震えていた。七歳の時に婚約し、十九歳の今日まで一途に愛してきた奇妙丸が目の前にいる。信じられない。

「松、余に顔を見せてくれ」

信忠が松姫の肩に手を置いて傍に座った。松姫はドキッとしたが顔を上げた。その松姫の肩を信忠が抱きしめた。

「長かった……」

頷いた松姫が信忠の胸に顔をうずめて泣いた。

「松、これからもまだ辛い思いをさせる。耐えてくれ。余の正室は松しかいない。幼い頃に約束したことを余は守る。耐えてくれるな？」

「はい……」

松姫に信忠はいつも誠実な奇妙丸である。破談になった時、信長に抗って斬られそうになった松姫の奇妙丸なのだ。

「必ず、岐阜に呼ぶ。それまでの辛抱だ……」

松姫が信忠に頷いた。信忠に抱かれ震えが止まった。二人には一夜では話し切れないほどの話があった。だが、松姫は信忠の顔を見たとたんにすべて忘れた。話さなくても心は通じている。そう松姫は確信できた。

翌日、信忠は昼近くになって松姫の部屋を出た。その信忠が広間に出ると七里が手持無沙汰でぽつんと一人いた。

「七里、松の叔父が城に来ているそうだな?」

「三の丸におられまする」

「呼んでまいれ!」

信忠が甚左衛門と会うことにした。敵軍の武将と会うのである。信長に知れれば謀反ととられかねない危険な振る舞いだ。すべてを飲み込んでいる河尻秀隆は、二の丸に誰も近づけないように警戒している。七里は秀隆や平八郎と顔見知りで、どこにでも自由に出入りができた。二の丸御殿の広間には秀隆も平八郎も現れない。信忠と松姫のいる二の丸は静まり返った異様な雰囲気になっていた。ほとんど人の出入りがなかった。そんな二の丸御殿の広間に甚左衛門と七里が入った。陽炎が座っていたが、入れ違いに二人を見て陽炎が部屋を出て行くと、主座に信忠が現れた。甚左衛門が信忠に平伏する。

「油川甚左衛門にございまする」

「大儀である。信忠じゃ。面（おもて）を上げられよ」

「はッ！」

甚左衛門が信忠を見る。

「油川殿、幼い頃から松の傅役だったそうだな？」

「信玄さまのご命令にて、御料人さまの傅役を務めてまいりました」

「うむ、松は余の正室である。いずれ、右府（うふ）さまのお許しを得て岐阜城へ呼ぶつもりだ」

「有り難き仰せにございまする」

「それまで、変わらずに松を守ってもらいたい」

「ははッ！」

「乱世ゆえ、どこで何が起きるかわからない。余は甚八に何が起きようとも松を守れと命じた。そちは余の家臣ではないため命じることはできぬが、松を守ってもらいたいと願うことはできる」

「勿体ない仰せ、恐れ入りまする」

甚左衛門は信忠の優しさに感動した。二人の付き合いを最初から見てきた。武田と織田が敵対してから、甚左衛門は微妙な立場だった。松姫の愛を成就（じょうじゅ）させてやりたいが、乱世は何事にも過酷で、敵対すれば温いことなど何一つなかった。長篠では武田軍が一万人も織田軍に命を奪われたのだ。この岩村城でも秋山虎繁とその軍団が全滅した。だが、その怨讐を乗り越えない限り、松姫の愛に幸せはないとわかっている。甚左衛門は信忠の人柄に松姫を託そうと決心した。

「油川殿、右府さまは安土城を間もなく完成させる。坊丸は達者にしておられるか？」

信忠が甚左衛門に謎をかけた。このような場で言うべきことではなかったが、信忠は安土城が完成すれば信長に武田が狙われることを理解している。速やかに人質の坊丸を帰して、和睦交渉をしろと催促している。この謎が盛信に伝わり勝頼に伝われば良いと思う。これ以上のことは中将といえども口にできない。

「御料人さまが坊丸さまをお世話しておられました」

「そのことは松から聞いておる」

信忠は甚左衛門が謎かけに気付いていないと思った。だが、これ以上細かい話はできなかった。信忠が話せるギリギリなのだ。信忠は信長から織田家の家督を継承した身なのである。この時、信忠は尾張と美濃を所領にしていた。武田と戦うことになれば、その大将を務めなければならない立場だとわかっている。信忠は甚左衛門との話を終わらせ奥に引っ込んだ。

松姫の部屋に行くとすっかり整っていて、夜の乱れはどこにもない。松姫の部屋にはお華、日花里、陽炎の他に城の侍女たちが三人いた。信忠が顔を見せると松姫が頭を下げ、侍女たちがそれにならう。だが、三人の侍女は松姫がどこの姫なのかわかっていない。信忠が侍女三人を下がらせ、お華と日花里、陽炎だけを部屋に残した。暫くすると三人も気を利かして部屋から出て行った。

「松、ここにまいれ」

信忠が松姫を傍に呼んで抱きしめる。どんなに愛しても愛しきれないのだ。二人は十数年の空白を一日二日で取り戻そうとしているように見える。そんな二人の愛は三夜の短い逢瀬(おうせ)で充分だった。四日目の朝、甚八が二の丸御殿に現れた。主座は無人だ。その頃、松姫の部屋では信忠と松姫が別れがたい刻を過ごしていた。いつものように日花里たちは気を利かして二人だけである。松姫は信忠に抱かれて泣いていた。

「松、泣くな、余も辛い、このまま岐阜城に連れて行ければどんなに幸せか、だが、それができぬ。許せ……」

「信忠さま……」

「松！」

二人の抱擁(ほうよう)は刻を止めてしまいそうだ。広間では甚八が目をつむって信忠のお出ましを待っていた。いつの間にかその後に七里が控えている。そこに甚左衛門が現れ無言で甚八の傍に座った。暫くして信忠が現れ、主座に信忠と松姫が並んで座った。お華、日花里、陽炎も奥から出てきた。

「甚八、松を頼むぞ」

「畏まりました」

「油川殿、気を付けてお帰りくだされ……」

「ははッ！」

「松、また会おう、これを持って行け」

信忠が腰から脇差(わきざし)を抜いて松姫に渡した。信忠が主座に立つと一斉に動き出した。御殿の大玄関に信忠の馬廻りたちが、松姫一行の馬を曳(ひ)いてきて待っていた。松姫が馬に乗ると次々と馬に乗って信忠に頭を下げる。甚八が馬腹を蹴ると松姫、甚左衛門、お華、日花里、陽炎と馬を進めた。殿(しんがり)に七里が付いた。七里の足は馬より早い。甚八と日花里の馬には信忠の軍資金があった。信忠は大玄関に立って馬上の松姫を見ている。この別れが二人の生涯の別れになった。

三　三法師

中将信忠と松姫の密会から十月十日が経った天正八年（一五八〇）、松姫が高遠城下の信虎屋敷で男子を産んだ。数日前から屋敷に泊まり込んでいた日花里、陽炎、楓の三人と小園、お華、於順、於尋の女たちは、夜も眠れない大騒ぎで男子を取り上げた。松姫は安産だったが疲れたのか赤子と一緒に眠っている。

「日花里殿、中将さまに男子誕生のお知らせを……」

小園も日花里も寝ていないため疲れている。だが、このことをいち早く信忠に知らせなければならない。陽炎やお華、於尋は疲れ果てて寝ていた。

「楓、お頭に知らせて……」

日花里の命令で若い楓が夜明けの城下に飛び出して行った。城下外れの忍び小屋では、甚八、七里、仁右衛門、霧丸が松姫の出産を今や遅しと待っていた。若い霧丸は居眠りで時々ひっくり返りそうになりながら眠気と闘っている。

楓が百姓家の板戸をガラリと開けて「お頭ッ、男です！」と叫んで炉辺に這い寄った。

「男か、よし！」

甚八がニッと嬉しそうに頷いた。織田家の当主中将信忠と、信忠が正室と決めている信玄の娘松姫の間にできた男子である。織田家の正当な後継者だ。先の右大臣織田信長の嫡孫である。

「七里、岐阜に走れ。中将さまから赤子のお名を頂戴してまいれ」

「承知！」

七里は既に兵糧と水を用意していた。草鞋を十足腰にぶら下げ、兵糧と水を背負い、土間に下りて草鞋を履き、笠を被ると「お頭、行ってきます」と言って外に飛び出した。

山国の伊那は夏である。山々から朝の冷気がおりてきた。七里の足は速い。半刻に七里を走る。馬のように休んだりはしない。全力で走りながら水を飲み兵糧をとった。それが遠足の七里の得意技である。誰も真似のできない驚異の足だ。伊那街道に出て一気に南下して岩村城下に入り、素通りして東美濃から西に走って岐阜まで行く。これまで伝令のため何度となく走り慣れた道だ。七里は美濃の生まれで、五歳の時から甚八の清洲の家で育てられた。父母のことは知らない。今は甚八を父親だと思っている。

朝になって、甚左衛門と小園が高遠城に登城して盛信と面会した。三人だけの内密の面会である。既に松姫の懐妊は知らされていた。

「生まれたか？」

「はい、男子にございます」

「そうか。男か？」

数日前、盛信には督姫が生まれていた。側室梓姫が十五歳で産んだ娘である。

「松の産後はいかがじゃ？」

「安産にて母子ともに健やかにございまする」

「うむ、今はまだ公にできぬ子ゆえ、見舞いには行かぬが、松には喜んでいたと伝えてくれるか？」

盛信は武田と織田の間に生まれた子は、どんな運命を背負ってきたのだろうと思う。

その頃、七里は伊那街道を南下していた。七里の弱点は雪と眠気である。雪は滑って走りにくく転ぶと怪我をする。眠気はどこで襲ってくるかわからず厄介だった。各地にある忍び小屋で眠れれば良いが、そうでない時は寺や神社の軒下で寝る。盗賊に行く手を阻まれても、腰の脇差を抜いて何度も斬り抜けてきた。その場を走り抜けさえすれば誰も追いつけない。

七里は岩村城下の忍び小屋で一刻半（約三時間）の仮眠をとって岐阜に向かった。松姫が懐妊したとわかった時も七里が信忠に知らせた。岐阜城下に入った七里が真っ直ぐ岐阜城の大御殿に飛び込んだ。岐阜城は稲葉山の山頂に曲輪が広がる山城だったが、城に上る道が険しく、信長が山麓（さんろく）に巨大な御殿と曲輪を作り、一々、稲葉山に上らなくてもいいようにしている。

御殿の門番は七里が中将信忠の特別な仕事をする間者だとわかっていて、また来たかという顔で誰何（すいか）もなく通す。七里は笠を取って門番に頭を下げた。信忠は安土城から戻ったばかりで、七里が大広間に通されるとすぐ高床主座に現れた。信忠も松姫の出産を待ち望んでいた。

「七里、大儀！」

「ははッ！」

七里は平伏したまま懐から甚八の書状を出し、控えている近習に手渡した。それが信忠に運ばれて行くと「面を上げよ」と主座から声がして、七里が顔をあげた。

「疲れたであろう。明朝、返事を取りにまいれ」

信忠が甚八の書状を持って奥に消えた。

「七里殿、御殿で休まれるか？」

近習が声をかける。

「お心遣い忝（かたじけな）く存ずる。不慣れな御殿ではとても、小屋にて……」

そう言って七里が座を立った。近習に見送られ御殿を出ると、城下を南に歩いて木曽川（きそがわ）に近い百姓家に入った。周囲に民家のない一軒家で老婆がいた。囲炉裏の傍に甚八の息子で小頭の一蔵と鬼丸が座っている。

「おう、七里、生まれたな？」

甚八と同じ村の出身で、腕利きの鬼丸が聞いた。

「ん、男だ」

「おう、中将さまと姫さまの子は、男か？」

「母子共に元気だ。中将さまにお会いしてきた」

七里が炉辺に座った。

「織田と武田の運命の子だな？」

小頭の一蔵がぼそりと言う。一蔵は配下と越後に入っていたのだが、上杉謙信が亡くなると後継者を決めていなかったため、越後は謙信の養子上杉景虎と上杉景勝の間で戦いが勃発した。景虎は北条からの人質で養子になり、北条一族が後押ししている。景勝は謙信の姉が産んだ甥で、二人の力は拮抗していた。そこに武田勝頼が景勝に近づき、松姫の妹菊姫を景勝に嫁がせ同盟するなど北条と武田の戦いにもなっていた。結局、越後の混乱は武田と同盟した景勝が勝ち、その報告のため一蔵が安土に出てきた帰りだった。そんな一蔵は甚八から、織田と武田が緊迫してきたので越後に数人を残し、甲斐に引き上げてくるよう命じられている。

「小頭はいつ甲斐に戻られますか？」

「うむ、一旦越後に戻り、三、四人を残して甲斐に戻るつもりだが、誰を残すか考えているところだ。越後の軒猿は恐ろしいからな？」

そう一蔵が七里に言った。

「軒猿か？」

鬼丸も軒猿の恐ろしさを知っている。甲斐の三ッ者、信濃、上野の滋野、越後の軒猿、伊賀、甲賀、根来などの忍びたちの中で、軒猿は忍びを狩る忍びとして恐れられていた。

「暮れまでには甲斐に戻る」

「お頭に会って行かれますか？」

「うむ、そのつもりだ。お頭は高遠だな？」

「はい、中将さまの密命にて松姫さまをお守りすることになりました」

「密命？」

「おそらく、織田と武田の戦いがあるとお考えなのでは？」

炉辺の三人が考え込んだ。甚八配下の鬼丸は、甲斐に城を築こうとしている勝頼を探していた。その動きを甚八に知らせている。

「霞さまはお元気で？」

「うむ、生まれた姫さまもお元気だ」

鬼丸が頷いた。霞というのは一蔵の子で甚八の孫だが、陽炎と交代で信忠の文を運んでいるうちに、信忠を好きになり一年前に清洲の実家で姫を出産してしまった。そのことを信忠はまだ知らない。霞が姿を消したことで、信忠は陽炎に聞こうと考えていたのだ。甚八は松姫のことを考え、那古野城下の天王坊に霞とその子を隠した。霞の居場所を信忠に問われても、甚八は「中将さまのご下問といえどもお答えできません」と泣いたことがあった。信忠の曽祖父信定の家臣だった甚八に泣かれては、さすがの中将信忠も強要はできない。子が生まれているのではと感じていたが、男か女かも知らなかった。その姫は信姫と呼ばれ、霞とひっそり天王坊で暮らしている。一蔵は娘の勝手な振る舞いに怒ったが、甚八は霞を自らの手で育てたこともあり、叱ることもなく言い聞かせて隠したのだ。

小屋の守番をしている老女が三人に酒を出した。この忍び小屋は古く、信長の父信秀が美濃を攻めるための探索にも使われていた。翌朝、三人は揃って小屋を出た。一蔵と鬼丸も信忠に挨拶してから東に向かうのである。それぞれ違う任務の三人が大広間に通されるとすぐ信忠が現れた。

「一蔵、越後は落ち着いたようだな？」

「はい、景虎殿が亡くなり、景勝殿が春日山城を掌握されました」

「甲斐に戻ると聞いたが？」

「そのように命じられております。近いうちに戻りまする」

「爺と甚八に松のことを命じてある。頼むぞ」

「ははッ！」

「七里、この書状を持って行け」

信忠が近習に渡すとすぐ七里に渡った。書状は二通あって、一通は松姫ともう一通は甚八宛だった。

「鬼丸、甚八と約束した軍資金、黄金五百枚、銀五貫目（約一八・八キロ）だ」

当時、黄金一枚は十両見当である。その金五百枚と銀五貫目はなかなか重い。三人はそれぞれ軍資金を背負い御殿を出て城下を東に向かった。信忠は生まれてきた子のため黄金を奮発した。だが、今後の成り行きを考えると先の黄金と合わせても足りないかもしれない。信忠の感触では織田と武田は一触即発の状況だと思える。織田と武田の戦い次第では、何年後に松姫と子どもを手もとに呼べるかわからないだろう。そうなると頼りは甚八だけだ。その赤子の名は松姫宛の書状に書かれていた。信忠が一晩考えた赤子の名は三法師だった。信長の吉法師に倣ったものである。三法はすなわち三宝に通じ、仏・法・僧のことであった。

四　鈴姫

年が明けて三法師が二歳になった。といっても生まれて一年も経っていない。信虎屋敷の奥で松姫は幸せに満ちていた。乳も張って痛いほどである。そこに岩村城の河尻秀隆が内密に三法師の乳母を送り込んできた。甚八は越後から戻った一蔵と相談して、信虎屋敷に三法師の家臣として若い霧丸と楓を入れた。高遠城の仁科五郎盛信は信虎屋敷の動きは聞いていたがすべてに目を瞑っている。武田と織田の血を継いだ三法師に盛信は淡い期待を持っていた。だが、そんな望みが叶えられることはないだろうとも思っている。

お館さまの勝頼が甲斐に城を築こうとして、真田昌幸に反対されたことを聞いていた。武田家には巨城を築くだけの財力がなかった。甲州金を産出したが今は量が減ったり、武田の大軍団を賄うのが精々である。長篠で失った馬は徐々に回復していたが肝心の兵が集まらない。大きな戦いに負けると大将は信頼を失い、こういうことになる。

勝頼はまだ二万人以上の兵力を持っていたが、織田軍と徳川軍が甲斐に攻めてくるとすれば、十万人以上の巨大軍団が考えられた。おそらく、駿河、遠江方面の徳川軍と、東美濃から織田軍が乱入してくると思われる。不安でならない勝頼は釜無川の巨大な断崖、七里岩の上に城を欲しがった。信玄が甲斐に城は要らぬと豪語したことを忘れている。勝頼は戦いには強さを見せたが、治世には見るべきものがない。巨城を築くには年貢を重くし、労役を課すことになる。そうなれば人心が離れるだろう。真田昌幸の反対する理由はそこにあった。

築城のため過酷な年貢や労役を強いると、勝頼の治世に反発が出て武田家が崩壊しかねないと考えた。だが、天正九年（一五八一）、昌幸の意見を退け穴山梅雪斎の意見を入れ、反対する昌幸に築城を命じたのである。この無謀が勝頼の致命傷になった。昌幸が懸念したように過酷な年貢や、苦渋の労役に民心だけでなく、武田に従い与力している諸大名や国人や豪族の心が勝頼から離れていった。戦いには負けるし巨大な城を欲しがるでは、信玄の遺訓を忘れ、いかんともしがたい。

秋、九月になって信長が五畿内の高野聖千三百八十三人を捕え、年が明けて処刑するという事件が起きた。その原因は高野山金剛峰寺が、信長に背いた荒木村重の残党を匿ったという疑いと、信長に追放され、備後鞆の浦に鞆幕府を開いている将軍足利義昭と通じたとの疑いである。残党引き渡しに応じないばかりか、信長が派遣した使者とその従者三十人ばかりを、高野山が一揆を起こして皆殺しにしたのである。この振る舞いに信長が激怒、高野聖をことごとく捕まえて処刑した。

天正十年（一五八二）、年が明けてすぐ、信忠に武田の様子が異常だという知らせが入った。前年には人質の坊丸が安土に戻された。その上で、織田と武田の和睦の話に、常陸の佐竹が間に立ったのだが進展しなかった。正月早々、信忠は岩村城の河尻秀隆と高遠の甚八に使いを出した。緊急に三法師を伊那谷から摂津の山下城に移せとの命令である。織田と武田の間が危険になりつつあった。信忠は有岡城の荒木村重を攻めた時、織田軍に味方した塩河伯耆守長満の山下城に立ち寄った。そこに長満の娘鈴姫がいた。信忠はまだ幼く可愛らしい鈴姫十三歳を見初めた。その山下城には三法師より一つ下の弟吉丸が生まれていた。そこに三法師を移せと命じたのである。三法師は織田中将家の後継者なのだ。名門甲斐源氏の血を引いている。織田信長と武田信玄の孫だ。

　信忠の命令を受けた甚八が夜になって小屋を出た。真冬の伊那谷は寒い。甚八の鍛えられた勘では織田と武田の戦いが近いと思えた。信長を恐れるあまり勝頼が七里岩に巨大な城を築こうとしていたことは失敗で、一気に勝頼の信頼が失墜し与力する大名たちの気持ちが離れる。微かに雪が落ちていた。信虎屋敷に入ると於順が松姫の部屋に案内する。薄暗い灯りの中で松姫と小園が額を寄せて相談していた。

「姫さま……」

　甚八が部屋に入って松姫に平伏した。

「甚八殿、いよいよですか？」

小園が厳しい顔で聞いた。

「中将さまのご命令をお伝えにあがりました」

松姫が脇息を脇にやって威儀を正して平伏する。小園がスッと後ろに下がった。

「武田四郎勝頼は甲斐に築城するなど、右府さまに敵対しようなどと不届きである。この有様ではいつ戦闘状態に入っても不思議ではない。よって三法師の身柄を摂津の山下城に移す。三法師は幼く、母としては辛いだろうが耐えてもらいたい。必ず、親子が名乗り合う日が来る。それまで、辛抱してもらいたい。中将さまのお言葉です」

そう言って甚八が松姫に信忠の文を差し出した。松姫は愕然と肩を落とし、目に涙をためて泣いた。松姫は甚八から文を受け取ったが読もうとしない。中将信忠が三法師を取り上げるという話である。三法師を手放すことは身を斬られるより辛い。三歳になったとはいえそれは数えで、まだ、一年半にもなっていない。何をしても可愛い盛りである。

「姫さま、何卒、若君の御ため、お聞き届け戴きたく願いあげまする」

小園も泣いていた。

ついに過酷な運命が親子を襲った。

「姫さま、甚八殿にご返事を……」

小園が促しても松姫は両手で顔を覆い泣くばかりだ。この時、松姫は盛信の娘督姫を連れて、築城中の新府城に移るよう勝頼から命じられていた。誰も信じられなくなった勝頼が信濃、甲斐などの諸大名や国人や豪族から人質を取っていた。松姫と督姫は仁科五郎盛信からの人質である。松姫と小園はそのことを話し合っていたのだ。三法師を連れて新府城には行けない。どんなに辛くても、ここで三法師を手放すしかないとわかっていた。だが、松姫は母親である。三法師が吸えばまだ乳も出る。こんな悲しい別れがあるかと思った。部屋には三人だけだ。霧丸も楓も侍女たちも廊下で息を詰めている。甚左衛門だけは大いびきで寝ていた。

「姫さま、ご承知で宜しゅうございますか？」

小園が聞くと松姫が小さく頷いた。

「恐れ入ります」

甚八が松姫に平伏した。

「甚八殿……」

松姫が覚悟を決めたように甚八を見た。悲しい泣き顔である。

「摂津の山下城は京に近いですか？」

「はい、遠からず、京か安土にて姫さまは中将さまと三法師さまにお会いになれまする。それまで、甚八が姫さまをお守りいたします。何卒、信じてくださいまするよう願い上げまする」

松姫が甚八を見詰めていた。

「甚八殿、姫さまはお城の督姫さまと新府城に行かなければなりません」

小園は松姫が人質とは言わなかった。

「何と、まだ、未完成の新府城に？」

「いざという時、姫さまを助けてお助けいたしますか？」

「はい、甚八の命を懸けてお助け出せまする。何卒、ご心配なく、陽炎が必ず連絡に伺いまする。三法師さまは霧丸と楓がお守りいたしますので……」

話がまとまった。この状況は三法師より松姫の方が危険なように思われた。いかにして勝頼の新府城から松姫を助け出すか。負け戦になれば武田軍は大混乱になる。そんな時は何が起きるかわからない。戦いに負ければ織田軍から逃げなければならないからだ。甚八は松姫を連れて武田軍に捕まる訳にはいかない。信忠からは松姫を恩方に隠せと命じられている。

「姫さま、明後日（あさって）の夜、三法師さまをお預かりにまいりまする。三法師さまには乳母殿の他には霧丸、楓が従います。護衛は岩村城まで配下の者が従います。岩村城から岐阜までは河尻さまの家臣が三法師さまをお守りいたします。岐阜から京までは中将さまのご家来が護衛いたします。京から摂津まではそれがしの配下がお守りいたします」

風雲は急である。甚八が三法師を摂津に移す手筈を話した。松姫と小園は京にも甚八の配下がいるのかと驚いた。小園は京で生まれ京の商家に嫁いだだけに詳しい。京がどんなところか良く知っている。雪が降った夜、甚八が配下の日花里、陽炎、仁右衛門、七里、悪太郎、風鬼、金八を連れて信虎屋敷に現れた。配下を玄関に待たせ、日花里と陽炎を連れて広間に入った。松姫が眠っている三法師を抱いて座っている。その周りに甚左衛門、小園、於順、お華、於尋がいる。霧丸と楓は旅支度で座っていた。

「姫さま、若君をお預かりいたしまする」

甚八が平伏して願ったが松姫は三法師の寝顔を見て離そうとしない。

「姫さま、中将さまが三法師さまをお待ちにございます」

そう甚八がいうと日花里がスッと立って松姫の前で平伏した。

「姫さま、益々別れがたくなりまする。どうぞ、お預かりいたしまする」

日花里が両手を差し出すと、松姫が素直に三法師を日花里に渡した。

「恐れ入りまする」

松姫の前を下がって日花里が、寝ている三法師を霧丸の背中に背負わせた。

「雪が降っている。寒くないように厳重にな……」

小園とお華が三法師の着物など必要なものを運んできた。乳母も旅支度で出てきた。松姫は項垂れ脇息にもたれて泣いている。このような乱世の悲劇はあちこちにあった。この世で母子の別れほど辛いものはない。

「三法師……」

名を呼ぶと松姫が立って霧丸に近づき、三法師の顔を覗き込んで泣いた。松姫は二度と会えないかも知れないと恐怖さえ感じた。事実、母子はこの日が別れで今生では二度と会えない運命だったのである。

「では、姫さま、若君をお預かりいたしました」

甚八が立つと全員が動き出した。ぞろぞろと三法師を見送りに玄関に出た。暗い空からはサラサラと雪が落ちている。霧丸が笠を被り、蓑を二枚着て厳重に雪の装備をした。霧丸が松姫に頭を下げて外に出た。ぞろぞろとそれに続いて甚八の配下が出る。

その時、小園の傍でズルッと松姫が倒れた。

「姫ッ！」

小園が叫んで大騒ぎになった。松姫は寝所に運ばれた。あまりにも悲しい緊張に気丈な松姫も限界だった。この日、松姫は高遠城に登城し、督姫を盛信から預かり、盛信の家臣団と甚八と配下に守られて、新府城に旅立つことになっている。それぞれの運命が忙しなく変わろうとしていた。

三法師と甚八たちは岩村城で二日間休息をとったが、松姫がいないことに気付き三法師が大泣きする。乳母が三法師と相性が良く泣き止むと、手が付けられないほど元気だ。河尻秀隆などは自慢の髭をむしられて痛い痛いと子どもになった。よちよち歩きながら三法師がケッケッケッとわらう。岐阜城では信忠が待っていた。だが、親子は公式に会うことはできない。信忠の部屋で内々の対面だけである。

「霧丸、頼んだぞ。摂津の鈴は優しい女だ。子は産んだがまだ十六だ。この文を渡せ。伯耆守には余の家臣が挨拶する。三法師が行くことは知らせてあるから……」

「はい、このまま摂津に向かいまする」

岐阜城に長居はできない。安土城に聞こえたら大変なことになる。霧丸は岐阜城を出て京に向かった。瀬田の唐橋まで行けば、小頭の竹兵衛が待っているはずだ。岐阜城まで仁右衛門たちを帰し、摂津までは七里だけが行くことになった。岐阜からは伯耆守に挨拶する信忠の家臣二人が同行した。七里と霧丸と楓、二人の武家に乳母の六人は三法師を守り、安土城下を急いで通り過ぎ、瀬田で竹兵衛、幻庵、若狭と合流して、本能寺裏の忍び屋敷に入った。本能寺の筋向いには所司代があり、村井貞勝やその家臣に見つからないように、翌早朝、暗いうちに屋敷を出て東寺口から大山崎を経て、西国街道を摂津に向かって一気に南下した。目指す山下城は一庫城とも二山一城ともいう。一行を待っている山下城の鈴姫は信忠が言ったように、まだ子どものような姫で、ニコニコと人懐っこく優しい姫だった。三法師を気に入って吉丸とすぐ遊ばせ、何の心配もなかった。七里はそれを確認すると霧丸と楓を残し竹兵衛たちと京へ戻った。

五　本能寺

　三法師が摂津の鈴姫に引き取られて十日もしない二月一日、松姫の姉真理姫が嫁いでいた木曽義昌が、弟の上杉義豊を信忠に人質として差し出して武田勝頼から寝返った。懸念されていた築城のための年貢や労役に耐えられなくなったのである。

　織田軍の動きは素早く、二月三日には岐阜城から森長可、団平八郎らが続々と出陣、伊勢長島城から滝川一益軍が出陣、岩村城に終結すると武田領の信濃に進軍を開始した。

　既に民心は勝頼から離れ、織田軍の侵入を歓迎する有様だった。中将軍、滝川軍、木曽軍など五万の大軍と戦う武将は信濃にはいない。

　そんな怒濤の進軍をする中将軍に立ち塞がったのが、松姫の兄高遠城主の仁科五郎盛信だった。盛信は妹松姫が中将信忠の正室として、肩身の狭い思いをしないで済むよう、信玄の息子として正々堂々戦う覚悟をしている。恥ずかしい振る舞いはできない。逃げ込んできた味方も入れて三千余りの寡兵で、中将の大軍に立ち向かうのである。信忠は戦わずに降伏するよう、城下の僧侶に黄金と書状を持たせて高遠城に向かわせた。

「坊主、おのれは余の領地に住みながら、敵の黄金を持って降伏勧告に来るとは許せぬ。その首を討ち取るところだが、命だけは助けてやる。持ち帰れ！」

　盛信は家臣に命じて鼻と耳を削いだかのように傷つけ城から追い出した。

「中将さま、勘違いなさるな。中将さまと戦って討死する以外、松のためにならぬのです。それがしの振る舞いを信長さまが見ておられる。新府城の勝頼殿も見ている。戦わなければ松と督が殺される。攻めてくだされ、お相手致しまする」

　傷ついた僧侶を見て信忠は盛信の心中を悟った。この時、仁科五郎盛信は信長に敬意を払い、盛信から信盛に名を変えていた。信玄の子は正々堂々とありたい。

「五郎殿、松のことは心配なさるな。松は余の正室でござる。いざ、まいりまするぞ！」

　義兄弟ともいうべき中将信忠は高遠城を総攻撃する決心をした。

　三月二日早暁、森長可、団平八郎、河尻秀隆らの先鋒が続々三峰川を渡河して、西の大手門に殺到。そこに騎馬隊と信盛が突撃する。不意打ちに織田軍は混乱したが、攻め手は雲霞(か)のような大軍である。一人で百人を倒しても追いつかない。信盛は散々に暴れるとサッと城内に引いて門扉を閉じてしまった。その頃、信忠は滝川軍と東の搦(から)め手(て)門を攻めていた。高遠城は一刻（約二時間）ほど持ち堪(こた)えたが、大手門が破られ、搦め手門も破られ、織田軍が三の丸に溢(あふ)れた。信盛は二の丸に引いて戦ったがとても大軍を支えきれない。本丸に引いて戦ったが二刻（約四時間）もすると、戦いは散発的になり城兵がほぼ全滅した。

信盛は本丸に入ると、鎧の草摺(くさず)りから太刀(たち)の切っ先を入れて自刃(じじん)した。

武田軍の中で織田軍と徹底抗戦したのは仁科五郎信盛ただ一人だけで、勝頼さえ戦うことなく諏訪まで出てきたが甲斐に引き上げ、兵が逃亡して一万五千の大軍が数千だけになる惨(みじ)めさだった。

新府城に閉じ込めた人質を焼き殺し、一族だけを率いて大月(おおつき)の岩殿城(いわどのじょう)に逃亡しようとした。松姫は勝頼の娘貞姫(さだひめ)、小山田信茂(おやまだのぶしげ)の娘香具姫(かぐひめ)、仁科信盛の娘督姫を抱えて、逃亡する一団の中にいた。松姫の護衛は油川甚左衛門と信盛の家臣馬場刑部(ばばぎょうぶ)と志村大膳(しむらだいぜん)の三人である。その松姫たちを救出しようと甚八とその配下が追っている。勝頼たち一行から松姫を切り離そうとしていた。勝頼と同行したのでは松姫の命が危ない。なんとしても松姫を恩方に連れていかなければならない。

幼子三人を抱えた松姫は一行から遅れがちだ。そんな時、藪(やぶ)の中から摂津から戻った百姓姿の七里が道に飛び出して甚左衛門にすり寄った。

「次の分かれ道を右に入ってください」

そう言って藪の中に消えた。

「刑部殿、大膳殿、次の分かれ道を右に入ります」

「承知！」

甚左衛門、刑部、大膳の三人が幼い姫を抱えてサッと右の道に走り込んだ。その後を松姫、小園、お華、於順、於尋が走った。そこに甚八たちが待っていた。松姫を勝頼から切り離すのに成功すると山道を急いだ。一蔵、仁右衛門、風鬼、赤馬、金八、宗次郎、佐助、七里、鬼丸、悪太郎、剣助、吉ノ助、幽山、風、滝ノ介、龍亮など甚八配下の忍びたちが松姫の護衛に付いた。二重三重の警戒網で松姫を守る。

「甚左衛門殿、海島寺に一旦身を寄せ、案下峠を越え案下川沿いに武蔵恩方に出ます。案下川から左の山に入って金照庵という尼寺があります。そこに入る段取りになっております。いかがか？」

逃亡する道は一蔵と鬼丸たちが探して確保していた。

「刑部殿、大膳殿、それがしは良いと存ずるが？」

「いかにも、異存はござらぬ。先を急ぎましょうぞ」

話がまとまって松姫一行が動き出した。

勝頼一行は岩殿城主小山田信茂に裏切られ、逃げ場がなくなり、天目山(てんもくざん)に逃げようとするがその麓(ふもと)の田野(たの)で滝川一益軍に見つかり、一戦に及んだが既に百人に満たない兵力ではいかんともしがたく、女子どもを刺殺し勝頼と信勝(のぶかつ)親子が自害する。その頃、信長は後詰め三万の大軍を率いてまだ岩村城にいた。信忠は大軍を率いて高遠から茅野(ちの)に出る杖突峠(つえつきとうげ)を越え甲斐に進軍、新府城の焼け跡を検分、古府に入り逃げなかった武将たちと戦い、落(お)ち武者(むしゃ)狩りをすると同時に、信長を迎えるため古府の躑躅ケ崎(つつじさき)に信長のため御殿の造営に取りかかった。

織田軍の完勝で名門甲斐源氏の武田家は滅(ほろ)んだ。それは信玄の上洛の野望が導いた結果だった。両雄並び立たずというように、信長と信玄は並び立つことができなかった。だがその両者の血を引く三法師が残った。

三法師はそんな激動を知ることもなく、摂津の山下城で弟吉丸とすくすくと育った。鈴姫は三法師が松姫の子であることを知っていた。信忠から聞いている。

松姫が恩方の金照庵に入ると、信忠の本陣へ密かに七里が現れた。

「見回りに出る！」

信忠が床几(しょうぎ)を立つと七里を傍に呼んだ。小声で「無事か？」と聞いた。

「はッ、無事、恩方へ……」

「うむ……」

頷いて信忠が陣幕から出て行った。信長の甲州征伐は天下布武の七、八分ほどである。本願寺も一向一揆も片付き、残るのは毛利、上杉、長曽我部、九州などだけだ。

信長は武田家を滅ぼし四月に安土城に帰還するとまず西国攻めに力を入れた。信忠は信長が西国から九州攻めに出ると、数年はかかると判断して安土城に赴き、帰蝶を説得し信長と松姫が会見できるところまで何とか漕ぎ着ける。信長を説得するのは並大抵の苦労ではない。帰蝶と信忠が協力して命がけで何とか納得させた。そこには仁科信盛の堂々たる振る舞いが生きていた。信長は仁科五郎信盛の死の意味を理解していた。松姫を生かしてほしいという兄の愛情である。その五郎の嘆願を聞き入れた。

信長が西国に出陣する六月四日より前に京で松姫と面会することになった。信忠は四日より出陣は遅れると思ったが、六月三日には信長と松姫を会わせるため、武蔵恩方の金照庵に使いを出した。同時に摂津の山下城にも三法師を京に呼ぶ使いを向かわせる。恩方の松姫一行は思いのほか早い話の進展に沸き立った。松姫は兄信盛を失い、一族が滅亡して気落ちしていたのである。八王子恩方には武田の兵が逃げてきていた。それを知っているかのように夜になって密かに信忠の使者が現れた。本能寺での面会についにその時がきたかと甚八まで興奮した。松姫を京に連れて行けば、信忠の密命を全うできる。

甚八と一蔵、甚左衛門、刑部、大膳の五人で京に行く段取りが話し合われた。馬と輿が検討された。日にちがあまりないことから馬が有力だったが、一蔵と刑部が中山道の悪路を馬で行くのは危険だと反対して、輿で京に向かうことになった。甚八の配下には力自慢が何人もいる。悪太郎、赤馬、金八などは五人力だと自慢している。だが、京までの道のりは遠い。恩方から甲斐に出て信濃に入り、東美濃に入り近江安土城下に出て瀬田から京に入る。忙しく支度に取りかかって、松姫だけを輿に乗せて一行が金照庵を出た。

山下城の三法師は迎えに来た信忠の家臣十人に守られ、輿に乳母と乗って山下城を出た。

信忠は八百人ほどの兵を率いて岐阜城を出て安土城に入り、武田征伐の武功で信長から駿河一国を与えられ、そのお礼に伺候した家康を歓迎する宴席に出て、家康が堺に行くのを京まで送ることになって安土城を出た。信忠は京に入ると妙覚寺に逗留した。そこに摂津から三法師がくる。霧丸と楓が三法師から決して離れない。

信長が五月末日に京に入り本能寺に投宿した。六月一日は本能寺に公家衆が集まり茶会や名物拝見などで賑やかに過ごしたが、二日の早暁に天下を揺るがす大事件が勃発した。

京の近く丹波亀山城にいた明智光秀軍一万三千が、西国の秀吉軍の援軍に出ると見せかけ、京の本能寺に殺到したのである。この時、信長はあきらかに油断した。本能寺の兵力は百人余りでしかなく兵力とは呼べない状況だった。明智軍に包囲された本能寺は一溜りもなかった。乱丸たち小姓や近習は果敢に戦ったが、四半刻持ち堪えるのがやっとだった。光秀の謀反では逃げ道はないと覚悟した信長は、本能寺の地下に備蓄していた弾薬に火を放ち爆死する。

　この時、信長と本能寺に来ていた安土城築城の大工棟梁岡部又右衛門も討死した。松姫と会うため本能寺に来ていた帰蝶は妙心寺に逃れて無事だった。

　京でそんな大事件が起きているとも知らず、松姫一行は急ぎに急いで安土城下に入ろうとしていた。甚八の命令で京に先行した七里は、落ち着かないざわついた不穏な空気を感じ取り、その正体を探ろうと本能寺を目指して走っている。

第二章

清洲の涙

一　前田玄以

信忠は妙覚寺にいて光秀の謀反に気付いたが、信忠の家臣団は京の町家のあちこちに分宿していてなかなか集まらない。それでも信忠は本能寺に駆け付けようと、具足を身に着け寺を飛び出して馬に乗ろうとした。そこへ本能寺に近い所司代の村井貞勝親子が妙覚寺に飛び込んでくる。

「中将さまッ、本能寺は明智軍に包囲され近づけませんッ、一旦安土城に引き上げをッ！」

「安土だとッ、父上を見捨てて逃げられるかッ、本能寺に行く！」

「五百や千の兵では無理ですッ！」

貞勝の必死の説得にも信忠は逃げようとはしない。光秀ほどの男が逃がすような手配りをするとも思っていなかった。

「中将さまッ、ここは危険です。早く二条御所にお移りをッ！」

「よしッ！」

信忠は即座に妙覚寺から近くの二条御所に入り光秀との籠城戦を決意する。信忠と貞勝、貞勝の息子清次と貞成が馬で二条御所の門前にいる敵に突進していった。その後に信忠の家臣団が続いた。その中に三法師を背負った霧丸と乳母、それに楓が紛れ込んでいた。

霧丸は妙覚寺に残るのは危険だと判断し、三法師の生死は信忠と一緒だと考えたのだ。

門前の敵は戦う相手が中将信忠だとわかると、戦う意思がまったくみられなかった。信忠に道を開けると易々と御所に入ることを許した。明智軍の半分ほどは西国に行くため、信長が与えた信長軍だ。兵は京にいる徳川家康を討ち取ると光秀に騙されていたのである。光秀は自前で一万三千もの大軍は持っていない。信忠は二条御所に入ると各門の警備を命じ、いち早く誠仁親王に挨拶に上がった。その親王はこの明智謀反のことを知っている一人だった。

「中将、惟任の謀反だそうだな?」

親王がなにも知らないように言う。

「はい、間もなく光秀がここへも攻めてまいりましょう。親王さまには上の御所にご動座戴きたく伏して願い上げまする!」

「うむ、それは構わぬが中将、惟任日向と和睦はできぬのか?」

親王はすでに本能寺で信長が爆死したことを知っていた。信長さえ取り除けば、朝廷は無用な混乱は望んでいない。親王の傍には宿直当番の公家たちが控えていた。

「親王さま、右府さまを殺され、光秀と和睦など考えられないことでございます」

「そうか、和睦はできぬか？」

親王は気落ちした顔をする。親王は三十一歳、中将は二十六歳と歳が近く、二人は日頃から仲が良かった。親王は中将を弟のように思っている。その親王は朝廷の将来を考え、信長を取り除く決心をしたのだ。

「親王さま、後ほど、また伺いまする」

信忠は親王の御前から下がって、御所の玄関から飛び出した。広い庭に続々と集まった家臣たちが蒼白な顔で立っていた。

「中将さま、なんとか五、六百ほどの味方が集まりました。各門は厳重に警備されておりまするッ！」

「光秀はまだか？」

「間もなくかと、敵が御所を囲み始めておりまする！」

「よし、貞勝、光秀に親王さまのご動座を交渉してまいれ。万一にも親王さまが傷つくようなことがあれば、余が天下の笑い者になる！」

「はッ、承知いたしました！」

この時、信忠と貞勝は五、六百の兵がいれば、二、三日は籠城できると考えていた。その間に京の近くの味方が援軍として駆けつけてくる。だが、その思惑は甘かった。戦上手の光秀は短期決戦での決着を考えていた。騒動が長引けば明智軍の中から離反する者が出かねない。明智軍は信長を殺してしまったと気づき始めているが、こうなると光秀は謀反人だと味方から裏切られかねないと考えていた。光秀は信長を討ったはいいが危険な薄氷(はくひょう)を踏んでいたのだ。そのうち御所の各門で戦いが始まった。大軍に包囲されたが中将は怯(おび)えてはいない。敵は謀反人で大義は中将軍にある。中将軍は明智軍の攻撃を二度、三度と押し返して戦った。だが、大軍に門を破られそうになる。信忠は各門を励(はげ)まして回りながら、幼い三法師をこの場から脱出させようと考えた。

半刻(約一時間)ほどで戦いが中断した。

「中将さま、親王さまのご動座を話し合ってまいりまする!」

「うむ、気を付けて行け!」

馬に乗った村井貞勝が供(とも)も連れず、単騎で門から出て行った。謀反人を見下す堂々とした振る舞いである。貞勝は光秀と話し合って誠仁親王を安全な上の御所へ動座していただかなければならない。

「半夢斎(はんむさい)を呼んでまいれ!」

信忠が近習(きんじゅ)に前田玄以(まえだげんい)を呼んでくるよう命じた。玄以は美濃の生まれで、前田利家(としいえ)と同族である。若くして比叡山(ひえいざん)で学んだ僧で、尾張の小松原寺(こまつばらじ)にいる時、信長に見出(みいだ)された。聡明な頭脳を持ち私欲のないところが気に入られ、信長からも信忠からも信頼されている。この時、玄以は四十四歳だが同じ美濃出身の南化玄興に師事し、二十年ほど前から臨済宗妙心寺派の僧として玄以と名乗っていた。正室は村井貞勝の娘である。

信忠に呼ばれて僧であり医師であり信忠の武将でもある玄以が走って来た。

「殿ッ！」

「半夢斎、そなたに頼みたいことがある！」

信忠は落ち着いていた。若いが戦場往来の場数を踏んできた中将である。今や堂々たる信長の後継者だった。

「頼みとは外でもない。ここにいる三法師を連れて御所から脱出してもらいたい！」

「殿ッ！」

「半夢斎、何も言うな。余は援軍が来るまでここで籠城する。間もなく、親王さまが上の御所にご動座あそばされる。その行列に紛れ込め！」

「どちらにお連れすれば？」

「岐阜だ、一刻を争うことだ。すぐ支度をするように……」

信忠が傍で楓に抱かれて眠っている三法師を覗き込んだ。玄以は家臣を呼びに走った。

「霧丸、三法師を頼むぞ。甚八とつなぎを取って、何があっても三法師を守れ！」

「はッ、中将さま……」

霧丸の眼から見るみる大粒の涙が零れた。

「泣くな、二人に話がある」

信忠は床几から立って御所の軒下に二人を連れて行った。楓に抱かれた三法師は寝ている。乳母は混乱の中でどこに行ったのかわからなくなっている。

「これを持って行け！」

信忠が小さな革袋を三法師の胸の上に置いた。

「この中には父上から譲られた、黄金に十二の紅玉が並んだ十字架が入っている。余に万一のことがあったらこれを三法師のために使え。十字架の裏に、父上が隠された黄金の在り処が書いてあるという。父上は嘘を言うお方ではない。楓、肌身離さず持っておれ！」

「はいッ！」

「霧丸、余から三法師に与える物は何もない。この脇差を持って行け、松に会うことがあれば余のことを話してくれ！」

「殿ッ！」

「行け、さらばだ！」

中将信忠は悲しみを振り払うように床几に戻った。そこに家臣二人を連れて玄以が戻って来た。三法師脱出の支度が始まった。

　そこへ光秀との話し合いを終わって村井貞勝が戻って来た。

「殿ッ、半刻の休戦にございまする！」

　馬から飛び降りて貞勝が中将にそう告げた。信忠は御所の玄関から入って誠仁親王と対面する。

「親王さま、半刻の休戦にございまする。何卒(なにとぞ)、上の御所へご動座あそばされまするよう願いあげます」

「うむ、中将、やはり惟任と和睦はできぬか？」

「はッ、親王さまの御意に沿えず恐れ入りまする。武家の定めと思(おぼ)し召(め)しくださりまするよう……」

「中将、幼子がいるそうだな？」

「それがしの嫡男(ちゃくなん)三法師にございまする」

「逃がせ……」

「はッ、恐れながら、親王さまのご動座の末席を汚しまする。お許しくださりまするよう願いあげまする！」

「うむ、三法師に供を命ずる」

「ははッ！　勿体ない仰せ、有り難く存じまする」

親王動座の支度は当番衆の公家によって整えられていた。燃えては困るものだけが運び出された。信忠が床几に座っていると、里村紹巴が五丁の輿を率いて御所に入って来た。紹巴は愛宕神社で詠んだ光秀の歌から、謀反を読み取り、輿を用意して待っていたのである。その輿が御所に雪崩れ込んできた。緊急事態の親王の動座である。紹巴の輿が玄関に並ぶと、誠仁親王を先頭に晴子妃、皇孫和仁親王が静々と御所から出て輿に乗った。すると晴子妃が「中将……」と信忠を呼んだ。信忠が輿の近くに伺うと「三法師をこれへ……」と、妃の輿に三法師を乗せると手を出したのである。

「お妃さま……」

信忠が泣いた。貞勝も平八郎も玄以も坊丸こと織田信房も、信忠の傍にいた家臣団が晴子妃の優しさに泣いた。信忠が頷くと三法師を抱いた楓が恐る恐る妃に三法師を差し出した。その三法師はよく寝る子で、この時も静かに眠っていた。

「中将、死ぬな……」

信忠は晴子妃の優しい言葉にまた泣いた。

だが、この謀反を仕掛けた首魁は誠仁親王と、晴子妃の祖父で先の内大臣勧修寺紹可入道尹豊なのだ。紹可入道は八十歳で正親町天皇の信任が厚く、お化け公家として京では知らない人がいない。勿論(もちろん)、晴子妃はそのいずれの陰謀も知らなかった。

ほかにもこの謀反には四国問題でこじれている長曽我部元親(ちょうそかべもとちか)の軍師真西堂如淵(しんせいどうじょえん)と、師である快川紹喜国師(かいせんじょうきこくし)を、甲斐の恵林寺(えりんじ)で焼き殺された弟子の南化玄興、西国で攻められている毛利輝元(てるもと)の軍師安国寺恵瓊(あんこくじえけい)など、臨済宗妙心寺派の僧たちが絡(から)んでいた。

親王の輿が動き出すと、三法師の乗った晴子妃の輿も動き出した。行列には前田玄以、その家臣、三法師の家臣、霧丸と楓が従っている。すでに本能寺で死んだ信長は西国攻めのため、恩賞や兵糧(ひょうろう)に使う黄金を一万枚以上本能寺に運び入れていた。その黄金と信長の大名物(おおめいぶつ)は、帰蝶の侍女お仙が、信長の師沢彦宗恩(たくげんそうおん)がいる妙心寺玉鳳院(ぎょくほういん)に逃げる時、侍女たちに持たせて逃げていた。この時、沢彦は八十歳になり玉鳳院に住んでいる。帰蝶の故郷美濃の出身で、帰蝶が最も信頼する禅僧だった。親王の動座が済むと再び戦いが始まった。中将に籠城され苦戦している光秀は休戦中に二条御所を落とす方法を発見していた。それは二条御所の隣の摂関家(せっかんけ)で先の太政大臣(だいじょうだいじん)、近衛前久(このえさきひさ)邸の大屋根から弓や鉄砲で攻撃する方法である。この時、前久も親王の信長暗殺の陰謀に加わっていた。

「鉄砲隊ッ、近衛さまの大屋根に上れッ！」

光秀は前久を説得して鉄砲隊を大屋根に上げた。そこから二条御所の中は丸見えであり、各門からの攻撃を中将軍が何度も押し返していたが、空からの攻撃にはまったく打つ手がなかった。

信忠と貞勝の籠城戦法が崩れた。大屋根から撃ちおろす弾丸は確実に中将軍を倒していった。門と空から挟撃されては五、六百しかいない兵ではいかんともしがたかった。貞勝とその息子たちが討死し、門が打ち破られると明智軍が雪崩れ込んできた。帰蝶の弟斎藤利治、織田信房、団平八郎、猪子兵助、野々村正成らが次々と討死する。

「新介ッ！」

信忠が鎌田新介を呼んだ。そこへ槍で腸をえぐられた下方弥三郎が転がって来た。

「と、殿ッ……」

弥三郎が空をつかんで息絶える。

「新介、戦はここまでだッ、余の首を敵に渡すなッ！」

信忠は鎧の草摺りから太刀を入れ自害した。新介は迷うことなく介錯すると、泣き泣きその首を千切った袖に包んで、御所の縁の下に潜り込んで埋めた。御所が焼け落ちれば掘って探すことは難しい。その新介は御所から逃げられなくなり、古井戸に入って隠れると夜になってから脱出し高野山へ向かう。

その頃、七里は光秀の謀反を聞いて本能寺に急いでいた。何たる不運かと思う。京へ向かう松姫は幸せの絶頂から転がり落ちた。兎に角、信長と信忠の生死を確認して甚八に知らせる必要がある。今頃は松姫一行が安土城下に入っているはずだと思った。そのまま京に入っては危ない。駆け付けた七里は茫然と焼け落ちた本能寺を見た。まだ煙が立ち上っている。野次馬の話に聞き耳を立てると「信長さまはここで亡くなったそうだが、中将さまは二条御所で明智軍と戦っているようだな……」とひそひそ話が耳に入った。反射的に七里が二条御所に走った。

「南無八幡大菩薩ッ、中将さまをお助けくだされッ！」

七里は気が触れたように叫びながら走った。

二　お市

松姫一行は安土城下を過ぎ、すでに守山の近くまで来ていた。大津、瀬田、山科そして京である。三日の信長との対面には充分間に合う。

「どけッ、どけッ！」

織田の騎馬と思える二騎が安土に向かって疾駆した。砂塵を巻き上げて駆け抜ける騎馬の殺気に甚八は何か嫌な予感がする。だが、この時はまだ京の異変とは思わなかった。西国からの急使かと思ったが、信長も信忠も京にいるはずだから、西国出陣の急用だろうなどと思う。

そこへもう一騎駆けて行った。甚八は不安になって輿を止めて休息をとることにする。落ち着かない街道の騒ぎに甚左衛門、刑部、大膳、一蔵が甚八の傍に寄ってきた。ただならぬ早馬に皆が少し不安になっていた。それでもまだ変事とは思っていない。京の近くで戦いでも起きたような騒々しさである。

「甚八殿、あの騎馬は何事であろうか?」

甚左衛門が首を傾げた。

「ここは先を急がず七里が戻ってくるのを待つべきです」

一蔵が先を急ぐのは危険だと勘を働かせて言った。

「拙者もそう思う」

刑部が一蔵の考えに賛同した。夜に歩けば明け方には京に入れる。甚八が腕を組んで京への道を睨んだ。また一騎駆け抜けて行った。こうなると誰もが尋常でないと思う。

路傍の松姫の輿は静まり返っている。不安な顔の鬼丸たちが輿を囲んでいた。

「甚八殿、これは只事ではござらぬ。京かその周辺で戦いが始まったのかもしれぬ!」

志村大膳が甚八に寄ってきて話しかけた。

「京には信長さまと中将さまがおられる。京の周辺に敵がいるとも思えないが。すでに摂津の荒木村重殿は西へ逃げたと聞いている。思い当たる敵がいないのだが？」

甚八は進むべきか留まるべきか迷っていた。

「七里だッ！」

眼のいい風鬼が叫んだ。皆が街道に飛び出す。

「なんだかおかしいぞ、七里がフラフラ走ってくるぞ！」

そう言うと風鬼、熱田丸、六助が七里に向かって走り出した。かつてこんなことはなかった。足にだけは絶対の自信を持っている七里だ。甲府から岐阜まで水だけで山の中を走った強者なのだ。甚八ははっきりと松姫の身にかかわる異変だと感知した。熱田丸と六助に両肩を担がれて甚八の前に来ると、七里が「おか、おかしら……」と言って卒倒した。

「水をかけろ！」

甚八が七里の妻陽炎に厳しく命じた。陽炎は腰から竹筒を外すと、サラサラと七里の顔に水を降らせた。ブルブルと目を覚ました七里が甚八を見てワッと泣いた。

「どうした。落ち着いて話せ！」

「お頭、明智光秀の謀反……」

「何ッ、上さまはッ！」

「本能寺にて討死……」

ガクッと肩を落とし、七里が顔を両手で覆って泣いた。甚八は状況の急変を一瞬ですべて悟った。皆が茫然と路傍に立っている。放心して何も考えられない木偶のようだ。松姫の輿は静かだ。この時、七里の声がすべて聞こえていた。眼に涙を溜め松姫は泣くまいとこらえている。

「中将さまは？」

一蔵が七里に聞いた。一同が聞きたくないことに緊張する。

「に、二条御所で……」

「二条御所でどうした！」

「御所が炎上しお亡くなりに……」

「ああッ……」

輿の中から松姫の泣き声が漏れた。その輿の前にサッと甚八が座った。松を頼むと言った信忠の声が聞こえている。甚八に泣いている暇はない。松姫は絶体絶命であるこの場から逃げなければ危ない。

「姫さま、お聞きのように京に行くことはできなくなりました。明智軍は間もなく安土城に攻めてまいりましょう。岐阜城より東に逃げなければ姫さまが危険になります。おそらく京の配下から詳しい報せがまいりますが、いち早くここから急ぎ引き返さなければなりません」

甚八の言葉を松姫は泣きながら聞いていた。

「三法師さまの生死はわかりません。無事に逃げられましても捕まれば命を奪われます。霧丸と楓が必ずやお助けしているはずにございます」

箱輿があまりにも静かなので甚八が前の御簾をあげた。すると松姫が短刀を抜いて死のうとしている。

「御免ッ！」

甚八が松姫の手首をつかんで短刀をもぎ取った。

「死なせてッ……、中将さまお一人では可哀そうですッ……」

「なりません。三法師さまの生死を確かめてからでも遅くはありません。その時は甚八がお供仕りまする！」

松姫がワッと泣き伏した。甚八は霧丸と楓が三法師と逃げているように思う。短刀を鞘に戻すと松姫から預かって懐にねじ込んだ。この場から脱出することが先だ。明智軍に遅れたら万事休す。甚八の手が挙がる。

「引き返すッ、岐阜まで走るぞッ！」

一蔵が叫ぶと全員が配置について輿が反転、岐阜に向かって逃げた。兎に角、ここから東へ引き返すしかない。その頃、京からの脱出に手間取っていた三法師一行は、明智軍の手が回る前に何とか京を出て、危機一髪で山科から瀬田に向けて逃げていた。三法師は前田玄以の家臣に背負われ寝ていた。天下泰平、何んともよく眠る子だった。

「前田さま、光秀は追って来ましょうか？」

霧丸が前田玄以に聞いた。

「おそらく光秀は三法師さまが京にいたことは知るまい。だが、見つかれば殺される。岐阜城でも危ないかもしれぬ！」

「では、どちらへ？」

「うむ、信包さまのおられる清洲城なら安全だろう。織田家の本拠だから光秀でも易々と手出しはできまいと思う」

玄以は信長の弟織田信包に三法師を預けるのが良いと考えた。信包は清洲城にいて信長からお市とその娘三人を預かっている。逃げる松姫一行が安土城下に戻り、三法師一行は遅れて同じ街道上にいた。安土城は信長の死が伝わると大混乱になった。今すぐにでも明智軍が攻めて来るのではと、勘違いした女たちが裸足で逃げ出したり、荷を運び出そうと慌てたり、信長を失った安土城は上を下への大騒ぎになった。そんな安土城に気を取られず、松姫一行は昼夜を分かたず、兎に角、岐阜城より東に行こうと急ぎに急いでいた。岩村城まで逃げれば危機を脱するだろう。松姫が泣き疲れて睡魔に襲われていると輿が止まった。

「姫さま、長良川に到着いたしました。この川を渡れば岐阜城下にございます。まずはひと安心かと存じまする」

甚八が松姫に安心するよう伝えた。一行は走り疲れている。だが、甚八は一番怖いのが信長の死を知った落武者狩りと一揆だと思う。

「甚八殿、輿を降りまする」

「畏まりました」

長良川河畔に床几が据えられた。輿の前に草履が置かれ松姫が箱輿から出る。その松姫の手を日花里が取った。輿から降りてすぐは動けない。松姫はゆっくり腰を伸ばして、朝が兆してきた岐阜城を見上げた。傍に陽炎が寄ってくる。松姫は信忠の岐阜城を見上げて泣いた。主の消えた城は薄闇の中にまだ眠っている。岩村城で会ったやさしい信忠の顔が浮かんだ。松姫はまた泣いた。

「姫さま、少し歩かれますか?」

日花里が誘って陽炎と両側から松姫を支える。少し河原を歩いてから床几に腰を下ろした。

「甚八殿、ここで髪を下ろします」

「承知いたしました。日花里、支度を頼む」

松姫は岐阜城に帰ってきた信忠の魂が、見下ろしているだろう長良川河畔で髪を下ろすことにした。甚八の配下が前方と後方半里（約二キロ）に防御の結界を敷いている。その結界の中に敵が入ったらいち早く逃げるしかない。わずか数人の甚八の配下では落武者狩りとは戦えない。

「姫さま、来た道を引き返し恩方へ戻りまする。幼い姫さま方がお待ちにございます」

松姫が頷いて床几から立った。その松姫は河原の水辺で長い黒髪を切り落とした。その髪を懐紙に包んで日花里が預かった。

「朝から一日、何も食しておりません。城下に入りましたら朝餉（あさげ）を差し上げまする」

そう甚八が言った。皆が腹をすかしていた。何も口に入れず逃げに逃げたのである。甚八たちは慣れたものだが松姫を始め甚左衛門や刑部、大膳はそうはいかない。

甚八一行は岐阜城下で朝餉を取ったが、松姫は泣くだけで何も食さなかった。

その頃、三法師一行は安土城下を過ぎ岐阜城に急いでいる。甚八は岐阜城に霧丸たちが現れるだろうと予測して、鬼丸、三吉（さんきち）、七里の三人を残して城下を離れた。甚八は三法師はどこにいるかわからないが生きていると思う。摂津の山下城に逃げていればいずれ七里を走らせる。甚八の勘ではやはり岐阜城へ来るのではないかと思う。中将軍の主力だった河尻秀隆軍や、美濃金山城主だった森長可軍などは甲斐や信濃に残っていた。滝川一益軍は上野にいるし柴田勝家軍は越前にいる。

甚八がどう考えても光秀に勝ち目はないと思う。東と北にいる軍団だけでなく、備中には羽柴秀吉軍がいる。摂津には織田信孝、丹羽長秀軍もいる。伊勢には織田信雄軍がいるのだから光秀軍は四方から包囲されている。それなのになぜ謀反など考えたのかだ。

岐阜城下を出た松姫一行は寡黙な行列になった。その松姫は恩方に戻ると、三人の姫たちを連れて金照庵を出て心源院に入る。この時、松姫は二十二歳で尼僧になり愛する信忠を弔うことになった。その名は信松尼という。

京から逃げた三法師は一旦岐阜城に入ったが、安土城に近く巨大な城で三法師が長居できる城ではなかった。明智軍が攻めてくれれば兵がいないのだから戦いようがない。前田玄以は三法師を清洲城に移すことにする。この三法師の清洲城移転が正しかったかは疑問である。後に三法師が秀吉に利用されることになったからだ。この時、岐阜城に居座れば状況は違ったかもしれない。三法師が岐阜城に入って三日目、忍び小屋の三吉が霧丸の動きを捕捉した。

「確かに霧丸と楓が御殿にいる。三法師さまがいることは確実だ」

「忍び込んで見るか？」

どんなところにも忍び込む自信のある鬼丸が言った。

「いや、ここは二、三日様子を見て、つなぎがなければ行こう」

「よし、三日だな……」

鬼丸が炉辺(ろばた)にごろりと寝ころんだ時、百姓家の板戸を霧丸が叩(たた)いた。鬼丸が飛び起きて土間に飛び降りる。太刀(たち)を握っている。霧丸だろうと思っていた。

「誰だ？」

鬼丸が誰何(すいか)した。

「おれだ！」

霧丸の声に鬼丸が木戸を開けた。

「何だ。その重そうな荷は？」

土間に立って霧丸が七里と三吉を見る。

「中将さまが松姫さまに残された黄金だ」

「何ッ、中将さまが？」

「うむ、二条御所で預かった」

それを聞いた七里が泣いた。二条御所の落城を見たのである。阿鼻叫喚(あびきょうかん)だったろう戦いの中で、姫さまを思う中将さまはなんて優しいのだと悔(くや)しくてならない。

「西国に行く軍資金だったと思う。死を覚悟なさっていたのか？」

鬼丸が両手で顔を覆った。

「おのれッ、光秀ッ！」

「親王さまのご動座と一緒に、三法師さまを外に出されたのだ。その後のことは知らぬ」

「これからどうする？」

「前田玄以さまは岐阜城では危ないから清洲城へ行くと仰せだ」

「清洲か、お頭の家があるな」

そう言った鬼丸の妻と子も清洲城に近い甚八と同じ村なのだ。

「これを姫さまに渡してもらいたい。清洲に移る支度がある。おれと楓はなにがあっても三法師さまのお傍から離れぬ」

「よし、清洲へ行ったらつなぎはお頭の家だ」

「承知！」

「京の竹兵衛殿はどうした？」

「本能寺裏の忍び屋敷から寺に飛び込んだと思われる。どこにもつなぎがなければ討死したのであろう。本能寺では女以外は全滅だと、京から出る時にそんな噂を聞いた」

「竹兵衛殿の配下は？」

「わからぬ。二日の日は朝から京中が大混乱だった。誰がどこにいたか？」

そこまで言って霧丸が忍び小屋を出た。その二日後、三法師一行が忍び小屋の前を通って、木曽川を渡って清洲に南下していった。それを鬼丸、三吉、七里が見送った。四人だった三法師の供が、岐阜城の侍女たちも入れて十七人に増えている。玄以がわずかだが供揃えを整えたのだ。右大臣織田信長の生き残った孫である。信長と信玄の血を引いた大切な孫である。誰も粗略に扱うことはできない。乱世の両雄の孫だ。

清洲城では信包とお市が三法師を待っていた。前田玄以は岐阜城から清洲城に使者を出して、近々、三法師が岐阜城から移ることを知らせていた。三法師は織田家の正統な相続者なのである。それは、信長が本能寺で会うと決めた時に決まった。松姫も正統な信忠の正室である。信長が二人に会うということはそういう意味になる。

清洲城に移った三法師は何事もなかったように元気いっぱいだった。だが、乱世は子どもにも容赦しない過酷な世でもある。清洲城のお市は小谷城で男子を産んだが、その子は小谷城の落城後に信長によって殺された。男子を残すことは将来に禍根を残すことになり、多くの場合、女子は生き延びたが男子は幼くても殺された。三法師の立場もそんな危険の中にある。

お市は三法師をわが子のように可愛がったが、それも長くは続かなかった。三法師はこの数日後には過酷な運命の中に投げ出されるのである。その大きく危険な足音が近づいていた。備中高松から急遽、兵と引き返した秀吉が、摂津と山城の境の山崎で光秀と対峙したのである。光秀は当面の敵は大軍を擁する越前の柴田勝家と思っていた。ところが、備中高松城を水攻めにしていた秀吉が、毛利と和睦していち早く戻ってきた。

この秀吉の電光石火の反撃に、満足に兵の集まらない明智軍が勝てるはずもなく、大敗して逃げる途中に落武者狩りに襲われて光秀が死んだ。このはやわざで織田家臣団の主導権を握ったのが猿顔の秀吉だった。

三　清洲会議

織田家最大の軍団を持ちながら、光秀との決戦に間に合わなかった柴田勝家は、越前から出て来るとそのまま清洲城に向かう。秀吉が数日で備中から引き返してくるとは、勝家も想像できなかった。勝家だけではない、上野にいた滝川一益も同じだった。

信長と信忠が死んだことで、織田家の新たな相続者を決める必要がある。同時に最も重要なことは領地の配分である。大名の領地は家臣団にまで影響があり、兵力の多寡、増強に直接影響する。その話し合いが六月二十七日に清洲城で行われることになった。その場に出られるのは柴田勝家、丹羽長秀、羽柴秀吉、池田恒興の四人だけで、織田一門や連枝は相続の当事者であり参加できない。実力者の滝川一益は、六月十六日に武蔵の神流川で五万の北条軍と戦って敗北、伊勢長島城に逃げ帰ったため、遠慮して話し合いには参加しないことになった。

中将軍の副将河尻秀隆は、武田家臣の扇動した一揆に巻き込まれ、甲斐からの脱出に失敗して武田家臣の三井弥一郎に暗殺され六月十八日に死んだ。結局、織田家の重臣四人だけの話し合いになった。だが、池田恒興は信長と乳兄弟であり、母親が信秀の側室だったため、厳密には信長の義兄弟になり、話し合いに参加できるか問題だった。だが、誰もそのことには触れない。それは恒興が秀吉と手を握っていたからでもある。

話し合いは最初から勝家と秀吉が衝突した。この二人は以前から犬猿の中で、出陣先の軍議で意見が合わず喧嘩をして、秀吉が勝手に戦場から戻ってきたことすらあった。勝家は織田家の相続者に織田信孝を推挙、秀吉は中将信忠の嫡男、信長の嫡孫三法師を推挙する。

信孝は気性も顔も信長に似ていると言われ、誰もが信長の後継者として、織田家をまとめていけるのは信孝しかいないと見ていた。だが、野心家で織田家を乗っ取りたい秀吉には信孝では不都合だった。大義名分はあるが全く実力のない三法師なら好都合なのである。そんな秀吉の野心を見抜いている勝家は秀吉に譲る気はない。猿顔の秀吉が危険この上ない男に見えていた。

勝家は信孝の四国攻めの副将丹羽長秀は味方だと思っていた。だが、長秀は光秀を討ったため秀吉と同行しているうちに、三法師推挙に言い包められていた。勿論、光秀の坂本城を長秀に与えるなど領地の優遇も秀吉は約束している。信長亡き後の勝家と秀吉の主導権争いで、光秀を討ち取った秀吉に勢いがあり、秀吉が攻勢で勝家が守勢である。

「いかがでござろう。一旦、休息してまた話し合うということでは？」

丹羽長秀が話し合いの膠着に休息をとることにした。勝家は怒りと不満な顔で座を動かない。織田家最大の軍団を預かる老将らしく、頑固と強情でできているような男だ。信秀の家臣として仕え、信長に反旗を翻したこともある。だが、信長が弟信勝を謀殺して以降、信勝の家老だった勝家は忠実に信長に仕えてきた猛将で、織田家の筆頭家老にまでなった誠実な男でもある。秀吉が座を立って部屋から出て行くと、池田恒興が勝家の傍ににじり寄った。

「修理亮殿、信孝さまでは筋違いになりますぞ。織田本家はあくまでも中将さまのお血筋でなければ、家臣団のおさまりがつかぬと思わぬか？」

勝家がじろりと恒興を睨んだ。だが、恒興も筋金入りの頑固者で怯まない。

「後継が信孝さまでは兄の信雄さまが家を割ってでも納得すまいぞ。ここは三法師さまで収めるしか方法はござるまいが？」

「勝三郎、それは筋だが、三法師さまはあまりに幼すぎる」

「そこだ。確かに三歳では幼すぎる。誰が見ても紛れもない事実だ。だからこそ、家臣団がお支えして、十年、十年の辛抱でござる。元服なされば右府さまと信玄入道の血を受け継がれたと噂のお子じゃ。必ずや織田家の良い後継者になる。そうは思わぬか？」

恒興の必死の説得を丹羽長秀が目をつむって聞いている。

「その十年、誰が保証する。この乱世に十年などという悠長な刻はない。勝三郎、うぬは織田宗家を潰すつもりか？」

勝家の怒りに恒興もカッとなったが、怒りの虫をグッと噛み潰した。

「無礼な言いようだな修理亮殿。この話がまとまらなければ、それこそ織田家は血で血を洗う大混乱になるぞ。それがわからぬお主でもあるまいが。一門衆の考えもそれぞれだ。家臣団の考えもお主や筑前のようにバラバラだ。大混乱になれば織田家は吹き飛んでしまうだけだ。一門もバラバラ、家臣団もバラバラ、その隙を狙って得をするのは誰だ。まだ、周りは敵だらけだ。北条、上杉、それに三河殿の動きも気になる。高野山、紀州、本願寺が息を吹き返したら始末におえぬぞ。長曽我部、毛利、九州の島津などは目途もたつまい。武田の一揆で河尻殿が亡くなられた。今は揉めている時ではない。信孝さままでまとまるとは思えぬ。家臣団の筆頭として修理亮殿は無責任だ」

「何ッ、無責任だと、うぬは！」

「ここは一歩譲ってこそ家臣団の筆頭ではないのか？」

力説した恒興が強情に勝家を押した。勝家は猿の陰謀だと怒鳴りたかったが、それでは話し合いが決裂しすぐ戦になる。それも策の一つだが、一門や家臣団の考えがわからぬ今、戦に突入するのは危険だと判断する。猿とはいずれ雌雄を決する戦いは避けられないと勝家は考えていた。そのためにも秀吉嫌いの信孝に家督を相続させたい。

それがわかっている秀吉は、自分の野望のために一歩も引けない。備中高松から引き返す時、織田家乗っ取りから天下取りまで、秀吉は軍師の黒田官兵衛と入念に話し合ってきた。その第一歩が勝家を叩き潰すことだと二人の考えが一致している。

織田家を主導するのが柴田修理亮か羽柴筑前守かだが、丹羽長秀と池田恒興が筑前守秀吉を選んだ。それは領地を餌にした秀吉の狡猾な謀略の始まりだった。やがて丹羽長秀は秀吉を選んだことを後悔することになる。信孝も勝家も一益も秀吉に抗う者はすべて潰される。その難局を力で生き残ったのは徳川家康だけだった。

勝家は恒興に押され、妥協せざるをえない状況に追い込まれていく。恒興の論法では織田家を潰そうとしているのは、家臣団筆頭で頑固者の柴田勝家だということになるのだ。

「修理亮殿、三法師さまの後見人を信孝さまではどうか?」

「信雄さまが納得するか?」

「そこが難しい。お二人は生まれた順番が逆で、悶着が絶えぬ。だが、お二人の争いは織田一門のことにて、家臣団が口出しすることではないと思うがどうか?」

恒興は先に生まれた信孝が三男で、後に生まれた信雄が次男になったことを言った。二人は同じ年の同じ月に生まれたが、信孝の方が二十日早かった。その時、信長は戦いに忙しかったため、熱田の側室華屋夫人は誕生の知らせを遠慮した。その間に、小折村の生駒屋敷の類こと吉乃が、信雄を産んで信長に届け出た。ここで後先が逆になったのである。

その上、茶筅丸と呼ばれる信雄は暗愚さまと呼ばれる有様で、それとは逆に三七こと信孝は顔も気性も信長に似ており賢かった。この逆転は織田家の悲劇というしかない。そんなことに無頓着な信長は次男三男を改めることなく亡くなった。

秀吉がまだ元吉といって乞食同然で放浪している頃、生駒屋敷の馬借たちと仲が良く、生駒家に出入りしていた。元吉を生駒家の姫さまだった類は差別することなく可愛がった。元吉は美貌の類を好きになった。ところがその類が信長の側室になり信雄を産んだ。秀吉にとって信雄は因縁のある子だったともいえる。

「信孝さまは神戸家に養子にお入りになったお方だ。その信孝さまにはどう考えても正統性がない。家臣団が納得するとも思えぬ。三法師さまの後見人どまりだ。信雄さまから横槍が入ればその後見人も譲って戴くことになるぞ。そうではないか」

恒興が止めの一押しで勝家を押し切った。勝家が恒興を睨んだが筋は正しい。信雄の存在が厄介なのだと勝家が自分に言い聞かせるしかない。一筋縄ではいかないのが家督相続なのである。昨日まで仲良く笑っていた兄弟でも、今日は干戈を交えることが珍しくない。ましてや信雄と信孝は信長がいても不仲だった。この二人は勝家や秀吉が抑えられる生易しいものではない。

「三法師さまで宜しいな。修理亮殿！」

それには答えず勝家が前方の襖を睨んでいる。頑固者の面目躍如だ。その時、丹羽長秀が目を開いた。

「修理亮、お主の負けだ。ここは筑前に譲れ。その代り領地配分で考える。信孝さまには中将さまの岐阜城と美濃、信雄さまにはこの清洲城と尾張、三法師さまには安土城と近江の一部でどうだ？」

「わしに筑前の長浜城(ながはまじょう)をくれるか？」

「おう、長浜城は安土城の目と鼻の先だ。筑前から取ってやる。それだけでいいのか？」

「北近江(きたおうみ)をくれ……」

ついに勝家が折れた。

「北近江三郡でいいか？」

「ああ……」

「よし、筑前に否(いな)やは言わせぬ。越前と北近江三郡、それに長浜城だな？」

長秀が納得した。丹羽長秀はたえず信長の傍にいた重臣で、家臣団の中では勝家、長秀、一益はほぼ同格である。中でも長秀は築城奉行をつとめ小牧山城(こまきやまじょう)を築き、安土城を築いた信長の忠臣中の忠臣である。信長の兄信広(のぶひろ)の娘を正室にしていて、正しくは長秀も織田一門といえるのだ。

その長秀が口を開いた以上、勝家でも逆らうことは難しい。この三人より格上は佐久間信盛(さくまのぶもり)と森可成(もりよしなり)だが、既に二人は死んでいる。そこに秀吉が三法師を抱いて現れた。お市が止めたが、勢いづいている秀吉は誰のいうことも聞かない。勝手に三法師を抱いて話し合いの場に現れた。明らかに相続の当人は話し合いに出さないという決めごとに反している。織田一門や連枝はこの話し合いの場には出られないのだ。

「三法師さまだ！」

　そう言うと秀吉は信長の座である高床主座に三法師を抱いたまま上り、立ったまま勝家、長秀、恒興を睨みつけた。長秀と恒興が三法師と秀吉に平伏したが、勝家は秀吉に頭を下げることになると拒否する。

「権六、三法師さまである。頭が高いッ！」

　秀吉が三法師を抱いて、勝家を呼び捨てにし信長の威厳を盗んだ。織田家で勝家を権六と呼べるのは信長と中将しかいない。部屋に緊張が走った。

「権六、頭が高いッ！」

　秀吉に二度も呼び捨てにされて勝家はカッと頭に血が上った。腰の脇差をつかもうとした時、

「ごんろく……」と三法師が口を利いたのである。秀吉に教えられていた。

「ははッ！」

　勝家が思わず三法師に平伏してしまった。瞬間、勝家が秀吉に屈服したことになった。

「皆の者、大儀ッ！」

　秀吉が真似た信長の鶴の一声である。誰もこの一言には逆らえない。信長の言葉を三法師

が発したことになる。狡猾な秀吉の謀略に勝家は完敗した。その秀吉は高床主座から降りると、三法師を抱いたまま部屋から出て行った。

「修理亮、これは筑前の代弁ではないぞ。於次丸さまのことだが、この機会に一国一城の主にしたい。そこで、お主の考えを聞きたいが、光秀の丹波亀山城にお入り戴くことに異存はあるか？」

「ない……」

於次丸とは信長の四男で、秀吉の養子になった羽柴秀勝である。

「それに筑前は山城が欲しいそうだ。お主に長浜城を譲らせる。明智討ちの武功を認めて山城をやってもいいのではないか？」

山城といえば京である。丹波二十五万石、山城二十万石かと勝家は考えたが、反対すれば話し合いが壊れる。光秀を討った功績は百万石でも足りないくらいなのだ。勝家は渋々了承した。

「われらにも加増してもらいたい」

恒興が図々しい顔で要求する。

「どこが欲しい？」

「摂津に加増してくれ。三郡が捨てられたままだ」

「わかった……、五郎左は？」

「うむ、光秀の坂本城と近江二郡、加増してくれるか？」

「ああ、いいだろう」

結局、この四人の清洲会議は信長が築いた織田宗家の領地を、どのようにむしり取るかという会議だったのである。

その頃、秀吉は話し合いを長秀と恒興に任せ、清洲城の奥で三法師と遊んでいた。部屋には信包、玄以、霧丸、楓、そこに三法師と遊びにきている茶々と初がいる。

「信包さま、わしはこのような話し合いは苦手じゃ。難しいことは三人に任せて中座、中座でござるよ」

猿面にいっそう皺を寄せて「茶々殿、ここにまいられよ。爺が抱いてやろう」とニコニコと恍けた。結局、清洲会議などといえば聞こえはいいが、つまるところ織田宗家の領地を四人でバラバラにしてしまった。

四　織田宗家

織田宗家を相続した三法師は、焼けた安土城と近江坂田郡三万石だけをもらった。信長と信忠の所領二百万石とも三百万石ともいわれた領地が、わずか三万石になり三法師の後見人には岐阜城と美濃をもらった信孝がなって、三法師の三万石の領地は代官として秀吉の家臣ともいえる堀秀政が預かった。

武家の領地配分は厳しい。三法師のもらった安土城の天主と本丸は焼け落ちていて、とても幼い三法師が住めるような城ではない。秀吉のやり口は無茶苦茶で三法師はかわいそうだった。本能寺から安土城に引き上げて来た光秀は、そのあまりにも美しい安土城の容姿と、信長の魂魄が住む天主の威厳に圧倒され、火をかけることができなかった。いつも琵琶湖の湖面に映る安土城を、坂本城から舟で来るときに光秀は見ていた。風のない盂蘭盆会の夜の景色に涙したことさえあった。光秀は永遠に残すべき美だと思った。光秀も天才なのである。信長の美意識もその思想も理解していた。だが、光秀を殺した秀吉は、数日後、安土城の天主を焼き払ってしまう。

安土城の天主は城ではないと秀吉は知っていた。信長が神になるための聖堂だと知っていたのである。織田家を乗っ取り、天下を狙う秀吉には、安土城はこの世にあってはならない信長そのものなのだ。黒田官兵衛が「第一に安土城天主を焼き払うことです」と囁いた。秀吉にとって信長ほど恐ろしいものはない。その恐ろしさを力に変えて伸しあがってきたと自覚している。

後に秀吉と官兵衛が築いた大阪城は、ただ大きいだけの何の思想性も美学もない。ただ敵を恐れただけの城で、守り一辺倒の巨大な愚城である。安土城は根本の考えにおいて大阪城とは全く違っている。

南蛮の大聖堂を思わせる巨大な天主。火が入ればひとたまりもない天主の吹き抜け。天主の下の仏舎利。蛇石に乗った霊鷲山。天主に遊ぶ数多の賢人たち。天下の貧しき民を救う天主の仏たち。乱世の犠牲になった幾千幾万もの人々を弔う摠見寺。いつでも天主の仏や賢人たちが琵琶湖に遊ぶ、天主から真っ直ぐな大手道。永遠に安土山を鎮める黄金。信長の美しくも悲しいまでの思想が埋め込まれた安土城である。

だが、秀吉には邪魔な信長の遺物でしかない。焼き払えと命じた時の秀吉の清々しさは、信長の軛から逃れた自由の喜びだった。その安土城の金蔵に信長の遺産金が入っていたのだが。

光秀が蔵を開いた時、遺産金はほとんどなかった。おかしいと思った。信長が西国攻めに持って行ったはずの黄金も見つからない。信忠の黄金は千枚もなかった。光秀が西国に行くにあたって信長からは兵力以外何も出ていない。兵糧も武器も黄金も光秀の自前だった。四国に行く信孝が黄金を貰ったとも聞いていないし、武田攻めの恩賞に大量の黄金が出たとも聞いていない。武田家には巨大な領地があり、恩賞に黄金は必要なかった。信長はわずかな黄金で天下を手にしようとしていたのか、光秀はおかしいと思う。

岐阜城にあるのかと思った。だが、いかに息子でも何十万枚もの黄金を与えるのは危険だ。黄金の威力は凄まじいもので、信長が信忠に追放されることもあり得るのだ。光秀は黄金の在り処を考えたが思いつかない。精々、天主の仏舎利の下かと思った。だが、天主の建築は何百人何千人もが見ていたのだ。そんな噂は聞いていない。蛇石の話は知っていたがそこにも黄金の噂などない。信長の遺産金がなかったことで、後に秀吉も疑い、あちこちを探したが見つからなかった。

はるかに後の話になるが、秀吉の遺産金は黄金七十万枚、家康の遺産金は黄金六百五十万枚だった。信長の遺産金は黄金七万枚といわれているが、そんなものはどこにもなかった。

黄金一枚は十両と換算される。

安土城をもらった三法師だったが、一枚の黄金も残っておらず、焼け落ちてとても住める状況ではないため、後見人である信孝のいる岐阜城に向かうことになった。清洲城と尾張が信雄のものになったからある。

岐阜城は中将信忠の城だから幼くても三法師の城なのだ。それが焼けた安土城に仮御殿でも建てて住めというのだからひどい。

清洲城の話し合いで秀吉に敗れた勝家の悔しさを理解したのが信孝だった。信孝は家臣団の筆頭は勝家だと考えている。秀吉の台頭でそれが危うと考えた信孝は、勝家の立場を守るため叔母のお市と勝家の結婚を考えた。織田家臣団の筆頭は秀吉ではなく勝家だとの主張である。

勝家には正室がなくお市は天下一の美女と言われる寡婦だ。お市も秀吉の台頭を嫌っていた。お市の秀吉嫌いは小谷城に嫁ぐ前からだった。特に小谷城の落城の折、可愛がっていた万福丸を秀吉に殺された。勝家とお市の結婚はすぐにまとまり、二人は信長の百日法要のため、京の妙心寺に立ち寄り、法要を済ませて勝家の城である北ノ庄城に向かった。

秀吉としては勝家がお市を娶って満足して帰ればそれでよい。近いうちに勝家とは戦って叩き潰すつもりでいる。秀吉の主導権争いに利用されたのが幼い三法師だった。岐阜に向かう三法師は、清洲城から織田家の当主らしく、行列を整え五人で二条城から逃げて来た時とは見違える華やぎだった。三法師の傍には霧丸と楓がいつも付き従っている。

箱輿に乗った三法師が「楓、しっこッ！」と大声で叫ぶ。三法師は楓に抓んでもらわないとしっこを出さない。箱輿から出して放尿し終わるとニッと笑って「フー」という。その愛らしさに楓は母親のように夢中だった。

三法師が岐阜城に入ったことで、信孝に災いをもたらすことになった。信孝はすぐ三法師を安土城に送り出せばよかったが、安土城は火災で荒廃し、人が住まなくなると忽ち廃城のようになった。焼け跡の二の丸を改修して仮御殿にし、三法師を住まわせるのはあまりにも無残だ。

だが、秀吉はなぜ三法師を安土城に出さないのだと難癖をつけた。それは秀吉に抗う信孝、勝家、一益を叩き潰す巧妙な謀略の始まりである。信孝は明智討ちでは総大将を務め、秀吉、長秀、恒興、高山右近、中川清秀などを率いて、山崎の戦いで勝ったとの自負がある。確かに秀吉軍の活躍もあったが、秀吉に三法師のことまで指図されたくない。織田家の中の話だ。

そんな信孝の考えを読み切っている秀吉は、越前北ノ庄城の勝家が豪雪で動けなくなる冬を待って、十二月になると、まず長浜城に入っている勝家の養子柴田勝豊を、大谷吉継に調略させて寝返らせる。その勢いで突然挙兵し大軍で岐阜城に押し寄せ包囲した。秀吉の本気に慌てた信孝は、十二月二十日、三法師を秀吉に引き渡し、母の華屋夫人と娘、側室板御前を人質として差し出す。熱田坂家の華屋夫人は、信長の側室なのだから遠慮してしかるべきである。だが、秀吉は京を支配し武力を背景に傲慢（ごうまん）になっていた。

華屋夫人は翌年、信孝が勝家たちと挙兵して敗れると、他の人質と一緒に処刑されてしまう。信長の側室を処刑したのは秀吉だけである。織田一族にたとえ信長の側室でも殺すと見せつけたのだ。秀吉の野望が途方もなく膨らみ始めている。三法師は秀吉の手によって安土城の仮御殿に移された。いつも三法師には霧丸と楓がついている。その移動と共に鬼丸、三吉、佐助、滝ノ介の四人が安土城下に移った。何かあれば混乱に乗じて霧丸と協力して三法師を盗むのである。勿論、その三法師と行く場所は武蔵恩方である。

三法師にも家臣団が出来つつあった。幼いながらも織田宗家の当主であり三万石の大名である。兵力はまだないが美濃から信忠の旧臣、土岐（とき）家の旧臣、斎藤家の旧臣などが少しずつ集まっている。荒廃した安土城は焼け跡が残り恐ろしいほど寂（さび）しかった。そんなところに三法師一家が徐々に出来つつある。

霧丸は仮御殿が寂しくならないように、周囲に長屋を建て家臣団の住まいにした。それでも、広大な安土城に五十人足らずの家臣団では寂しい。そんな中で焼失を免れた摠見寺（そうけんじ）だけはまだ機能していた。

その摠見寺の仁王門（におうもん）の下に鬼丸と霧丸が座っている。周囲に人影はない。

「三法師さまはお元気か？」

「うむ、子どもは熱を出すというがそれもない。健やかにお暮らしだ」

「それは何よりだ。恩方の松姫さまは尼僧になられた。信松尼さまという」

「信松尼さま？」

「うん、お頭も達者だ。亡き中将さまの密命を守っておられる」

「うむ、岐阜城にこられた時は驚いた」

秀吉が岐阜城を包囲する前、甚八が武家のいでたちで岐阜城に現れたのだ。信孝と華屋夫人は甚八を良く知っている。華屋夫人に信長の文（ふみ）を運んでいたのが甚八である。そんな時、まだ三七といった信孝とよく遊んだのである。信孝は甚八を爺と呼んだ。

岐阜城の大広間で信孝、華屋夫人、甚八、霧丸、楓の五人で会った。

「爺、生きていたか？」

信孝は甚八を見て驚いた。それは華屋夫人も同じだった。

「甚八殿、どこにおられる。その恰好（かっこう）ではまだ織田家のために働いておられるのか？」

華屋夫人は甚八と懐かしい再会だった。

「今は中将さまの密命にて、松姫さまをお守りしております」

「何ッ、兄上のご正室さまをか？」

「はい、三法師さまのお母上さまにございます」

「何ということか、母者、聞きましたか？」

「甚八殿、松姫さまは本能寺において、右府さまと中将さまにお会いになると聞いておりましたが？」

「はい、近江の守山にて本能寺のことを聞き、岐阜まで引き返しました」

「何と、守山からとは驚きじゃが、それで姉上さまは今どこにおられる？」

信孝が松姫の所在を聞いた。

「武蔵恩方にて尼僧になられ、中将さまの菩提を……」

「尼僧だと？」

「はい、信松尼さまと申し上げます」

「爺はそこにいるのか？」

「さようでございます。姫さまと三法師さまを守れとの密命を中将さまから戴いております」

「配下は？」

「本能寺で数人亡くなりましたが、他は皆、無事にございます」

信孝は驚愕の顔で甚八をみつめた。信長自慢の間者たちがまだ機能していることに驚いたのである。間者は主人が死ねば間違いなく他の仕事を求めてバラバラになるのが世の常だ。主人いてこその間者である。

「爺、兄上の黄金が少し残っていた。三法師さまにお渡しするつもりだったが、半分ほど姉上のために持って行け……」

「はッ、有り難き幸せ、遠慮なく頂戴してまいります」

信孝はそのために甚八が岐阜まで出てきたのだと見抜いた。俸禄（ほうろく）のなくなった間者が旧主のために働くのは尋常ではない。それをまとめている甚八は只者ではないと思う。三法師の三万石は代官の堀秀政が管理しているのだから、甚八たちの俸禄として出るはずがない。甚八たちがまだ動いていることすら秀吉は知らないのだ。信孝は甚八を信じその将来まで考え、黄金二千枚を渡すことにする。その黄金二万両は荷車で恩方に運ばれた。秀吉が岐阜城を包囲したのはその数日後だった。

「霧丸、三法師さまはこの安土城に長くお住いになられるのか？」

「それはわからぬが、このところ、清洲の信雄さまのご家臣が何人も見えられて、あちこち見て帰られる。信雄さまは安土城の再建を考えておられるのではないかと思う」

「城の再建だと、そんなこと秀吉が許すまいよ。焼き払ったのは秀吉の配下だという噂を聞いたぞ」

「うむ、清洲城で会ったが、あの猿顔の男は織田家を乗っ取るつもりだ。三法師さまのためにならぬ男だな」

「殺すか？」

「秀吉を殺すのは骨が折れるぞ。あの男の警戒は異常だ。あちこちに敵が多いからな」

「だが、お頭の指図があれば、おれが殺しに行く……」

鬼丸は秀吉を殺す自信がある。甚八の配下で最も腕のいい間者だ。二人は穏やかでない話をして別れた。

五　霧丸(きりまる)

天正十一年（一五八三）の正月、伊勢長島城にいた滝川一益が挙兵する。秀吉に対する不満からの挙兵だった。だが、雪で越前の勝家はまだ動けない。挟撃(きょうげき)される心配のない秀吉は、七万人の大軍を整え、二月になって長島城へ出陣した。秀吉は長島城を落城させることの難しさをわかっている。信長が長島の一向一揆を根切りにするため、大軍を擁して三度攻撃し、多くの犠牲を出し三度目にようやく皆殺しにした。一度目は五万の大軍で失敗、二度目は七万の大軍で失敗、三度目に十万の大軍で成功したのを秀吉は知っている。木曽川と長良川に挟まれた輪中にある長島城は、陸と海から攻撃しなければ容易に落ちない城だ。案の定、秀吉は長島城を落とせなかった。

そのうち、四月になって南に道の開いた勝家軍が三万の大軍で南下してきた。迎え討つ秀吉軍は五万である。それに勝家の動きに呼応して岐阜城の信孝も四月十六日に再び挙兵した。この時、華屋夫人が秀吉に処刑される。北と南から挟撃された秀吉は奇策を使った。近江の賤ケ岳の麓、木ノ本にいた秀吉軍が岐阜城に向かい信孝を討つと見せて、柴田軍が動くと反転して賤ケ岳に戻り、前田利家が勝家を裏切って離れると秀吉軍が柴田軍を撃破。北ノ庄城まで追って四月二十三日に城を包囲、これまでと覚悟した勝家は茶々、初、江の三人を秀吉に渡してお市と二人で自害する。

この衝撃は信孝から一気に力を奪った。戦意喪失の信孝は信雄軍に包囲されると降伏、岐阜城から尾張知多の内海に送られ、四月二十九日、信雄に切腹を命じられ死んだ。さすがの秀吉も主家の御曹司に手をかけることを嫌い、兄弟喧嘩として信孝を始末したのである。

勝家の越前は丹羽長秀に与えられ、若狭、越前、加賀を得た長秀は百二十万石余の大大名になった。これは秀吉に協力した清洲会議の返礼である。

勝家と信孝を失った滝川一益は孤立し、七月になって秀吉に降伏する。秀吉は信長の老臣である一益の命を取らなかった。長島城から追放された一益は、次男が僧になっている京の妙心寺に向かう。次男の九天宗瑞は妙心寺の大住持である。一益の娘は信忠の乳母で信長の側室だった。二人は宗瑞を頼って京に行き一益は剃髪して出家し、宗瑞に願って中将信忠の菩提を弔う塔頭大雲院を妙心寺に建立する。その後、滝川一益は丹羽長秀を頼って越前に向かった。

その頃、自分を信長の後継者と勘違いしている信雄は、荒廃した安土城を整備して三法師の傍に移ってきた。暗愚さまの信雄は自分の力を過信していた。この男は信長に褒めてもらいたいばかりに、勝手に出陣して敗北するなど、慎重さに欠け軽薄なところがあった。暗愚さまと陰口を叩かれていることを知るや知らずや、この悪癖は生涯治らなかった。この後、秀吉と家康までが暗愚さまに振り回されることになる。

清洲城から移った信雄が安土城の再建を考えているのではと、激怒した秀吉が安土城からの退去を信雄に命じる。織田家の家臣にすぎない秀吉に指図され信雄はおもしろくない。秀吉に住まいまであれこれ言われたくない。だが、秀吉はせっかく焼き払った異形の安土城を、信雄に再建されてはたまらないのだ。石山本願寺の跡地に大阪城の築城が始まっている。そんなところに安土城の再建などもってのほかである。秀吉の怒りは怒髪天を衝く勢いで信雄を叩き殺したいぐらいだ。

「霧丸、うぬは間者だと聞いたが誠か？」

「はい……」

「何のためにここにいる？」

「三法師さまをお守りするためにございまする」

「誰に命じられた？」

「中将さまにございまする」

「何ッ、兄上だと？」

信雄があからさまに疑いの目で霧丸を見た。

「河尻さまの岩村城にて、中将さまから直にご命令を頂戴いたしました。生涯をかけて三法師さまをお守りする所存にございまする」

「大袈裟なことを。余のために大阪の猿を殺せ！」

霧丸は落ち着いていた。こういう軽率なことを易々と言うところが暗愚さまと言われるのだと思う。秀吉を殺せなどと軽々に言ってはならない。命が危なくなる話だ。

「恐れながら暗殺などできません」

「忍びにできぬはずがなかろう。猿を殺して来い！」

「できません。したこともございませんし仕方を存じません」

「うぬの仲間で、できる者がいるだろう」

「そのような者を存じ上げません。ただ、伊賀、甲賀にはそのような者がいると聞いたことがございまする」

信雄が霧丸を睨んだ。信雄の領地は尾張、伊賀、甲賀、北伊勢など百万石である。だが、信雄は伊賀者を抱えていない。使い方がわからないのである。探索した内容をそれほど大切とは思えないし使い方も知らない。間者の知らせを駆使した信長とは全く逆だった。信長は探索した内容を集めて精査し、それを戦なり治世なりに生かす術を知っていた。信玄も謙信も元就もそうだった。だが、暗愚さまの信雄はそれがわからない。

「兄上のためには働くが、余のためには働かぬか？」

「そのようなことではございません。ただ、暗殺などはそれなりの修練を積みませんと不可能にございます。伊賀者にはその修練を積んだ恐ろしい技を使う者がおりますとか？」

「そうなのか？」

信雄があっさり話をうち切った。こんな話が秀吉に聞こえたら、明日にでも攻められる危ない話だ。

「間もなく新年だ。余は清洲で歳を取ろう。三法師さまに迷惑をかけられぬからな……」

秀吉に退去を命じられた信雄が悔しそうに言って家臣に支度を命じる。

信雄が家臣団三百人と兵三千人を率いて安土城を出て行くと、また寂しい城に戻った。だが、近頃の三法師は実に元気だ。仮御殿の庭で遊びたがった。言葉もはっきりして楓が油断すると、すぐ姿を見失って御殿内が大騒ぎになる。そんな時、三法師は裸足で庭に出ていることが多い。隠れることを覚えて探すのに苦労した。

楓が三法師の手を握って、焼け落ちた天主の方に歩いて行った。初めての遠くまでのお遊びである。三法師の後ろを霧丸が歩き、その後ろを最近秀吉が派遣した百々越前守綱家三十七歳と、二条御所から三法師が脱出した時、信忠の命令で三法師を追ってきた斎藤正印軒元忠四十四歳と、その子徳元二十六歳が話しながら歩いている。

百々越前守は安土城に百々橋と名の残る築城の名手で信長の家臣だった。今は秀吉から一万石を知行されている大名である。三法師の家老として秀吉が派遣してきた。斎藤正印軒は斎藤道三の孫である。母が道三の子斎藤義龍の妹で帰蝶の姉だった。斎藤一族では道三の末子斎藤利治が二条御所で討死している。信忠は三法師の家老として正印軒を城外に出したのである。正印軒と徳元の親子は岐阜まで三法師を探し追ってきた。以来、三法師の傍にいる。

三法師はよちよちと歩き、焼け落ちた天主の傍に立った。そこは蛇石の上である。誰も知らない。百々綱家は蛇石のことは聞いていたがどこにあるのかは知らなかった。正印軒も話は聞いているが、百々と同じようにどこにあるかは知らない。その蛇石の上に三法師と楓が立っていた。信忠から渡された革袋は楓が肌身離さず持っている。中に何が入っているのかは見ていない。中を見ないまま、三法師が十八歳になったら、中将の言葉と共に渡そうと思っている。

「三法師さま、ここには三法師さまのお爺さまの信長さまがお建てになった美しい天主がございました」

正印軒が三法師の前に屈んで話した。

「お爺か？」

近頃、三法師は信長と信忠の区別ができるようになっていた。楓が付きっきりで二人のことを教えたのである。信長は「お爺か？」で、信忠は「父上か？」と言う。松姫のことは「母上か？」と聞くのである。

「はい、お爺さまにございまする。それは大きな、本当に美しい、美しい大天主にございました」

手で天主を象りながら正印軒は涙を浮かべた。それを見て楓も目頭を押さえる。正印軒と百々の眼にはあの大天主がはっきり見えていた。築城の名手百々越前守が携わった安土城である。その美しく華麗な容姿を忘れることはない。

「三法師さまがもう少し大きくなられましたら、どのような天主であったか、詳しくお話し申し上げまする。どのようにして作ったかは百々さまがお話し申し上げまする」

「百々……」

三法師はおもしろがってよく「百々……」と呼ぶ。「どど……」と呼びやすいのだ。

「ははッ、山ほどに大きな、大きな天主にございました」

そういった百々越前守には南蛮胴をつけた大マントの信長の雄姿が見えた。信長が名馬大黒に乗って石橋の上に馬を止めて「百々ッ、でかした。この石橋に百々の名を付けることを許す、以後、百々橋と呼べッ！」と声高に宣言した。「ははッ！」と百々綱家は地べたに這いつくばって信長に感謝した。あの日は生涯の誉れだった。安土城がある限り百々の名が残る。綱家は大泣きに泣いた。

その時の感激を思い出した。越前守が思わず両手で顔を覆った。それを不思議そうに三法師が覗き込んでいる。

「百々……、泣くな！」

三法師が心配そうに言った。

「ははッ、三法師さまのお爺さまは天下一の殿さまにございました。三法師さまも大きくなられましたら、お爺さまのような殿さまになられまするよう……」

「百々……」

三法師には越前守が何を言っているのかまだわからない。首をかしげてニッと笑った。何とも愛らしい三法師だった。山を一巡（めぐ）りして疲れ切った三法師を霧丸が背負い、仮御殿に戻って楓が三法師を寝かしつける。それを見て霧丸が足早で城下に向かった。

この頃、信長に献上された紅玉と黄金の十字架を、フロイスやオルガンティノが探していたが不明だった。そういうものが見つかったという話もない。信長から誰の手に渡ったのかもわからなかった。

信長の黄金の少なさもおかしなことで、蛇石とともにいくら探索しても見つからなかった。その場所を知る信長と乱丸と岡部又右衛門は本能寺で死んでしまった。

第三章　安土の月

一　忍び小屋

三法師の仮御殿は本丸東虎口の傍に立っている。その隣に一回り大きい無人の信雄の仮御殿がある。二の丸、三の丸には信雄の家臣団や兵たちの長屋が並んでいる。すべて無人になった。霧丸は本丸南虎口を出て、大手道と摠見寺道に出るつなぎ道を走った。突然、霧丸の前に佐助が立った。

「どうした。急いでどこへ行く？」

「おッ、佐助……」

霧丸が立ち止まった。佐助たちは交代で安土城内に入って動きを監視していた。三法師が危険になった時は奪って琵琶湖に逃げる。武蔵恩方には夏なら越前、越後、上野、武蔵と逃げる。冬なら雪の多い美濃や信濃方面を避けて京に向かい途中から山に入る。八風街道から伊勢に出て尾張、駿河、相模、武蔵と逃げる。甚八が各地に作った忍び小屋の半分近くはまだ生きていた。軍資金の節約で不要と思える小屋はすべて廃止したが、三法師を守るための小屋はすべて残っている。

「浄厳院に行く……」

「夜になるぞ。気を付けて行け！」

佐助は見張りのため城内に残り、霧丸は摠見寺の仁王門に向かって駆け下りた。百々橋口から城下に出てセミナリヨ址（あと）の横を走った。セミナリヨは安土城と城下が焼けた時に延焼した。セミナリヨの校長オルガンティノは、三十人の生徒を連れて京の南蛮寺に逃げ、今は高山ジュスト右近の高槻城下にいた。オルガンティノの活動は多くのキリシタン大名に影響を及ぼしている。岐阜城主織田信孝は家臣をキリシタンにし、自らも洗礼を受けようとしていた。だが、信孝は神の名を授かることなく死んだ。やがて三法師がオルガンティノを深く信頼し洗礼を受けることになる。

霧丸は浄厳院の門前まで行くと回り込んで寺の裏に走った。灌木（かんぼく）と竹林の中に忍び小屋があった。浄厳院は天正七年（一五七九）に、信長の命令で浄土宗（じょうどしゅう）の僧と法華宗（ほっけしゅう）の僧が激しい法論（ほうろん）を戦わした寺である。法論に勝った浄土宗に西光寺の建立が許される。信長の織田家は代々法華宗なのだが信長は宗派にはこだわりがなかった。百姓家に入ると炉辺（ろばた）に鬼丸と三吉、滝ノ介と七里が座っていた。

「霧丸、ご苦労……」

七里が労（ねぎら）った。

「いつ来た……」

「さっきだ。お頭から軍資金を預かってきた」

「お頭に軍資金など要らぬと言ってくれ。松姫さまのために使ってくれと言え！」

鬼丸が怒ったように言った。

「お主が盗むのを心配しておられるのだ」

七里が怒った顔で鬼丸を睨んだ。鬼丸は盗み癖があって、銭が足りなくなると武家や商家や寺などに忍び込んで、甚八に無断で軍資金を調達してくる。それを甚八は何度も叱ったが治らない。軍資金が苦しいことは間者たちが知っていた。盗みは鬼丸の独壇場である。

「止めぬとお頭に斬られるぞ」

「ふん、物持ちからわずかばかりを拝借して何が悪い……」

「拝借だと、返したことがあるのか？」

「どこから拝借したか忘れたら返したくとも返せぬわ」

「屁理屈を言うな。兎に角、止めろ！」

「嫌だ。いずれ、秀吉の銭をたっぷり盗んでやる。そうお頭に伝えてくれ」

「お主、斬られてからでは手遅れだぞ！」

「ふん、そんな下手はしないわい」

鬼丸は甚八に拾われた十四、五の頃には立派な盗賊だった。その腕を見込んで、同じ村ということもあり配下にしたのである。最初は忍びの修練だと言っていたが、本能寺の変事以降は岐阜、清洲、安土など、どこでも盗みに入って荒らし回っていた。甚八からの軍資金など要らないほど豊富に銭を持っている。逆に「これをお頭に持って行け」と銭を差し出す始末で、七里とは「受け取れ」「要らぬ」と、いつも喧嘩になった。そんな鬼丸だが忍びとしては抜群の腕を持ち、甚八は若い鬼丸を可愛がってきた。

「ところでどうした？　三法師さまに何か？」

「うむ、三法師さまはお元気だ。ただ、正月が過ぎたら坂本城に移れと、秀吉からの命令がきた……」

「何ッ、坂本に移れだとッ！」

怒った鬼丸が手に持った火箸をグサリと灰に突き刺した。

「正月過ぎか？」

「遅くとも二月の中頃までに移らぬと嫌なことが起きそうだ」

「百々の殿さまは何と？」

「二月中に移ると……」

「よし、三吉と滝ノ介は坂本に行け。忍び小屋を探せ。坂本城は丹羽長秀の城だ。あの城に入れば三法師さまは安心だが長くなるかも知れぬ……」

「承知した！」

「秀吉め、とうとう信雄から三法師さまを取り上げたか。織田一門も家臣たちも、三法師さまに近付かぬよう坂本城に閉じ込めて、丹羽長秀に見張らせるつもりなのだ」

温厚な七里が珍しく怒った。

「霧丸、いよいよだな。三法師さまを盗むか？」

鬼丸の眼が怪(あや)しく光った。盗めば八風峠(はっぷうとうげ)に向かうことになる。

「待て、お頭の考えをお聞きしてくる。鬼丸、早まるなよ。十日で戻る！」

ドサッと軍資金を鬼丸の前において七里が睨んだ。

「十日だ、動くなよ……」

そう言い残して百姓家を飛び出した。七里が休むことなく恩方に引き返すのである。琵琶湖の空に夕焼けが広がっていた。続いて三吉と滝ノ介が百姓家を出た。炉辺には鬼丸と霧丸だけが残った。

「秀吉を殺すか？」

「また、その話か、簡単に殺せる相手じゃない。盗みに入るようにはいかぬぞ」

「ああ、わかっている。だが、あの猿は三法師さまのためにならぬぞ」

「それはお頭が考えることだ。七里が言ったようにお頭の指図を待とう。迂闊(うかつ)に動いて三法師さまに万一のことがあっては取り返しがつかぬからな……」

「承知！」

鬼丸と霧丸の話が決まった。

「城で佐助と会った」

「うむ、三吉と滝ノ介が坂本に行ったと伝えてくれ」

「よし、伝えよう。ところで、安土さまの居場所はわからぬか？」

「帰蝶さまのことか？」

「うむ、百々さまから聞いたのだが、安土さまは松姫さまと三法師さまに会うため、本能寺におられた。ところが、上さまと一緒に亡くなってはいないというのだ。数十人いた侍女や付き人、お仙殿、滝乃殿がそっくり姿を消した。どこかに生きているというのだ。小頭の竹兵衛殿と木鼠(きねずみ)は本能寺で死んだと聞いたが、誠か？」

「ああ、小頭のことは聞いたが、お仙殿と滝乃殿のことは何も聞いていない。安土さまをお守りしてどこかに隠れているのではないか？」

「それなら、光秀が死んだのだから出てくるはずだ」

「猿めに殺されると思っているのでは？」

「秀吉か、いや、何かおかしい。お頭なら何か知っておられるかもしれない」

「京に行ってみるか？」

「そのうちにな。坂本城なら京に近い……」

そう言って霧丸が炉辺から立った。忍び小屋を出て百々橋から城内に入って仁王門まで行って、ピッピーと忍び笛を吹いた。すると佐助が山道を駆け下りてきた。西の夕焼けが消えて安土城は夕闇に包まれようとしている。

「三吉と滝ノ介が坂本に忍び小屋を探しに行った」

「三法師さまが動くのか？」

「ああ、坂本城だ」

「そうか、さっき、侍が二人、御殿に入ったぞ」

「その坂本城から来たのだろう？」

二人は本丸に上って行き南虎口で別れた。霧丸が予想したように、二人の侍は百々越前守に会いに来た丹羽長秀の家来だった。用向きは三法師の住む御殿ができたから、いつでも移れると知らせてきたのである。

「忝(かたじけな)い。今は寒い時期なので、寒さが和(やわ)らぐ二月の中頃までには移ります」

長秀の使いに百々越前守がそう答えた。

正月が過ぎ七里が戻ってきて、全員で坂本に移れとの甚八の命令を鬼丸に伝える。数日で鬼丸たちが先行して坂本に入った。坂本城は信長から知行をもらった明智光秀が築城した湖西の名城である。三の丸、二の丸、本丸と琵琶湖に突き出した水上の城で美しい。琵琶湖の水が外大濠で三の丸、二の丸、本丸を守っている。中大濠にも琵琶湖の水が流れ二の丸と本丸を守る。本丸は琵琶湖に浮かぶ浮島の上の城になっていた。

西の比叡山を仰ぎ見る湖上の坂本城を、フロイスは安土城に次ぐ美しい城と言った。だが、その光秀が築いた坂本城は、本能寺の変事の時、家臣の明智左馬助秀満の手によって焼け落ちた。秀満は光秀の妻子と自分の妻子を刺殺し、坂本城に火を放ったのである。その後、領地と坂本城は丹羽長秀のものになり建て直された。三法師の屋敷は二の丸に建てられ、その屋敷への出入りする者は厳重に見張られることになる。

二　荒城の月

三法師が坂本城に移る最後の夜、霧丸二十六歳と楓二十一歳は安土城の天主址に立っていた。遥か天空には寒月が煌々と輝いている。

「霧丸はこの天主を見たのか？」

「うむ、一度だけだが見た。お頭の使いで京の小頭のところに行った行き帰りに見た。行きは夜、帰りは朝だった」

「噂（うわさ）のように綺麗（きれい）だったか？」

「ああ、あんなに美しい城はどこにもない。あんな城はもう見られない。信長さまでなければ建てられない城だと噂していたものだ」

「そんなに綺麗だったのか、一度でいいから見たかったな。こんな月夜にはどんな姿であったろう……」

「天主に月が昇って、青と金の瓦（かわら）がキラキラと、それは美しかった」

霧丸は数年前に見た安土城の天主を思い出していた。

「霧丸、楓を抱きたいか？」

突然そう聞いて霧丸を見た。兄と妹のような二人だ。

「うむ……」

「いいよ」

楓が霧丸の手を握った。いつしか二人は互いに愛し合っている。それは何年も前からわかっていたことだ。霧丸がそっと楓の肩を抱いた。

「楓、中将さまの革袋を持っているか？」

「うん、いつも持っている」

楓は紐で首から吊るしていた。

「この安土城のどこかに信長さまの黄金がある」

「うん、三法師さまが大きくなられたら革袋をお渡しする」

「そうだ。そこまでが使命の半分だな。その後は三法師さまが母上さまとお会いになられるところまでだ」

「姫さまと？」

「うむ、お頭が元気でいてくれるといいが？」

「お頭と言えば霧丸、霞のこと知っているか？」

霞は甚八の孫で楓と同じ女間者だが、信忠を好きになり女の子を産んだ。

「鬼丸から聞いた。霞は松姫さまとご一緒だ」

「えッ、姫さまと？」

「うむ、尼僧になられたと聞いた」

「まあ、霞が尼僧に？」

「確か、名は光霞尼だったと思う」

「楓も尼僧になろうか？」

「ああ、坊主頭もいいかもしれんな……」

「このッ！」

楓が霧丸の胸を叩いた。緊張の中の二人だけの穏やかな刻だ。

「霞が産んだ姫さまは滝川一益さまの養女になられたそうだ」

中将信忠の隠された姫は、甚八の考えで世に出ることはなかった。一益と甚八だけが知っていた。この姫は津田小平次秀政の妻になった。

「霧丸、坂本城はどんなところだ？」

楓は坂本城の三法師屋敷を斎藤正印軒と下見に行ってきた霧丸に聞いた。

「琵琶湖に突き出た水上の城だった。城内に入ったら出られない。三法師さまのお屋敷は二の丸で、出口は一つしかない。周りは琵琶湖だ」

「人質か？」

「楓、滅多なことを言うものじゃない」

「だって……」

怒った顔で楓が霧丸を見る。楓は三法師がその坂本城から出られなくなると思う。

「明日、行って見ればわかる。風が吹くと波音がうるさいかもしれぬな？」

荒城の月は中天に輝いていた。

そこにひょっこり甚八が鬼丸と七里を連れて現れた。霧丸と楓が驚いて凍り付いた。叱られるかと思った。

「坂本城を見に来た」

そう言って甚八が笑う。

「ここが天主址か？」

甚八も安土城の天主を一度見ている。

「焼き払うとは、秀吉も愚かな男よ。よほど信長さまが恐ろしいのだ」

そう言った甚八は秀吉が摂津大阪に巨大な城を築いていると聞いていた。難攻不落だなどという噂である。だが、甚八は人の築いた城で落ちない城などないと思う。

「霧丸、百々さまと正印軒さまに会いたい」

「はッ、暫しお待ちを！」

霧丸が御殿に走って行った。甚八は自分の先が長くないことを悟って京と坂本城、安土城、清洲城、岐阜城を見ておこうと出てきた。甚八は自分の歳を忘れ、八十歳を超えたようだと思っているが実際は七十九歳だった。

「楓、霧丸が好きか？」

甚八に聞かれて楓はうつむいてしまった。

「そなたの仕事は、本能寺で信長さまに三法師さまを会わせるところまでであったが、あのようなことがあって長くなってしまった。これからも三法師さまを頼むぞ」

「はい、承知致しました……」

「この歳だ。もうそなたとは会えぬかもしれぬ。だが、あの月のようにいつもそなたを見ておる。いつか、そのうち松姫さまのところに戻れ……」

「はい、必ず戻ります」

この約束は二十年後に果(はた)される。

「七里、京の反物(たんもの)を楓に分けてやれ」

甚八は京のみやげに日花里と楓に反物を買って、七里がそれを背負ってきたのだ。この着物が甚八の形見になった。

「お頭、どうぞこちらに……」

霧丸が戻ってきて月明かりの中、御殿に甚八を案内する。御殿の玄関に三法師と百々越前守と斎藤正印軒と徳元が立っていた。

五歳になった三法師がじっと月明かりの中を見ている。玄関の前には篝火(かがりび)が両側に燃えていた。

「三法師さま！」

甚八が地面に座して平伏した。高遠の信虎屋敷以来の対面である。

「母上さまのお傍におられる村木甚八郎さまです」

楓に教えられ三法師が一歩前に出た。甚八のことはいつも楓から聞かされている。

「じんぱちか？」

「ははッ、甚八めにございまする」

「母上は？」

「はい、お元気にございまする」

三法師は甚八の手を取って立てと言う。甚八は嬉しさに泣いた。

「どうぞこちらへ……」

百々越前守に促され、甚八が太刀を握って、玄関から大広間に向かった。するととんとんと走って行って三法師が高床主座にちょこんと座った。その目の前に座して「村木甚八郎信吉にございまする」と信長からもらった名を名乗った。三法師が頷いて主座から降りると甚八の膝に座る。子どもなりに甚八が味方だとわかるのだ。百々越前守は甚八の立派なつくりの太刀に目を留めた。

「村木殿、滅多にお目にかかれぬ太刀とお見受け致しまするが？」

「はい、上さまから頂戴致しました蝶丸と小蝶丸にございまする」

「何と、右府さまから？」

「はい、千子村正にございまする」

「拝見できましょうか？」

「どうぞ……」

甚八が太刀を越前守に差し出した。それを受け取り、鯉口を切って、刀身を半分だけ出して両面を確かめ、鞘に戻して甚八に返した。

「何とも素晴らしい村正、目の宝にございました」

「それがしには身分不相応にて恥ずかしい限りにございまする」

「何の、何の、村木殿のお働き一番にて、右府さまがご下賜されたものとお見受け致しまする。して、中将さまのご正室さまのお傍におられるとか？」

「はい、松姫さまは武蔵恩方におられまする」

甚八が三法師を抱いている。それより詳しいことは話さなかった。

「百々さまにお願いの儀がございまする」

「それがしにできることであれば……」

「三法師さまがここから坂本城にお移りになられますと、三年、五年と長くなることが考えられまする。そこで、配下の霧丸と楓を夫婦にしたいと出てまいりました。何卒、形ばかりの婚儀をお願い致しまする」

「おおう、それは良い。三法師さまの門出にめでたい！　願ってもないこと。正印軒殿、早速に……」

「うむ、何もござらぬが、酒だけは用意致しましょう」

話がまとまって、急遽、霧丸と楓が結婚することになった。

三　沢彦宗恩

霧丸と楓が一緒になった夜、甚八は安土城を出て百々橋口で霧丸や楓や鬼丸と別れた。

甚八が恩方から出てきたのは、京の配下の消息を確かめるため、信長の師である妙心寺の三十九世大住持沢彦宗恩禅師と会い、信長暗殺の真相を聞くことや本能寺の変事以来、消息の消えた配下のお仙と滝乃を探すこと、できれば信長の正室帰蝶を探すことや、三法師と会い霧丸と楓を一緒にすることなど、多くの用向きがあったからだ。

甚八は京に入り、真っ直ぐ本能寺に向かった。その裏手に京の忍び屋敷があった。小頭の竹兵衛とその配下が住んでいたはずだが、空き家になっていて手掛かりはなかった。妙心寺玉鳳院に行くと八十二歳の臨済宗大長老沢彦宗恩がいた。

「おう、甚八殿、よく見えられた。お上がりくだされ……」

長身の沢彦は痩せて眼光鋭く、妙心寺第一座の若い頃の気迫を失っていない。吉法師の傅役平手政秀に招かれて、その吉法師の学問の師になった。天下を取るよう信長と名を付けたのが沢彦である。平手政秀の菩提を弔う政秀寺の開山も沢彦である。信長に天下布武の印を与えたのも沢彦である。信長の軍師、参謀と言われた臨済僧だ。

「禅師さま、お久しゅうございます」

「よくおいでくだされた。まずは、こちらへ……」

沢彦が甚八を方丈に案内して対座する。

「甚八殿は今どちらにおられる？」

「武蔵恩方の心源院におられる松姫さまのお傍におります」

「恩方の心源院。それで姫さまはお元気ですか？」

「中将さまがお亡くなりになって、僧籍にお入りになりました」

「尼僧になられましたか？」

「はい、中将さまの菩提を弔っておられます……」

沢彦は松姫が甲斐から逃げたことは聞き知っていたが、尼僧になったことは知らなかった。

「それで心源院の卜山さまはお元気ですか？」

「はい、百歳間近で益々お元気にございます」

「おう、もう百歳に？」

心源院の卜山禅師と沢彦は古い知己であった。沢彦は信長が焼き殺した甲斐恵林寺の快川紹喜国師とは、若き日に兄弟の約束をした仲でもある。

「禅師さま、竹兵衛はやはり本能寺で……」

「うむ、甚八殿なら白状してもよかろう。竹兵衛殿は本能寺で亡くなられたが、幻庵殿は脱出されて無事じゃ。今は西国から戻った赤鬼という若者と大原にいる。甚八殿、内密な話なのだが、実は濃姫さまもお仙殿も滝乃殿も皆お元気じゃ」

「何と、安土さまが？」

「うむ、濃姫さまは自分が姿を現せば、世が混乱すると言っておられます」

「では、お仙たちはそこに？」

「そうです。濃姫さまを守っておられます。滝乃殿や若狭殿など全員ご無事です。お会いになりますか？」

「是非にも……」

「わかりました。それではご案内致しましょう」

沢彦のところに京の出来事はすべて集まってくる。寺には思わぬ噂が飛び込んでくることがあった。それを沢彦は精査して考えてみる。すると真実が浮かんでくるのだ。

「禅師さま、信長さまの暗殺には裏があるのでしょうか？　色々と噂が耳に入ってきますが？」

「なるほど、甚八殿には特に色々と噂が聞こえましょうな。終わってしまったことです。もう、お話ししてもいいでしょう。あの事件は、光秀殿の野心もありましたが、四方から信長さまのお命を取る気運が生まれていました。あのようになっては、もう、誰も止められません」

「気運？」

「そうです。四方から押し寄せてくる天下泰平を望む気運です」

沢彦は信長の暗殺は世の気運だと説明した。

「それはどのようなものだったのでしょうか？」

「一つは信長さまを関白、太政大臣、征夷大将軍のいずれかにと朝廷は考えられたが、譲位問題、暦問題などが絡んでこじれていました。一つは信長さまが伴天連などを優遇するため、朝廷の将来が危ういと考えた者たちがおりました。一つは長曽我部殿に四国の切り取り勝手を約束しながら、考えを変えて征伐しようと信長さまが信孝さまに大軍を授けたことに怒った者たちがおりました。一つはこの寺がかかわることですが、快川紹喜国師を焼き殺したことで臨済宗を敵にしてしまいました。そして、そのような怪しい気運の中に、信長さまはわずか百人の近習という考えられない無防備で京に入られた。これは油断などというものではなく、殺してくれと言っているようなものです。おそらく信長さまが身を守るのに四、五千の兵力の護衛があれば充分でした。光秀殿は一万三千の兵力で京に入ってきましたから。百人ほどの寡兵と大軍ではいたし方ありません。すぐ、お覚悟をなさったのでしょう。信長さまは四半刻（約三〇分）の戦いでお亡くなりになったのです」

「四半刻。その首魁たちはどこにおられまするか？」

「甚八殿、信長さまの仇討をなさるおつもりかな。それはお止めなさい。誰も世の流れを止めてはいけません。今は猿などと呼ばれながら秀吉さまの世が流れています。やがて、その流れも大きく変わりましょう」

「流れが変わる？」

「はい、それが世の流れというものです。誰も止められません。まずは、このあたりではっきりと乱世を終わらせることです。そうは思いませんか？」

　沢彦はすべての首魁を知っていた。沢彦に見えている世の流れが甚八には見えない。だが、乱世を終わらせることが大切なのはわかる。沢彦と甚八は信長が那古野城にいた頃からの長いつき合いで親しい仲だった。信長を陰から支えてきた二人は話せばわかりあえる。老人二人の話を七里が聞いていた。

「世の流れは滞ったり激流となったり、千変万化してすべてを押し流していきます。この度のようなことがあって世の気運は大きく変わるのです。信長さまが百年の乱世を変えられたことは必ず引き継がれます。信長さまが乱世を薙ぎ払おうとされたことは、九分まで成し遂げられたのですから。後の一分は秀吉さまがなさるでしょう。秀吉さまは信長さまのような卓越した頭脳は持っていませんが、一分は易々とできましょう。そういう気運になってきたのです。武家の多くは戦いの世を終わらせようと思うようになった。ですから信長さまの死は決して無駄にはならないのです。甚八殿、あの偉大な信長さまが仇討を望んでいると思いますか？」

　沢彦は信長を育てただけに、信長に与えられた天命を理解している。

「信長さまは乱世に苦しむ民を救うために現れた神なのです。すべてを薙ぎ払って乱世の終焉が見えてきた時には逝ってしまわれた。まさに神仏がなさる御業に他ならないのです。この国を救ってくだされた神なのです。南蛮の巨大な兵力が呂宋まで来ていると聞きます。乱世のままでは南蛮の大軍に国を取られてしまいます」

沢彦の切々と語る願いにも似た訴えは、甚八のかじかんだ心を解放していった。信長がなぜ生まれ、なぜ死んでいったかがわかる。頬を伝う涙を拭うこともなく、甚八は沢彦の話を聞いていた。信長を神と言ったのは沢彦ただ一人だ。甚八は感動さえしていた。その神の傍にいられた幸福を感じる。そうだあの信長さまは神なのだと信じた。

「神さまは誰からも指図されることなく、なすべきことをなしてお隠れになられるのです。光秀殿が悪いわけでも、誰かが悪いわけでもありません。乱世を薙ぎ払ってお隠れになったのですから……」

そう言って合掌し「羯諦　羯諦　波羅羯諦　波羅僧羯諦　菩提薩婆呵　般若心経……」と真言である呪文を唱えた。

「さて、甚八殿、濃姫さまにお会いして戴きましょうか。少し歩きますが、まいりましょう。今からなら明るいうちにお目にかかれます」

沢彦が座を立つと甚八と七里が従った。

「お頭、禅師さまのお話、有り難かったです」

「うむ、信長さまを育てられたお方じゃ。すべてを見通しておられるのだ」

甚八と七里の二人が沢彦について話しながら、玉鳳院の大玄関を出ると、寺に入ってくる幻庵と鉢合（はち）わせになった。

「おッ、お頭ッ……」

幻庵が驚いた顔で甚八に頭を下げた。

「幻庵、無事で何よりだ。安土さまのお傍にいるそうだな？」

「はいッ、岐阜の忍び小屋まで行ったのですが無人で……」

幻庵が甚八とつなぎを取らなかったことを言い訳する。

「うむ、それで禅師さまにお話ししたのだな」

「はい、そうです……」

「そなたの他には誰がいる？」

「西国から戻ってきた赤鬼と黒鬼の兄弟だけです」

「二人か？」

「他の者たちは散り散りになったものと思われます」

「うむ、竹兵衛の最後は？」

「小頭は本能寺本堂の欄干（らんかん）に出られた上さまのお傍におられましたが、明智軍の鉄砲に撃たれました」

「信長さまのお傍にいたのだな？」

「はい、最後は上さまに迫る敵軍の中に木鼠と突っ込みました」

「木鼠も死んだか？」

「はい、小頭と一緒に……」

戦いがいかに激しかったか甚八にはわかった。小頭の竹兵衛も木鼠も簡単に殺される間者ではない。だが、熾烈な戦いに寡兵では防ぎ切れない。禅師が戦いは四半刻で終わったと言った様子がわかった。

「おう、幻庵殿、何かありましたかな？」

「いいえ、味噌を購いながら、京の様子を見にまいりました」

味噌は近くの百姓家からも調達できたが、幻庵はあえて京まで購いに出てくる。秀吉が台頭してきたことで、その京は大きく変貌しようとしていた。

四　安土さま

寒い小野霞（おのがすみ）の大原の問答寺（もんどうじ）こと勝林院（しょうりんいん）の裏手に、信長の正室帰蝶姫に仕（つか）えた間者滝乃の実家がひっそりとある。百姓家に建て増した屋敷になっていた。滝乃の先祖は勝林院の僧で、百姓家の娘を隠れ妻にしていた。何代も前のことである。

「御免（ごめん）！」

沢彦が問うと「はい！」と深雪（みゆき）が顔を出し「お、お頭ッ！」と甚八に驚いてその場に平伏した。その声を聴いて老婆のお杉（すぎ）が飛び出してきた。

「お杉も達者か？」

「へい、禅師さまとお頭がお揃（そろ）いで……」

「うむ、滝乃殿は元気になられたかな？」

「はい、お仙殿と山の滝の方に行っておられます」

そう言って頭を下げた。

「甚八殿、滝乃殿は本能寺で大怪我（けが）をしてな、妙心寺に来た時は助からぬと思ったほどの深手であった。だが、修行の旅が多い妙心寺の僧には、医術に優れた者が多くいるのじゃ。総がかりでなんとか命を取り留めた。竹兵衛殿と夫婦で亡くなってはのう……」

「禅師さま、誠に忝く存じます」

「何の、坊主は命を救うのが仕事じゃ、幻庵殿、甚八殿を案内してくだされ。拙僧は山に入るのは苦手じゃ、ここで姫さまをお待ちしよう」

高齢の沢彦は残り、甚八と七里が幻庵と帰蝶の庵がある音なしの滝に向かった。高野川の支流沿いを来迎院まで行き、川なりに山に入っていくと、小野山から流れ下る美しい滝が見え、その傍の崖下に草ぶきの小さな庵が建っている。増水してもいいように滝壺より一間(約一・八メートル)ほど高いところにある。

庵に窓はなく冬だけは雪囲いを付ける。

「お頭ッ!」

目敏く若狭が甚八を見つけた。庵には帰蝶とお仙、滝乃と若狭がいた。若狭以外は尼僧になっていた。

「おう、甚八殿、狭い庵じゃ、お入りくだされ……」

帰蝶が声明を中止して甚八を庵に招き入れた。

「奥方さま、この度は上さまの危難、無念にございます……」

「甚八殿、すべては夢、信長さまの果てしない夢、楽しい夢を見させて戴きました。今は只々、信長さまと中将さま、乱世に亡くなられた方々の菩提を弔うのみです」

白衣に墨の衣を着た帰蝶は、美濃一と言われた美貌で、観音菩薩のように薄い頬笑みをたたえている。怨讐を越えた仏になっていた。

「上さまがわれら凡夫に見せてくださった夢にございます」

「うむ、おそらく、この国であのようなお方とお会いすることは、未来永劫ないものと思います。わらわはそのお方の妻だったのですから……」

そう言う帰蝶の顔に悲しみの影はなかった。

「禅師さまは乱世を薙ぎ払うために現れた神だと……」

「わらわもそう思います。乱世はあまりにも過酷に過ぎます。いつの世にも、悲劇はありますが、乱世は悲劇の中に人々が生きているのです」

帰蝶の澄んだ目は静かに乱世の実相を見詰めていた。応仁の大乱以来、何十万の武家や百姓が犠牲になったか知れない。ほとんどが、世が泰平であれば死なずに済んだ人々である。

「甚八殿、松殿はお達者か？」

「はい、中将さまのご命令にて、武蔵恩方にお暮しにございまする。信松尼さまと申し上げます。中将さまとご一族の菩提を弔っておられまする」

「松殿には気の毒であった。京の近くまで来ていたのであろう？」

「近江守山まで来ておりました」

「そうか。それで、三法師が安土城にいると聞きましたが？」

「いずれ坂本城に移られると聞いております」

帰蝶は秀吉が三法師を閉じ込めるのだと感じて沈黙した。以前、信長が光秀の建てた坂本城を美しいが湖上の牢獄(ろうごく)だと言ったのを思い出した。

「甚八殿が守っておられるのですか？」

「はッ、松姫さまと三法師さまを守れと、密命を中将さまから頂戴しておりまする」

「密命、それはいつまで続くのか？」

「はい、お二人がご存命の間は守られまする」

驚いた帰蝶がお仙の顔を見た。だが、お仙も甚八の考えに否(いな)やはない。

「お頭、配下は？」

「うむ、東の方は皆健在じゃ」

そう聞いたお仙の顔色が変わった。数十人の間者集団を食わせて行くことが、どんなに難しいかすぐにわかった。仕える主家がもうないのである。それでも甚八は中将の密命を守ろうとしていた。甚八とは十代の頃から一緒に織田家に仕えてきたお仙は、甚八の性格も考えも知り尽くしている。そのお仙も滝乃も甚八の配下なのだ。

「お仙、あれを……」

「はい……」

「甚八殿、相談がありますのじゃ」

「奥方さまのためであればどのようなことでも承りまする」

「実は、信長さまが西国に持って行く軍資金が、本能寺の奥に積んでありましたのじゃ。黄金一万六千枚ほどあったそうじゃ。それをあのどさくさに、お仙が侍女たち二十数人に持たせたそうでな。わらわの先々を案じてじゃ。それだけではない。あの日の前日の茶会でお道具拝見に出た名物もいくつか持って本能寺を出た。すべてはわらわのためゆえ、信長さまは怒らぬと考えたようじゃ。その頃、わらわと滝乃は本堂で戦っておった……」

　帰蝶がそう言いながらニッコリ笑った。

「なるほど、本能寺の奥に泥棒が入った」

「お頭！」

　白髪を肩で切り落としたお仙が泥棒といわれ甚八を睨んだ。

「年の功でお仙は賢い。戦は戦、黄金は黄金と冷静沈着じゃ。禅師さまがその名物を黄金に替えてくださった。使い切れぬほど黄金がある。寺の三つ、四つは建ちます。名物がまだ残っています。あんなものが国一つとか、愚かな宗易が馬鹿なことを言ったそうじゃが、それでも欲しがる者がおるそうじゃのう。わらわにはさっぱりわかりません。甚八殿の働きに中将さまが、残っている名物をくださるそうです。受けて戴けますか。それが相談じゃ」

やさしい帰蝶の気持ちが甚八に伝わった。平伏して頂戴することにする。これから先、三法師を守るのに不安がないとは言えなかった。この信長の名物は意外なところに、密(ひそ)かに姿を現すことになる。

冬枯(ふゆが)れの洛北(らくほく)の山を風が渡っていく、寒い、冷たい。それでも帰蝶は息苦しいのを嫌い、自分がいる時は雪囲いをさせない。幻庵は帰蝶が山を下りた夜だけ庵を囲った。庵の傍の音なしの滝は、修行僧の声明のように、静かな音を響かせて流れていた。古き頃、音なしの滝は僧たちの修行の場だった。昔、聖応大師(しょうおうだいし)こと天台僧良忍(りょうにん)は、僧たちの声明が乱れるのを恐れ、滝の音を止めたという。今は、帰蝶の声明が微(かす)かに滝の流れに混じる。寒々と清浄な大原の地で、織田信長の正室帰蝶は世を捨てた。五十歳になった帰蝶はこの後、二十八年間生きて、七十八歳の長寿を得る。

「今日は少し早いが、山を下りましょう。近頃、禅師さまは登って来られぬ……」

そう言って帰蝶が座を立ち庵の外に出た。幻庵だけ残った。帰蝶を先頭に山を下りていくと、来迎院の傍の忍び小屋から赤鬼と黒鬼が出てきた。甚八が立ち止まると帰蝶が立ち止まった。

「お頭ッ……」

「うむ、よく戻ってきた。安土さまのこと頼むぞ！」

「はい、畏まりました」

二人は若く元気がいい。赤鬼は二十一になるが、黒鬼はまだ十八なのだ。帰蝶が歩き出すと兄弟が走って音なしの滝に登って行った。朝夕、必ず、帰蝶の姿を確認するのが二人の仕事だった。勝林院裏の百姓家では、沢彦が手持無沙汰で座敷に座っていた。深雪とお杉が気を使って時々沢彦の前に座る。

「大原はいいのう。まるで西方浄土のようじゃ……」

「大住持さまは西方浄土がわかるのですか？」

若い深雪が埒もないことを聞く、沢彦を少しからかっている。

「おう、深雪殿、この歳になると、夜に時々、西方浄土へ行ってくるのだ。この大原とそっくりでな。山があり川があり、田や畑があって人々が働いておる」

「まあ、大嘘つきの大住持さま……」

「拙僧は嘘などつかぬ。誠に浄土はこの大原と同じじゃ。浄土はこの世と何も変わらぬ。それゆえに死ぬことは怖くないのじゃ。親兄弟にも会える。友だちにも会える。地獄極楽など大嘘じゃ」

「まあ、そんな罰当たりなことを言って、大住持さまは本当に修行をなさったのですか？」

「うむ、若い頃にほんの少しな。深雪殿、地獄極楽は西方にあるのではないぞ。すべて、この世にあるのじゃ。地獄も極楽もその目で見ることができる。この大原は穏やかでその極楽なのじゃ」

「大住持さまもこちらにお出でになったらいかがですか？」

「そうだのう。実は岐阜に瑞龍寺という寺があって、そこも極楽じゃ」

「岐阜へ行くのですか？」

「思案の最中じゃよ。死に場所はやはり極楽が良いと思ってな」

ニッと笑った沢彦は信長が亡くなって、岐阜に引っ込むことを考えている。

五　坂本城

甚八は帰蝶に今生の別れを告げて、三法師のいる安土城に向かった。霧丸と楓は甚八の許しで一緒になると、三法師に従い坂本城に向かう。安土城の下から何艘もの舟に分乗して、琵琶湖から坂本城に入るのである。早春の穏やかな日和の中、舟が安土城を離れた。

三法師は機嫌がよく、眩しそうに空を見てくしゃみをした。右手に沖島を見ながら船団が南下する。坂本城は北湖と南湖と呼ばれる琵琶湖の南湖の湖西にある。古くは淡海とか鳰海と呼ばれた。京に近い琵琶湖は近淡海と言われ、その国は近江と呼ばれる。京から遠い浜名湖は遠淡海と言われ、その国は遠江と呼ばれた。坂本城の近く湖西の大津には、天智天皇の大津の宮城がおかれたことがある。暁の霧と夕の陽、涼の風と煙の雨、ことに湖上の月は満月もよし、三日月はなおよし。雲のたなびくかぐやの月は幽玄にして心奪われる。風光明媚とは無礼千万なり。鳰海に昼の月が高く昇っていた。

霧丸は三法師にどんな運命が待っているのか、今日が門出だと心新たに決意している。昨日、結婚祝いに甚八から新しい名をもらった。村木霧之助吉基と甚八の子になり、武家になったのである。村木は甚八が信長から頂戴した名で、あまりに勿体なかった。

甚八は三法師が坂本城に入れば、ただの忍びの霧丸では不都合と考えた。村木霧之助吉基と名乗れば、父が信長から頂戴した名である。問われればそう答えれば良い。だが、楓は相変わらず霧丸と呼んだ。

「霧丸、気持ち悪い……」

楓は舟に弱いとは思っていなかった。風がないとはいえ、沖に出れば舟は揺れる。楓の背をさすりながら微かに見えてきた坂本城を霧丸が睨んだ。突然、舟が揺れた。北からの寒風に波立って湖面が一変する。楓は気持ち悪いのも忘れ三法師を抱きかかえた。

「荒れるぞッ、摑まれッ、落ちるなッ！」

船頭の大声が響いて船足が速くなった。見る見る坂本城が大きくなり、石垣にぶつかりそうになりながら、舟が船溜まりに滑り込んだ。風は強いが空は晴れて雨は来ない。

石垣の上には丹羽長秀とその家臣団が並んでいた。

三法師は楓の手を握って、元気よく石段を上った。

「三法師君、よくまいられた。五郎左でござる」

百二十万石の大大名が片膝をついて、ニコニコと三法師に挨拶する。

「長秀の爺、頼む……」

「ははッ、ご立派になられた。爺がお守りします。お健やかにお過ごしくだされ……」

信長の寵臣丹羽長秀は善人である。だが、織田家で勝家に次ぐ二番家老の善人は、この一年後の四月に五十一歳で死去する。

「百々越前守、大儀であったな」

「はッ、恐れ入りまする」

長秀と百々越前守の二人は安土城の築城では一緒に汗を流した仲だ。

丹羽長秀は信長の兄信広の娘で、信長の養女を妻に迎え、嫡男長重は信長の五女を妻に迎えた。信長の家臣で親子が信長の一族と縁を結んだ例は長秀以外ない。その上、信長の長を頂戴し長秀と名乗った。嫡男も長重といい長の一字をもらったのである。信長は「五郎左は余の友であり、兄弟である」と言った。米五郎左とは米のように生活になくてはならないという意味である。鬼五郎左とは勝家に劣らぬ猛将であることからそう呼ばれた。

「越前守、後で本丸にまいれ！」

そう言うと長秀が湖上の本丸に戻って行った。この時、丹羽長秀は胃癌を患っていた。

百々越前守は二の丸御殿の三法師屋敷に落ち着くと、百人に満たない家臣団に指図をしてから、斎藤正印軒と一緒に本丸に向かった。長秀は大広間の高床主座にポツンと座っていた。小姓が二人いるだけで、とても百二十万石の大大名とは思えない風情だ。船着き場で会った時のにこやかさはない。長秀は道三の孫正印軒とも顔見知りだ。

「二人とも寄れ……」

主座のすぐ下まで二人を呼び寄せた。

「三法師君は幾つになった？」

「五歳にございまする」

「五歳か。あと十年だな。十年経てば十五歳だ……」

丹羽長秀は傲慢になってきた秀吉に怒っていた。信孝といい、信雄といい、織田家の者に対する秀吉のひどい扱いに怒っている。

「越前守も正印軒もよく聞け。余は病持ちだ。長く生きることはできないようだ。余の遺言と思って聞け、秀吉のことだ。あの猿面に油断するな。あの男は生まれもよくないがここもよくない」

そう言って自分の頭を突っついた。辛辣な言い方である。

「だが、人たらしで野心だけは光秀さえ足元にも及ばぬ。この頃、あの禿鼠の卑しさがむき出しになってきた。三法師君にどんな災いが降りかかるかわからぬ。この度も三法師君を大阪に連れて行く腹積りだったようだ。だが、それではどんな難癖をつけられて殺されるかわからぬ。毒を盛られることもある。それで余がここに引き取った。牢獄に閉じ込めたと言う者がいるようだが気にするな」

「はッ、畏まりました」

二人は予想もしなかった長秀の言葉に驚いた。耳を疑う内容である。

「ここに落ち着けば容易に手出しはできぬ。子どもはすぐ大きくなる。三法師君も暫しの辛抱だ。決して油断するな。何があろうと腹を立てるな。織田宗家を守るのがそなたらの使命だと思え。いいな！」

「胆に銘じまする」

「うむ、酒の支度をせい……」

小姓に命じて、脇息を前に持ってきて寄りかかった。

「秀吉は何をするかわからぬが、若い家臣には優秀な者がいる。石田三成は若いが、秀吉には勿体ない逸材だ。三法師君のため、親しくしておくのも良い。高山右近も良い。キリシタンだがこの男は誠実だ。上さまも目をかけておられた」

丹羽家は法華宗だったが、キリシタンの高山右近を高く評価した。長秀は他にもキリシタンの小西行長を推薦した。

「禿鼠めはだめだが、弟の小一郎は良い。余が死んだら何事も小一郎秀長に相談せい！」

「小一郎さまに？」

「うむ、余から頼んでおく、いいな。三法師さまがこの難しい世の中を生きて行くためだ。なりふり構うな！」

越前守と正印軒は長秀の気迫に平伏した。長秀の眼は酒も飲んでいないのに赤く血走っている。興奮しているのだ。

「もう一人、信頼できる男がいる。加賀の又左衛門だ！」

「前田さま？」

「うむ、又左は禿鼠と若い頃から親しい。その又左は上さまから特別の情けを頂戴した男だ」

長秀は信長と犬千代こと又左衛門利家の衆道の仲を知っていた。

「最後に頼るのは北政所だ。お寧さんは上さまに抱いてもらった女だ。あれは足軽の娘だが実に賢い。お寧と小一郎は禿鼠には過ぎた者よ」

長秀は信長の秘密を暴露しながら、いかにして三法師を守るか、その策を授けた。どの人脈が良いか、最も重要なことを話した。人脈を間違うと酷い目にあう。

禿鼠とは信長が秀吉を呼んだ渾名である。そこに小姓が酒の膳を運んできた。

「二人に注いでやれ……」

そう言って自分はグイッと呷るように盃を干した。一年後、丹羽長秀は胃癌の痛みに耐えられず、腹を真一文字に切り裂くと癌の病巣を切り取り、「恩知らずの秀吉に送り届けろッ！」と叫んで息絶える。信長の最後の猛将だ。それだけに清洲会議の後、秀吉に騙されたと激しい怒りを抱いていた。

「正印軒、お主は蝮殿の孫だが、三法師君はその蝮の曽孫でもある。三法師君は右府さま、信玄入道、道三入道の血を引いておられるのだから、大切にせねばならぬぞ」

「はッ、身命を賭して……」

百々越前守と斎藤正印軒は、丹羽長秀から昼酒を馳走になり赤い顔で二の丸に戻った。

丹羽長秀は安土城に来たオルガンティノが、ザビエルの十字架と言って、南蛮寺建立のお礼として献上したのを、あの時、大広間にいてチラッと見ている。袱紗ごと信長が懐に入れたのも見た。だが、その存在を今は忘れてしまっていた。前田利家が密かに洗礼を受け、オーギュスチンという神の名をもらったことも知っている。キリシタン大名は秀吉の知らぬところで増えていた。

丹羽家は尾張守護斯波家の家臣だった。長秀は尾張春日井に生まれ、天文十九年（一五五〇）、十六歳で信長の家臣になった。その頃、信長は美濃から帰蝶を正室に迎えていた。帰蝶と同い年で美男子の長秀は美貌の帰蝶に惚れた。後に長秀の気持ちに気付いた信長は、いつまでも妻を迎えない長秀に、兄信広の娘を自分の養女にして娶せた。嫡男長重が生まれたのは長秀三十七歳の時である。信長は長秀が帰蝶と話すと露骨に嫌な顔をした。だが、米五郎左として大切にし、信長の家臣で最初に国持ち大名になったのが長秀だった。若狭一国を知行したのである。

そんな長秀を信長はいつも傍においた。築城奉行として小牧山城を築かせ安土城を築かせた。安土のすぐ近く佐和山城に入れていつも傍においた。勝家や一益や秀吉のように軍団長として地方に出さなかった。本能寺の変事の時、長秀は四国攻めの信孝軍の副将として摂津にいた。

信孝の渡海に従わせるため長秀は信長の傍にいなかったのだ。光秀は長曽我部と親しく攻撃軍としては相応しくない。そこでやむなく長秀を信孝の副将につけたのである。

信孝軍は光秀軍の一万三千人より多い兵を持っていたが、本能寺の変事が伝わると動揺してバタバタと逃亡兵が出た。運の悪いことに長秀は家康の接待で軍を離れ堺にいた。急いで軍に戻った時には長秀軍は二千人ほどしか残っていなかった。信孝軍も三千人ほどしかいなかったのである。とても光秀軍と決戦のできる状況になかった。長秀の無念はそこにあった。今となっては秀吉に懐柔されたことも無念でならない。

六　秀吉とお寧

坂本城の霧丸と楓は鬼丸とつなぎが取れなくなった。湖上の城は外大濠のなお外から警備され、三の丸とは二つの橋でつながっていたが、三の丸と二の丸の間の中大濠には橋が一つしかなかった。とても、外から三の丸、二の丸と忍び込むのは難しい。

そこで、鬼丸たちは漁師に偽装し、夜、すなどり舟で城に近付き、二、三町（約二一八〜三二七メートル）の近さで水練の得意な佐助を沈めて帰る。城の近くには留まれない。通過するのがやっとだった。だが、城に入ってしまえば出るのは易い。城から出る者に警戒はしないからだ。つなぎの方法が確立すれば暫く連絡は取らない。用心しないと城の見廻りに見つかる。

前年、秀吉に安土城から退去させられた信雄は、正月の挨拶をしに大阪城に出てくるよう命じられて激怒。遂に秀吉と決別、三河の徳川家康の元に救援を求めて走った。暗愚さまが家康と同盟して秀吉と戦う決心をする。秀吉という男は相手が弱いと見ると徹底して強く出る。相手が強いと見るとなりふり構わず懐柔策に出る。意のままにするためには何でもありで、相手が落ちるまで諦めない。これを秀吉の人たらしという。位で縛る黄金で絞る知行で閉じ込めるなどありとあらゆる手を使う。だが、そんなことには見向きもしない一人の野心家がいた。

信雄が泣き付いた徳川家康である。この男も秀吉以上の野心家だった。信長の同盟者で、信長も煙たがった三河の捻くれ者。幼児の頃から織田家や今川家の人質になり、駿府で禅僧の太原雪斎の薫陶を受け、義元の死後に三河に入って独立し信長と同盟した。本能寺の変事の時、家康は堺にいた。安土城で信長の饗応を受け、京と堺見物に向かった矢先の変事で、家康は脱出するのさえ困難だった。伊賀越えでなんとか三河に戻って尾張に軍を進めた時には、秀吉と光秀の決戦が終わっていた。

秀吉と対決したのは信雄と家康だけではない。四国の長曽我部元親、北陸の佐々成政、相模の北条氏政、紀州雑賀衆や根来寺が信雄と意を通じた。秀吉包囲網である。各地の挙兵に危機を感じた秀吉は、十万の大軍を率いて三月に紀州へ乱入。紀州は高野山、雑賀、根来寺など巨大勢力が跋扈する自治領で、秀吉が統治できない地域になっていた。根来寺などは最盛期には領地七十万石余、僧兵二万を揃えて寺と領地を守っている。高野山も十七万石を領している。五万の兵力を集める力を持っていた。ことに根来寺の家老で吐前城主の津田算長は、種子島から鉄砲を持ち帰った僧で、二万の僧兵を指揮する大将だった。そんなことで、根来寺は大量の鉄砲を保有している。その鉄砲は雑賀にも流れ、鈴木孫一のような鉄砲の上手を育てた。

高野山も領地を拡大し信長に反抗。信長は高野聖を捕縛し皆殺しにした。秀吉にも反抗する巨大勢力だったため、服従しなければ全山焼き払うと宣言しての侵攻である。さすがの高野山、雑賀、根来寺も秀吉の十万の大軍を恐れた。この戦いは四月に決着する。

丹羽長秀は越前の所領を守るため、加賀の前田利家と協力して佐々成政に対抗した。

三河から尾張清州城に出てきた家康は、信長の乳兄弟で義兄弟でもある池田恒興が、信雄の味方であろうと思っていたが、突然寝返って犬山城を占拠する動きに出た。家康は即小牧山城に入って犬山城と対峙する。恒興は秀吉から尾張一国を約束されている。この勝三郎恒興がなんともわからない男だった。信長と一緒に育ちながら織田家に対する忠義が感じられない。だが、死後は信長と一緒に妙心寺に眠ることになる。秀吉は家康軍三万を甘く見ていた。

十万の大軍で家康を一気に叩き潰せると考えた。紀州を征伐した勢いで大軍が東に侵攻すると運命の激突になった。両雄は並び立たない。尾張の浮浪小僧と三河の捻くれ者の戦いになった。一筋縄ではいかない二人だ。

十万と三万の対決だが、この兵力になると采配次第で野戦の形勢は千変万化する。

家康軍は三万と数は少ないが、かつて三方が原で武田信玄と戦い、完膚なきまでに叩きのめされ、恐ろしさに脱糞しながら、命からがら逃走した時の家康ではなかった。

秀吉、何するものぞと気迫、自信が充実している。本能寺の立ち遅れを挽回する良い機会ととらえていた。家康は秀吉をただ運のいい男と見ている。自分は信長と対等の同盟者だった。その秀吉は信長の家臣で織田家を丸ごと乗っ取ろうとしている。それに気付いた信雄が助けを求めてきたのだから、織田家を助けるという大義名分は自分にあると家康は考えていた。

光秀を討ち、信長の敵討に勝ったとはいえ、その後の清洲会議から、秀吉の露骨で強引な織田家乗っ取りに大義はなかった。だが、古今東西、権力闘争に大義も恩義もないのが常識である。ましてやまだ乱世なのだ。正義や大義にこだわればそれが弱点になる。非情に徹し、情は権力の座についてからでいい。

秀吉とお寧と秀長は、なりふり構わず天下に昇ろうとしていた。その野望と同じ野望を抱いて立ち塞がったのが徳川家康だ。紀州が平定されたことは知っていたが、秀吉との対決にかける乾坤一擲の気迫は秀吉を躊躇させた。大軍を擁していながら秀吉はなかなか決戦に出ない。家康をことのほか警戒している。秀吉得意の干殺しは野戦では役に立たない。相手が弱ければ火攻めでも水攻めでも兵糧攻めにもするが、「いざ、来い！」と家康に構えられて戦線はいきなり膠着した。

信長の家臣だった頃のように、いざとなれば援軍が来るわけではない。決戦に敗れれば滅亡する。秀吉は敗北に異常なほど臆病になっていた。大軍は大軍ゆえに油断して怠惰になる。

秀吉は池田恒興から家康の裏をかく奇襲作戦の具申を受け入れる。その作戦は中入りと言って、家康がいなくなりながら空きの三河に秀吉軍と池田軍が乱入して、家康の後方を攪乱するものだった。臆病になった秀吉はその作戦に反対だった。だが、恒興の強い申し込みに許してしまうがそれは間違いだった。この策を家康に見破られてものの見事に失敗する。そのため秀吉は決戦を回避し豊臣家滅亡の禍根を残すことになる。秀吉は家康の捻くれた野心を読み切れなかった。目の前の困難を取り除こうとしただけである。ここが秀吉の限界で愚者の判断だった。

　権力を握ろうとする者は、それに挑戦する者を徹底的に潰す必要がある。なぜなら野心は簡単には消えないからだ。死んだふりをしながら復活の機会を虎視眈々と狙う。ここぞというとき、権力者の喉元に食い付き仕留める。その芽を徹底的に摘んでおくのが真の権力者だ。中途半端にするのは似非者でしかない。真の権力者にはどんな非情も許される。

　秀吉は似非者でしかなかった。ゆえに、銭をばら撒き官位官職をばら撒いて人気を博した。だが、豊臣家は滅んでしまう。家康の捻くれた非情さに滅ぼされる。それは秀吉が残した禍根だった。十万対三万で決戦して、五万を失っても家康を殺す覚悟が秀吉になかった。結局、大軍を動員しながら決戦することなく、奇襲作戦を家康に見破られ池田恒興親子を失い敗北する。

　秀吉の臆病が厭戦気分になり、とても決戦できる状況ではなくなる。戦いに敗れるとはこういうことなのだ。それでも秀吉の真骨頂はここからであった。厄介な家康ではなく暗愚さまの信雄に狙いを定め、家康の頭越しに単独講和、和睦を目指す。信雄は信長の子の中で最悪だった。自分が愚かであることに気付いていない。人はほとんどが自分の愚かさに気付かないものだが、信雄は信長の子だけに賢いと勘違いしている。泣き付いた家康に相談することなく、恥も外聞もなく伊賀一国と伊勢半国を差し出せば、罪は問わぬという秀吉の脅(おど)しに屈し、十一月になって秀吉と和睦してしまう。この時、信雄は筒井順慶(つついじゅんけい)や藤堂高虎(とうどうたかとら)らに攻められて震えあがったのだ。

伊賀一国十万石、伊勢半国二十五万石の重みをわかっていない。信長の御曹司(おんぞうし)というだけで得た領地に未練はないのだから困る。結局、屋根に上がって梯子(はしご)を外された家康は、戦う名分を失い三河へ撤退した。ここから家康の家康らしい捻くれが発揮される。

秀吉に臣従した信雄は、やがて秀吉の怒りをかい、出羽(でわ)や伊予(いよ)に流罪(るざい)になる。この秀吉と家康の戦いを三法師の家臣団は、坂本城からつぶさに見ていた。百々越前守、斎藤正印軒、霧丸たちは成長する三法師が、秀吉とどんな関係を築くべきか真剣に考え始めていた。長秀が亡くなれば三法師は危険である。だが、良い手立てがない。考えあぐねた霧丸は甚八に相談しようと考え、佐助に甚八宛の書状を託した。

甚八の出した結論は沢彦宗恩に願って、お寧と小一郎秀長に三法師の将来を託(たく)すことだった。それが最も安全を確保できるということである。

秀吉は勝家との戦いが終わって、妙心寺を訪ねて沢彦と会っている。臨済宗の大長老に願いの筋があった。各地の大名家には臨済宗の名僧たちが当主の師として入っている。今川義元は自ら臨済僧だったが太原雪斎という軍師がいた。

武田信玄には希菴玄密と快川紹喜、織田信長には沢彦宗恩、上杉謙信は自ら臨済僧で宗心という名を持っていた。毛利輝元には安国寺恵瓊、島津義久には文之玄昌、長曽我部元親には真西堂如淵、伊達政宗には虎哉宗乙、徳川家康には太原雪斎、三要元佶や金地院崇伝などである。三要元佶は軍師として関が原で家康の傍にいて手柄を立てる。

信長を越えたい秀吉は沢彦を召し出したかったが、大長老の沢彦が秀吉ごときの傍に出てくるはずがなかった。秀吉はにわか権力者で師というものはいない。軍師の黒田官兵衛がいるだけだ。

つまり、臨済宗の名僧を推挙してもらうための会見だった。座禅修行を専らにする林下の妙心寺には優秀な人材が数多いる。沢彦は妙心寺の大長老であると同時に臨済宗の大長老であった。

沢彦八十二歳は秀吉の依頼を快く引き受けた。妙心寺五十八世大住持南化玄興四十七歳、玄興は妙心寺開山以来、最も若い三十三歳で大住持になった大秀才である。相国寺の西笑承兌三十五歳と藤原惺窩二十四歳、南禅寺の玄圃霊三四十四歳と弟子の崇伝十六歳、建仁寺の春屋宗園五十六歳、大徳寺の古渓宗陳五十三歳、東福寺の月渓聖澄四十九歳と景轍玄蘇四十八歳や文英清韓十七歳などを推挙した。

秀吉は大徳寺の古渓宗陳とはすでに面識があった。信長の葬儀をしたとき、その導師を務めたのが古渓だった。月渓聖澄は正親町天皇と信長の間に立った名僧である。実兄は公家の立入宗継で禁裏の御蔵職だった。景轍玄蘇は後に対馬に渡り宗義調の師となり、朝鮮外交を担うことになるが、秀吉が朝鮮出兵を決意したため、文禄の役の前から朝鮮に渡海して外交を一手に担うことになる。明にも渡って万暦帝と会見することになる名僧である。

無学な秀吉は南化玄興を信頼し、京に祥雲寺を開山するまでになる。天才玄興は四度妙心寺の大住持を務め、後陽成天皇、秀吉、上杉景勝やその正室で松姫の妹菊姫、家臣直江兼続、稲葉貞通、一柳直末、脇坂安治など多くの大名が帰依する。

秀吉の傍には玄興の他に西笑承兌、玄圃霊三、古渓宗陳、景轍玄蘇、春屋宗園、月渓聖澄などが付くことになる。だが、どんな善知識や大碩学を傍においても、その話を聞く耳を持たなければ宝の持ち腐れである。家康にはその耳があったが秀吉には耳がなかった。

正月が過ぎると沢彦は、噂の大阪城を見ようと摂津に赴き、秀吉の正室お寧との面会を願った。大阪城は二年前の天正十一年（一五八三）から築城が始まっており、お寧は大阪城に移ってきていた。この年、天正十三年（一五八五）にお寧は従三位になり北政所と呼ばれるようになる。

「大住持さま、よくお出でくださいました」

尾張訛の抜けないお寧が大喜びして沢彦を歓迎する。お寧は那古野城下にいた幼い頃から、何度も沢彦とは会っている。沢彦が信長の師であると知っていた。

「お寧さま、久しいのう」

「はい、大住持さまを最後にお見かけしましたのは岐阜でございます」

「おう、そんなになりますか。上さまも秀吉さまも忙しかったので、そうかも知れませんな。お寧さまが大好きだった上さまが逝ってしまわれた」

「悔しくて、悔しくて……」

「お寧さまは何度抱かれたかの？」

「禅師さまッ！」

誰もいなかったから良いものの、お寧の生涯の秘密を沢彦がサラッと言う。お寧は怒った顔をしたが嬉しかった。お寧は幼い頃から信長が大好きだった。茶筅髷を赤い紐で巻き上げ、短袴をはき、女の派手な着物をひっかけて仲間と歩く信長は、若い女たちの憧れだった。何人の娘が抱かれたか知れない。美男子でお城の殿さまの信長に抱かれることは女の誇りだった。女として認められ自慢でもあった。

お寧はニッと笑って指を三本出した。

「おう、天晴(あっぱ)れ、天晴れ、何と、何と……」

沢彦が褒(ほ)めながら驚いた。お寧は尾張娘らしく大らかである。指三本には女の意地と自慢が隠されている。

「拙僧も先が長くありません。あちらで上さまにお寧さまのお話しをしましょう」

「まあ、上さまはもうお忘れです」

「上さまも罪なお方じゃのう」

「ええ、何人の女が泣きましたことか……」

「お寧さまも泣きましたか？」

「はい、たくさん泣きました」

「そんなに嬉しいとは、拙僧にはわかりません。煩悩(ぼんのう)、煩悩……」

沢彦が頓珍漢(とんちんかん)なことを言って合掌(がっしょう)する。

「大住持さま、どのような用向きでございますか、秀吉殿に？」

「いや、お寧さまにお頼みじゃ」

「大住持さまが、このお寧に？」

「三法師さまのこれからのことを、お寧さまにお頼みしたいのですよ」

沢彦が合掌してお寧に頭を下げた。それだけで賢いお寧にはすべてわかった。

「畏まりました。大住持さまの仰せ、確かにお寧が承りました」

「有り難いことです。お寧さまに御仏（みほとけ）の功徳（くどく）がありますよう、お祈りしましょう」

「大住持さま、このまま乱世は終わりましょうか？」

お寧が不安そうに聞いた。

「終わります。お寧さまは何がありましても、慌てず騒がず、実相を良く見つめてくだされ。上さまが愛（め）でられたお方ゆえ、遠くまで見通せましょう」

「秀吉殿にはお子がおりませんが？」

「お寧さま、お気になさいますな。些細（ささい）なことです。世の流れをよく見ることです。お寧さまはいつもお心静かにお暮らしくださりますよう……」

沢彦はお寧を諭（さと）すように話した。お寧は秀吉との間に子がなく、それだけでなく、秀吉の側室たちも子を産まなかった。秀吉は若い頃から多淫暴淫（たいんぼういん）だったが子はできなかった。秀吉には生来（せいらい）子種がなかった。それはお寧が一番良く知っている。

お寧が信長に秀吉の不貞（ふてい）を訴えたのは、女に秀吉の子ができたと勘違いしたからで、お寧の信長への大いなる甘えだった。信長はお寧の気持ちをくんで、四男の於次丸（おつぎまる）を養子としてくれた。長浜城で南殿という女が産んだ石松丸（いしまつまる）こと秀勝は秀吉の子ではない。側室でも愛（あい）妾（しょう）でもない女が勝手に産んだ子で、お寧は秀吉の子と勘違いした。

秀吉の最大の長所は下品と度量の大きさにある。人を食ったところがあり、信長に対してもそういうところがあった。それを信長は愛でたのである。出陣先で勝家と喧嘩して勝手に長浜城へ戻ってきたり、金ケ崎の戦いの退き口のように、殿でも果敢に戦ったり、極めつけは小田原征伐に遅参した伊達政宗に、二人だけの時に斬れと言わんばかりに、自分の太刀を持たせて小便をしたりと、その下品な言動は人を安心させ、度量の大きさは誰からも信頼された。秀吉の人たらしの実態は下品さと度量の大きさから生まれるものだ。それをより良く見せようと大真面目で馬鹿なことをする。黄金をばら撒いたり、黄金の茶室を自慢してみたり、最大の馬鹿は朝鮮出兵である。信長が亡くなり褒めてもらえなくなった秀吉は孤独になっていく。

路傍で信長に拾われてから信長だけが頼りだった。信長の強烈な個性とその天才ぶりを秀吉は愛したのである。秀吉は自分が関係した女に子ができると、でかした、でかしたと褒めて自分の子にしようとする。そんな秀吉にお寧はあきれるしかなく、お寧も徐々に結構図太く腹の太い女になった。二人が話しているところに、秀吉と秀長の兄弟がひょっこり顔を出した。この兄弟は異父だが実に仲が良かった。

「おおう、大住持さま、お寧と何の話でござるか？」

そう言うとお寧の傍にドサリと座る。

「お前さまには内緒の話をしていました」

「けしからんな、余に内緒の話などこの城の中では許さん！」

「お前さまはこのお寧に内緒の話はありませんのか？」

「何ッ、余はそなたに内緒にしていることなどない！」

「あら、そんな強気で宜しいのか？」

賢いお寧がギリッと秀吉を締め上げる。

「何だ、そなたに隠し事などないぞ！」

強く出る時の秀吉は隙だらけだ。二人の言い合いを秀長が傍で笑いながら聞いている。

「そうですか。茶々殿に言い寄ったとか、嫌われたとか、あれは？」

「何だとッ、嫌われてなどおらぬぞ！」

「やはり、お寧に内緒で言い寄られましたな？」

お寧がギッと秀吉を睨んだ。秀吉は言い合いになるとほとんどお寧に勝てない。

「小一郎、天守閣のことだがな……」

そう言って秀吉はそそくさと逃げ出す。お寧に人たらしは通じないのだ。

「大住持さま、どうぞごゆっくり……」

秀長が秀吉の後を追って行く。気の強いお寧は若い頃、秀吉を何度も追い回したことがある。仲がいいだけに喧嘩が絶えなかった。

「大住持さま、酒などいかがですか?」

「有り難く頂戴いたしましょう」

沢彦もお寧もあまり酒を嗜まないが、お寧は機嫌のいい時に少しばかり呑んだ。それを知っている秀吉が機嫌の良い時は「余も仲間に入れろ……」と丁重に低く出る。

沢彦は何とも愉快な夫婦だと思う。糟糠の妻とはお寧のような人をいうのだ。足軽大将の娘で身分違いの小者の秀吉を好きになり、その夫はいまや天下人にまで昇ろうという。お寧の功績が実に大きかった。

秀吉が集めてくる子どもたちを預かって育て、多くの人質の面倒を見てきた。次々と秀吉が手を付ける側室たちをまとめて行くことは容易ではない。男にはわからない女だけの世界があって厄介なのだ。妬みやっかみ不平不満など雑多なことに耳を傾け、お寧は的確に指揮を執って行く。そんな日々が戦場だった。

第四章　岐阜（ぎふ）の雪

一　バテレン

秀吉の姉の息子の甥羽柴秀次が安土城に近い鶴翼山に八幡山城を築き始めると、安土城は廃城になり、その石が鶴翼山に運ばれて行った。鶴翼山は別に八幡山とも言った。安土城と八幡山城は西に一里（約四キロ）ほどしか離れていない。後に関白になる秀次の居城である。十八歳の秀次は安土城の蛇石のことを知っていた。蛇石を運んだ秀吉から見事な巨石で名石だと聞いている。秀吉が褒めるのだから相当に良いのだろうと思う。

秀吉が喜ぶなら探して大阪城に運ぼうと考えた。無謀な考えである。四万貫（約一五〇トン）もある巨石が渡れる橋などない。大き過ぎて舟や筏で運ぶことも危ない。三つ、四つに割れば運べないこともないだろうが、割ってしまっては巨石の価値がない。実物を見ていない秀次は八幡山に運ぶのも至難であることをわかっていなかった。

「安土城の蛇石を探せッ！」

若い秀次は百人を石探しに向かわせた。一方で安土城の石を次々とはがして八幡山に運んだ。信長が近江や京から運ばせた無数の石である。同時進行の石探しは、蛇石を埋めてから十年が経ち正確な場所がわからない。二百人が追加され、やがて五百人が追加される。それでも場所の書付のない巨石は見つからない。あちこち三十か所も試掘されたが所在はわからなかった。

信長が秘した巨石は見つけることができず、そんなものが本当にあるのかと、秀次は半信半疑で石探しをあきらめた。信長は偽装のため蛇石の場所の噂を流した。蛇石はあまりにも大きくて山に上げ切れず仁王門の下に埋めた。摠見寺の本堂の下にある。三重塔の礎石になった。黒金門の下にある。いや本丸南虎口に埋められた。本丸清涼殿の下だ。何と言っても天主の地下の下に埋められたというのがもっともらしい。中には滑り落ちて十個に割れたので、山には運ばれていない、城内にある巨石がその残骸だ。十年の間に尾ひれがついてその真相は杳としてわからなくなっている。それは信長の宗教性がわからないと解けない。

信長は安土山を霊鷲山にしたのである。

信長が攻め込んで城下の寺社など焼き払ったり、比叡山延暦寺を焼き討ちにしたり、高野聖を皆殺しにしたり、キリスト教を保護したり、仏教を憎悪していたように思われているが、全くの誤解で、臨済宗妙心寺三十九世沢彦宗恩大住持を師に迎え、仏教の何たるか、宗教とは何かを深く学んだ信長はすべてわかっていた。

信長の旗、木瓜紋や永楽銭の旗には、織田家の宗旨法華の南無妙法蓮華経の吹き流しを付けることがあった。信長は無神論者でも無学でも南蛮かぶれでもなかった。自ら死のうは一定を歌い、人間五十年と敦盛を舞う、太刀を振るい、鉄砲を放ち、城を築き、安土城という美の結晶を、自ら神になる聖堂として、顕彰して見せた頭脳は、万能の天才というしかなく、そこに秘された巨石は簡単には姿を現さないのだ。

安土城は姿を消し残骸だけがわずかに残った。秀吉がこの世にあってはならないと考えた神の聖堂は消えてしまった。その代わりにただ大きいだけの大阪城が完成したのである。天下無双、難攻不落などと称賛された。人が造った物に天下無双や難攻不落などない。その証拠に、より大きな江戸城ができ、大阪の役ではもろくも大阪城は落城する。

霧丸や楓は湖水の対岸で何が起きているのか知らなかった。

八幡山の築城やその石が安土城から運ばれていることは聞き知っていたが、蛇石探しがされているとはまったくわからなかった。もう六歳になった三法師と無事に楽しく暮らしている。三法師は決して坂本城から出ることはない。

だが、乱世はまだ安定せず確実に動いている。秀吉に敵対する勢力は残っていた。そこに新たな敵が現れたのである。

イエズス会の日本責任者ガスパール・コエリョが、西国のキリシタン大名を支援するため、呂宋まで来ているスペイン艦隊に日本への派遣を求めていた。ザビエルのイエズス会には、ザビエルやトーレスやオルガンティノやフロイスのように、日本人は優れた能力を持った民族だと考え、適応主義を取る一派と、コエリョやカブラルのように、日本人は劣等民族だから南蛮風に仕込まなければならないと考える一派があった。

野心家のコエリョは危険な男で日本を占領して、日本のキリシタン大名の武力を明への侵攻に使おうと考えている。この考えはコエリョだけではなく多くの宣教師が持っていた。スペインはこのような考えで世界各地に植民地を広げてきた。それを知ってか明は鎖国をして国を閉じている。そのため、ザビエルは上川島まで来ていながら明に入れずに亡くなった。唐には西域から既に七世紀ころにキリスト教が自然流入してネストリオスの景教とも言う。

この頃、敬虔なキリシタンの高山右近は、秀吉に信頼され播磨明石に六万石の知行をもらっていた。四月になると十六日に丹羽長秀が、秀吉への不満を抱きながら死去。だが、元気な三法師に変化はない。

コエリョとは逆にオルガンティノは、「南蛮人は賢明に見えるが、日本人と比べると野蛮である。自分は世界中でこれほど天賦の才能に恵まれた国民を知らない。日本人は怒りを表すことを好まず、礼儀の丁寧さを好み、贈物や親切を受けた時は、それと同等のものを返礼しようと考える。相手を褒めて互いに侮辱することを好まない。知性に優れ、その能力は南蛮人に優るとも劣らない優秀な民族である」と日本人を高く評価した。オルガンティノは日本の宣教に半生を捧げ、二十四年後、長崎で病に倒れ七十九歳で亡くなる。

翌天正十四年（一五八六）に、危険な男コエリョが、三月十六日に大阪城で秀吉と会見する。新しい権力者秀吉に日本布教の責任者として、宣教の許しを正式に願い出た。秀吉はキリスト教の布教を信長と同じように許可する。

その秀吉は信長の死の真相を知っていて、朝廷に対しては逆らわず、自分の官位官職の昇進や諸大名に官位官職をばら撒いて、位打ちにすることに余念がなかった。だが、天皇領や公家領を決して増やそうとはしない。天皇領はほぼ七千石、公家領は百三十数家で数万石と厳しいままだった。その数万石のうち二万石以上を朝廷と摂関五家で領している。つまり五、六万石ほどが、百数十家の領地だった。その中には二百石に満たない公家が多くいた。百石もない家すらある。秀吉はキリスト教に反対の朝廷や公家に気を使いながらも、南蛮貿易の利の太いことを知っていて、信長と同じ方針を取っていた。五月四日に正式にキリスト教の布教を許す許可状を発給した。ところが翌年に事件が起きる。コエリョの本性が現れる。それは秀吉の九州征伐の時だった。九州には大友宗麟や有馬晴信のようなキリシタン大名が多い。中には強制的に領民をキリスト教に改宗させる大名がいた。

九州征伐は秀吉が自ら七月に二十万の巨大兵力で、肥前方面と日向方面から薩摩に迫った。二十万対五万では戦いにならず島津義久が降伏した。三河の徳川家康と関東の北条氏政を残して、ほぼ天下は秀吉のものである。この年、秀吉は後陽成天皇から豊臣の姓を賜った。

翌天正十五年（一五八七）にとんでもないことが起こった。この時、秀吉は九州を平定して博多にいた。インドのゴアにいるヴァリニャーノはキリシタン大名に過度な支援をしないよう、コエリョに通達していたがそれを無視して、コスタ船に大砲を積み込んで、博多で秀吉に演習を見せると言い、示威行為をしたのである。日本にはまだない大砲が火を噴いた。驚いたのは高山右近らキリシタン大名である。大慌てで高山右近と小西行長がコエリョのところに飛んで行った。

「このような演習はやり過ぎです！」

「船をそのまま秀吉さまに献上してもらいたい！」

右近と行長が必死でコエリョを説得した。だが、スペイン艦隊に支援を要請しているコエリョは聞く耳を持たず拒否する。呂宋からスペイン艦隊が日本に向かえば、博多か大阪で大規模な海戦が勃発する危機だ。

ところが日本の実情を知っているスペイン艦隊は動かない。信長の鉄甲船があると提督は警戒している。スペイン艦隊の船はすべて木造船なのだ。だから、日本の近海には近づかない。大砲の脅しに激怒した秀吉はコエリョを呼んで詰問する。

「うぬらのやっていることは余に対する謀反（むほん）ではないかッ。不届千万（ふとどきせんばん）であるッ。ことごとく調べて糾明（きゅうめい）してくれるッ。首を洗って待てッ！」

コエリョは震えあがったが、秀吉も迂闊（うかつ）に宣教師を殺せない。だがその秀吉は宣教師の良くない噂を耳にしていて、残らず罪状が調べ上げられた。

六月十九日、筑前箱崎（ちくぜんはこざき）で秀吉は殺しはしないがバテレン追放を宣言する。その理由は、

一つ、阿片（アヘン）による治療法は邪法であり許されない。

一つ、信長さまを苦しめた一向宗（いっこうしゅう）の一揆（いっき）は下層農民が中心だったが、キリシタンの一揆は多くの大名が含まれ、反乱、謀反になる恐れがある。

一つ、強制的にキリスト教に改宗させ、神社や寺院を迫害し、神社仏閣を破壊するなど言語道断（ごんごどうだん）である。但（ただ）し、自分の意思で改宗することは認める。

一つ、ポルトガル人が日本人を奴隷（どれい）にして売買するなどは断じて認められない。

一つ、余が女を召し連れるよう命じたのに、キリシタンであるからと拒否したのはけしからぬことだ。

よって、信仰の自由と南蛮貿易の自由は認めるが、宣教師は二十日以内に国外に退去すること。秀吉はコエリョとポルトガル通商責任者ドミンゴス・モンテイロを呼んでそのように宣告した。だが、秀吉は南蛮貿易の利益は欲しい。商人の渡航は自由で、明らかに宣教師コ

エリョの示威行為に対する報復だが処分が甘かった。宣教師たちは長崎の平戸に集まってきたがなかなか国外へ退去はしない。信長と村井貞勝が許した京の南蛮寺が破壊される事件が起き、高山右近は六万石の領地を捨てると信仰をとり、オルガンティノと共に小西行長の領地である小豆島に渡って、京や畿内のキリシタンを指導することにした。

黒田官兵衛のようにいち早く棄教した者もいたが、小西行長と同じように棄教したふりをする者が多かった。右近のように領地を捨てた大名は珍しい。翌年、高山右近の人柄と武将としての力量を惜しんだ前田利長は、一万五千石の高禄で右近を加賀に呼び寄せる。オルガンティノは右近と別れ長崎に向かった。京にいて布教から遠ざかり、『日本史』の編纂に没頭していたルイス・フロイスも京を離れ長崎に向かう。コエリョの軽率で挑発的な示威行為が、ザビエル以来、営々と築いてきたキリスト教に暗雲をもたらした。この日本の実情にゴアのヴァリニャーノは慌てたが打つ手がない。秀吉の怒りが収まるのを待つしかなかった。バテレンは追放だが南蛮貿易や信仰の自由は許されたため、このバテレン追放は徹底されなかった。宣教師も長崎には来るが渡海しようとはしない。このしぶとさがやがてキリスト教弾圧へと向かうことになる。

十月二日、信長の学問の師であり、参謀であり軍師だった沢彦宗恩が、岐阜の大宝寺浄月庵で倒れ八十五歳の天寿を全うして亡くなった。

二　元服

天正十六年（一五八八）、三法師は九歳になった。楓に祖父織田信長のことを、日々聞かされて育ち、三法師は偉大な祖父を深く尊敬するようになっている。同時に母松姫のことを聞かなくなった。

三法師は関白秀吉の命令で岐阜城に移り元服することになった。沢彦の死を受けてお寧が大切な約束を果たしたのである。湖上の牢獄、坂本城から出て祖父と父の城であった岐阜城に移る。三法師も嬉しいが、最も嬉しいのは家臣団である。百々越前守と斎藤正印軒は早速移転の支度に入った。この朗報は鬼丸から七里にも伝えられ恩方の信松尼と甚八にも伝えられた。大原の帰蝶にも密かに伝えられた。

この時、甚八は八十歳を過ぎ恩方で病臥していた。甚八の後継は息子の一蔵である。その甚八は暑い夏を乗り切れずに亡くなる。

早春の琵琶湖畔は風もなく早暁の霧に包まれていた。霧は南からの風が吹けば四半刻（約三〇分）もせずに消える。坂本城の船溜まりから三法師一行の船団が湖東の安土に向かった。廃城になった安土城はもはや見る影もない。廃城になって三年、人の住まない城は無残である。摠見寺だけは焼け残ったところだけが生きていた。三法師、越前守、正印軒、霧丸の四人が百々橋に立ったが中には入らなかった。栄枯盛衰は世の常である。秀吉が廃城にしたところに、ゆかりの三法師が未練たらしく入るのは好ましくない。今や関白に昇り天下人の秀吉に聞こえが良くない。

三法師は馬にも輿（こし）にも乗らず元気よく徒歩である。見るもの聞くものが新鮮だ。解き放たれた若鳥は自分の翼を信じて琵琶湖の上を旋回して、京や堺に飛んで行きたいのだがそれはまだ許されない。

急ぐ旅ではなかった。食する物がすべて美味（うま）い。祖父や父が見たであろう景色、食したであろう食べ物、聞いたであろう風の音や鳥の囀（ささや）き、三法師は大人になった気分で歩いた。

三法師は近江に三万石の所領をもつ小大名である。秀吉の命令通り岐阜城に入った三法師はすぐ元服した。この先、どのように生きるべきか考えなければならない。霧丸や楓からは織田宗家の天下への復帰を教えられたが、それは関白秀吉がいる限り無理なように思う。三法師は自分の立場を理解しはじめている。

関白太政大臣豊臣（とよとみ）秀吉から賜（たまわ）った名は三郎秀信（さぶろうひでのぶ）である。秀吉の秀が上で信長の信が下になった。霧丸と楓はおもしろくない。同時に官位官職も朝廷から賜った。従四位下侍従（じゅしいげじじゅう）である。三万石の小大名にしては破格の官位官職だった。三法師は左近衛権少将（さこんえごんのしょうしょう）になり立派な貴族である。従三位以上が公卿になる。

秀信の名について秀吉とお寧の間で一悶着あった。

「お前さま、三法師さまに秀信などと、それで信長さまを踏んづけたつもりかえ？」

「何だと！」

秀吉が気にしている名で、断固譲れないことなのだ。誰であれ秀の上に字を乗せることは許さない。それをお寧は猿が信長さまを踏んづけたと怒ったのである。秀吉の敏感な部分を貫いた。

「お前さま、そんなことで信長さまの上に立つことなどできませんのえ……」

「お寧、何が言いたい！」

「信長さまはお前さまに尻の穴があるかと笑っておられます。信長さまの父上信秀さまのお名で宜しいものを、ひっくり返すとは……」

「何ッ、余を笑うつもりかッ、お寧でも許さぬぞッ！」

「笑いませんが、関白太政大臣ともあろうお方が、諸大名の方々にどう思われますか？　信秀さまであれば逆にお前さまの大きさを見たものを……」

秀吉よりお寧の方が一枚上手である。秀吉は不貞腐れてお寧を睨み付けた。お寧は秀吉の尻の穴が小さいと怒っている。だが、終わってしまったことは秀吉でも変えられない。秀吉はたとえお寧が言っても譲れないと思っている。秀の字は秀吉そのものなのだ。家康の次男、結城秀康は秀家としたいのだが、さすがに生きている家康を踏んづけることはできなかった。

四月、秀信が京の聚楽第に呼ばれた。聚楽第は秀吉の京の屋敷として前年に完成したばかりだった。秀信一行は岐阜から騎馬隊を編成して出立した。先頭には街道に詳しい百々越前守がいて、次に秀信が美しい葦毛に乗っている。その後ろに霧丸と楓がいて、正印軒と馬廻り十八騎が続く、その後ろを鬼丸と三吉が走っていた。

秀信は十四日の後陽成天皇の聚楽第行幸に供奉するのである。公家になって初めての仕事だ。小人数での上洛だが織田少将秀信は格式が高い。若々しい勢いを感じる行軍だった。

「霧之助！」

秀信に呼ばれ、霧丸が馬を進めて轡を並べた。

「安土の城に立ち寄ることはできぬか？」

「はい、少将さまが安土城にお入りになることは不都合かと存じまする」

「なぜだ？」

「京の関白さまに聞こえが宜しくないかと思いまする」

「関白さまか？」

「いずれ、お立ち寄りになれる機会もあるかと存じまする。ここは初めてのご上洛ゆえ、まずは京のお屋敷に入られ、関白さま、北政所さまにご挨拶なさるのが、何よりも先かと存じまする……」

秀信は荒廃した安土城下をキョロキョロしながら通り過ぎた。祖父織田信長の栄華を偲(しの)ばせる物は残っていない。幼いながら秀信は天下を九分まで手中にし、光秀の謀反で倒れた祖父の無念を理解している。その祖父と運命を共にした父を立派だと思う。これからその祖父と父が壮絶に戦って逝(い)った京へ行く。

織田家が燃え尽きた京である。秀信はその織田家を復活させなければならない。秀信は信長が最後に入洛した雨の日の行軍姿を、正印軒から詳しく聞いていた。正印軒はその信長の姿は見ていなかったが、妙覚寺の中将信忠の傍にいたので知っている。

黒の縁広の南蛮帽子をかぶり、雨に濡(ぬ)れて黒光りする信長自慢の南蛮胴を付け、黒いビロードのマントを着ている。マントの内側は火の燃える赤。漆黒(しっこく)の名馬大黒(おおぐろ)にまたがり、傍を黒人の弥助(やすけ)が信長の大槍(おおやり)を担(かつ)いで走る。天下無双の大歌舞伎(かぶき)者の行軍姿だった。それを聞いた時、三法師は涙を流した。嬉しかった。そして悔しかった。織田信長という祖父に会いたいと思った。安土城の美しい話といい、この頃すでに三法師の頭の中には神々しい信長が生まれている。

織田少将邸は一条通り下がり松にあった。近くの黒田官兵衛邸や千利休邸や上杉邸のように大きくはないが、場所は御所に近く格式の高い少将邸らしい佇まいだった。京は北にある屋敷ほど格式が高いのである。数多の武家屋敷が並ぶ中にまだ九歳だが、名門織田宗家を担う少将秀信の屋敷がある。天下人信長の威厳が感じられる。

屋敷に期待して入った秀信は、信長にも信忠にも会えなかった。

織田少将上洛を聚楽第に申告すると、秀吉の使者が現れ、翌朝の登城が命じられた。秀吉との早い会見である。破格の扱いだった。順番からすれば三日や五日は待たされると考え余裕を持っての上洛だった。秀信の上洛には北政所の並々ならぬ思い入れが働いている。

信長に愛され、今なお信長を愛しているお寧は、丹羽長秀が忘恩の秀吉と言った夫をねじ伏せてでも秀信を守ろうとした。沢彦宗恩との約束でもある。

「少将さまでなければお寧は納得いたしませぬぞえ……」

そう言って秀吉にねじ込んだのもお寧だった。少将は前田利家や豊臣小吉秀勝と同格である。お寧は秀信のことになると、秀吉が驚くほど強情になった。

「早くお会いしたい。明日にしてくだされ」

表のことにあまり口出ししないお寧が、会見の日にちまで決めてしまう。関白太政大臣も糟糠の妻には頭が上がらなかった。

秀吉のわがままをすべて許しているお寧だが、あまりにも過ぎると秀長と一緒になって秀吉をねじ伏せる。秀吉は妻のお寧と弟の秀長が大の苦手だった。

「嫌です」とか「できませぬ」とはっきり言うのがお寧で、秀吉が困惑するほど強情になる。一方の秀長は「兄上、それは少々お考えになられた方が宜しいかと思います」とじわり、懐に入り込んでくる。お寧のように「だめです」とか「おやめなさい」とは決して言わない。苦手だが秀吉はお寧も秀長も信頼していた。

一族の少ない秀吉が、家康に妹を嫁がせようとしたときは、お寧と大喧嘩(げんか)になった。秀吉は妹を夫婦別れさせてまで嫁がせようとした。一族に家康の嫁になれる人がいなかったのだ。

秀吉の無謀な振る舞いにお寧は怒り、温厚な秀長も顔色を変えた。だが、何としても家康を懐柔したい秀吉は言うことを聞かなかった。最後は母親の大政所まで家康に差し出したのである。それほど家康の上洛は秀吉には重要だった。秀吉が小牧(こまき)、長久手(ながくて)の戦いを半端にした代償は大きかった。結果は、お寧が反対したように妹旭姫(あさひひめ)とその前夫は無残なことになる。秀吉がお寧と秀長に逆らって何かすると、その結果は良くないことが多かった。やがて、表のことは利休に、内々のことは秀長に、と秀長は秀吉政権の影の実力者になる。その裏には隠然(いんぜん)と力を持つ北政所ことお寧がいた。

三　聚楽第

葦毛に乗った秀信が屋敷を出た。霧丸が轡を取り、百々越前守と斎藤正印軒、馬廻りの若い武士三人が徒歩で従っている。秀吉の聚楽第は御所の西、二条城の北、妙心寺の東、大徳寺の南にある京の平城だ。本丸を中心に北西の角に天守閣が聳え、北の丸と南の丸に長い城で西ノ丸があり、三曲輪には総大濠が幅二十間（約三六・四メートル）、深さ三間（約五・四メートル）で廻らされた黄金の豪華絢爛たる城である。南の大手門から入城すると案内の侍がいて、濠の橋を渡り南の丸からまた濠の橋を渡って本丸に入った。本丸は総白壁の塀に囲まれている。屋根瓦は黄金に輝いていて、家臣はここまで秀信一人が本丸御殿に案内された。

「織田少将さま、通ります！」

九歳の秀信はあまりの豪華さに圧倒された。だが、秀信は怯えてはいない。織田信長の孫という誇りがある。秀信は広間ではなく、奥の秀吉とお寧の部屋に案内された。家康と同じ特別待遇である。秀吉との会見というよりお寧との対面である。

「おう、少将、よく来られたのう、大儀じゃ、大儀じゃ」

秀吉が立ってきて秀信の手を取った。

「関白さま……」

「よいよい、挨拶など後じゃ。よく顔を見せてくだされ、お寧よ、岐阜の少将じゃ」

「少将さま、こちらへ……」

お寧がわが子のように傍に呼んだ。

「何と、お前さま、少将さまは信長さまとそっくりじゃ？」

驚いた顔でお寧が秀信を見た。お寧は若い信長を良く知っている。

「おう、誠にそっくりじゃ。上さまのお成りじゃ」

そう言って目頭を押さえる秀吉だが、言っていることとやっていることが逆だ。内心では偉大な信長は消し去りたいのである。今の天下人は猿顔の秀吉だと言いたい。

「関白さま、北政所さま、この度の元服の儀、上階の儀、誠に有り難く、心から御礼申し上げまする」

「おう、出来た、出来た。良い挨拶じゃ。右府さまと中将さまがお喜びじゃ」

そう言って涙もろく顔を覆う秀吉だが、お寧は油断してはいない。この子が大きくなって人心を集めることを秀吉は嫌うだろう。お寧はそう思っている。子どものいないお寧は、その時は二代目関白を織田家に返しても良いと思っている。それが愛してくれた信長に応える唯一の方法だと思う。無理だとは思うがそんなことを考えた。

「少将、酒を飲むか？」

「はい、有り難く頂戴致します」

「少将さま、ほんの少しですよ……」

酒と盃が運ばれてきて、形ばかりの盃ごとが行われた。お寧は嬉しかった。今日あるのはすべて信長のお陰だと思うからだ。

「少将、いずれ、大きな領地をやるが、今日は祝いの黄金と太刀をやろう。これからは戦にも出てもらうでな？」

「懸命に働きまする」

「うむ、よく申した。岐阜に帰らず、時々、顔を見せてくれ、そうだのうお寧……」

「はい、毎日でもいいですよ」

どこか信長に似た秀信が可愛いお寧だった。抱きしめたい気持ちでいる。このまま無垢でいてもらいたいと思う。守ってやらねばと思う。沢彦宗恩が依頼したことの意味がわかった。豊臣家の傍に織田家がいることは重要なのである。豊臣家の正当性を証明していることになるのだとお寧は思う。日本人は主家や本家を潰して奪うことを嫌う。乱世だから許されているだけだ。平穏になればそうはいかない。秀信は織田宗家である。秀吉と信雄や信孝とは色々あったが秀信とは違う。織田宗家を守らなければならない。

「母上さまとお会いになりたいのでは？」

「はい、いずれお会いする機会もあるかと思います。尼僧になられたと聞いています」

「うむ、少将の母は武田の姫さまじゃ。武蔵におられると聞いたぞ」

「いずれ関白さまのお許しを戴いて……」

秀信は武蔵がまだ敵国であることを知っていた。相模、武蔵は北条の領国で秀吉はまだ平定していない。

「うむ、その時は許す、遠慮なく申せよ」

「はい、有り難く存じます」

血は争えないとお寧は思った。織田と武田と斎藤という三名門の血を引く御曹司は信長とそっくりの顔立ちで座っている。お寧は自分と信長の子のように錯覚した。

「少将さま、今度来る時まで、着物を仕立てておきましょう」

「はい、近いうちに必ず伺います」

「欲しいものがあったら何でも言うてくだされや、遠慮はいりませんから……」

お寧はニコニコと終始笑顔だ。

秀吉とお寧は秀信を一族と同じ扱いをした。秀信が戸惑うほどの歓待である。それは当然だった。信長がいなければ、二人は今のような身分にはいないだろう。

秀信は二人に感謝を述べて御殿から辞した。

本丸御門で心配そうに越前守と正印軒が待っていた。案内の侍と大庭を巡り、霧丸の待つ本丸大門まできて、秀信は南の丸から大手に出て馬に乗った。

大手門を出ると大勢の家臣を引き連れた大身の大名に出会った。

「三河の徳川さまです」

百々越前守に囁(ささや)かれ秀信が馬から降りようとした。

「織田少将さま、そのまま、そのまま……」

馬上から家康が秀信を制した。家康は秀信の上洛を知っていた。

「大納言さま、失礼致しました」

「関白さまにご挨拶かな？」

「元服と上階の御礼を申し上げてまいりました」

「おう、それは結構なことです。いずれまた……」

そう言って家康が大手門に入って行った。十七年後、秀信はこの男から死をいい渡される。家康は織田家に恩を感じていない。秀吉は織田家の家臣だったが、家康は信長と対等の同盟者だったと思っている。むしろ、三方が原でも金ケ崎でも、姉川(あねがわ)でも甲州征伐でも信長のために働いたと思っていた。感謝されこそすれ恩義などと言われたくないのが家康である。そのことを秀信は知ることになる。家康にとって織田家も豊臣家も邪魔でしかないことがはっきりするのだ。秀吉が手古摺る捻くれ者の家康だ。その家康は容赦なく織田宗家を消滅させ、徳川家は信長の業績やその存在さえ消してしまうのである。

「霧丸、大納言さまは怒っておられたな？」

「殿、そのようなことはございません。おそらく、いつもあのようなお顔なのです。お気になさらずに……」

秀信は家康の仏頂面に怯えた。この初対面の印象が秀信に付きまとうことになる。九歳と四十七歳の対面は最悪だった。家康には愛想というものがまったくなかった。秀信が屋敷に戻ると、夕刻に百々越前守が秀吉に呼び出された。秀信とは別に詳しい報告を求められるのである。その秀吉はお寧とはちがい必要がなくなれば、いつでも秀信を殺すつもりでいた。織田宗家は秀吉にも家康にも煙たいのである。

四月十四日、後陽成天皇の聚楽第行幸に、正装した織田少将秀信も供奉した。正親町天皇から譲位され三年目である。正親町天皇と信長の間で譲位はこじれたが、朝廷の見えない力に気付いた秀吉は、仙洞御所を造営して応仁以来の譲位を実現する。

その天皇の返礼が聚楽第行幸である。供奉に列席し、忠誠を誓う署名と花押の序列は大納言徳川家康、内大臣織田信雄、権大納言豊臣秀長、豊臣秀次、宇喜多秀家、前田利家、豊臣秀勝、結城秀康、織田秀信である。家康と秀信は特別に序列が高い。

宇喜多秀家十六歳、結城秀康十五歳、織田秀信九歳と秀信は最も若かった。この秀信の少将上階と行幸の供奉には北政所の意思が働いている。この行幸の後、お寧は従一位豊臣吉子になる。秀吉は後陽成天皇に茶を献上するため、大阪城から黄金の茶室を聚楽第に運んでいた。利休が考案した組み立て式の黄金の茶室である。秀信は黄金の凄まじい迫力を秀康と並んで見ていた。関白秀吉の亭主の御点前を見ている。その近くに千利休が座して天皇に献上する秀吉の茶を見て秀信は百官の並ぶ厳かな儀式に感動する。

三畳の茶室は天井、壁、柱、障子の腰などすべて黄金である。畳は猩々緋、障子は赤の紋紗、黄金の台子、道具もすべて黄金、利休考案の華やかの極みだった。やがてその対極の利休の侘び茶も花開く。

若き十八歳の天子は本能寺の時、父誠仁親王と一緒に二条城から動座した和仁親王である。秀信も三歳の三法師で同じ二条城にいて、晴子妃の温情によって動座と一緒に脱出できた。そのことを楓から聞いて秀信は詳しく知っている。天子さまはそれを知っているだろうかと見詰めていた。

後陽成天皇は本能寺の時十二歳だった。二条御所から脱出する幼い三法師を鮮明に覚えていた。織田秀信があの時の三法師だと上階の時に知った。九歳になったことも知ったのである。そして、天皇は三法師が少将に任官することを喜んだ。

行幸が終わった翌日、秀信は聚楽第に再び登城して秀吉とお寧に挨拶した。秀吉からは大判五枚と太刀一振り、お寧から礼服一式と小袖二枚を頂戴する。

天下人は秀吉と決まり、未熟ながら政権が動き出している。秀吉の天下統一は惣無事令が基本である。大名間の私闘を禁ずる。つまり領地争いはしないということになった。行幸の際に絶対服従の誓紙を書かせ、違反した場合は秀吉の軍事力で叩き潰すとの厳命であった。この惣無事の考え方は甲州征伐が終わって信長が発令したものである。ところが、この秀吉の惣無事令に従わない者がいた。

天正十三年（一五八五）に九州に発令したのが最初で、九州全域を制圧する勢いの薩摩の島津義久に、脅威を感じた豊後の大友宗麟が秀吉に訴え出る。大友宗麟は惣無事令をすぐ受け入れたが、薩摩の島津家は家中で激論が起こり、秀吉を成り上がり者だと思う島津家は受け入れが遅れた。

当主島津義久は気概のある男で、「頼朝以来の名門島津が、関白とはいえ、成り上がり者の秀吉を礼遇することはない」と豪語したのである。

こうなると秀吉は惣無事令違反として島津義久と戦うしかなかった。

その秀吉は二十万余の大軍で九州へ侵攻し、島津を降伏させたが義久の命は取らなかった。もし、切腹でも命じようものなら薩摩武士の怒りを買い、二十万の大軍でも、凄惨な戦いになることは見えていた。それを、秀吉と義久は回避した。

一方、関東、出羽、陸奥にも、秀吉の惣無事令に従わない者がいた。相模、武蔵の北条氏政、奥州の伊達政宗、出羽の最上義光、陸奥の南部信直などである。下野宇都宮城周辺は北条に近い鹿沼城主の壬生義雄、宇都宮家臣真岡城主芳賀高継が争うなど関東北部は紛争が絶えない。そこに北から猛将伊達政宗の圧力が及んでは、佐竹義重、宇都宮国綱、佐野房綱らは秀吉を頼るしかなかった。

上野では北条側の沼田城と真田昌幸の名胡桃城が領土紛争を起こしている。それを秀吉が仲裁して北条氏政と真田昌幸の両者に、和解して臣従の上洛をするよう要求していた。家康も島津義久も惣無事を要求され従っている。だが、氏政と昌幸は互いに秀吉仲裁案に不満で上洛しない。そんな時、遂に、北条側の沼田城の猪俣範直が名胡桃城を攻撃、占拠したのである。下野、上野を放置できなくなった秀吉は、惣無事令違反の大義名分で、天正十七年（一五八九）十二月十三日、小田原の北条家に対して宣戦布告の朱印状を発した。

四　初陣

ここに秀吉の天下統一の最後の戦いが始まった。攻める秀吉軍二十二万余、迎え撃つ北条軍八万余、天下分け目の小田原合戦である。乱世では先にも後にも、このような大軍の衝突はない。鎌倉の源頼朝が平泉の藤原一門を討伐した、奥州合戦の二十九万人以来の大動員である。秀吉には天皇の泰平を願う宸襟の遂行者として、何万の大軍といえども戦わなければならない名分がある。

迎え撃つ北条は関東の覇者としての自負がある。秀吉の影響を感じ始めた頃から支度をしていた。領内の十五歳から七十歳の男子を徴兵、寺の鐘を集めて潰し大砲鋳造、小田原本城と各支城の大幅改修、豊臣軍の戦略を研究、箱根山方面の防備の徹底など支度に手落ちはなかった。

秀吉も領地と石高によって各大名の兵の負担を決定、兵糧二十万石の徴発と水軍での運搬、大判一万枚で馬や米などの調達で、秀吉の若き吏僚たちが活躍した。二十万余の大軍を動かすのは兵糧だけでも容易ではない。この頃、出陣の兵は六合の米を食うと勘定した。つまり二十万の兵は一ケ月三万六千石の米を食う。二十万石の米を五ケ月あまりで食ってしまうことになる。迎え撃つ北条は各城に兵糧を集めて籠城する。攻撃する秀吉は家康と東海道を十七万の大軍で東進。挟撃する北方隊は前田利家、上杉景勝、真田昌幸など三万五千、秀吉に恭順した佐竹、宇都宮、結城、真壁、里見など一万八千が加わった。鎌倉以来の未曽有の大軍である。

初陣の秀信は天正十八年（一五九〇）一月、足軽隊と鉄砲隊八百足らずを率いて出陣した。兵力は一万石につき二百五十人から多い時は五、六百人ほどを集める。秀信の兵力八百人は順当な勘定であった。東海道本隊は三月二十七日、沼津にいる総大将秀吉の元に集結。二十九日に進撃開始。秀吉の進軍を阻む山中城に攻撃軍六万八千が向かった。その右軍一万八千の中の堀秀政軍八千五百、その中に秀信はいた。十一歳の若き武将である。その傍には霧丸の配下として入った鬼丸、三吉、佐助がいた。滝ノ介は箱根山を越えた武蔵恩方の一蔵に救援を求めるため走っている。なにがあっても十一歳の御大将を守り抜かなければならなかった。それが亡き織田中将信忠の密命である。

その頃、信松尼こと秀信の母松姫は、心源院を出て恩方御所水に小さな庵を結んでいた。桑を植え、蚕を育て、機を織り、近所の子らに読み書きを教えている。恩方には武田の旧臣が多く住んでいた。やがてその武田の旧臣たちは千人同心と呼ばれるようになる。松姫はそれら武田の下級武士団の心の支えでもあった。小さな庵はいつも賑やかだ。そんな信松庵に早朝から一蔵の配下が続々と集まってきた。摂津、京、美濃、駿河、相模、越後、越前、下野、上野、甲斐などに散らばっている配下を呼び集めたのである。

「姫さま、十一歳になられた三法師君はこの一月、八百の兵と共に小田原征伐のため出陣にございます。初陣でもあり、霧丸と鬼丸から支援を頼むとのことにございます。われら一同、只今から山を越え箱根に向かい、御大将とともに戦ってまいります」

「一蔵殿、三法師のため、忝く存じます。皆さまも、くれぐれもお気をつけられて、ご無事のご帰還を祈っております」

「つきましては姫さまにお願いの儀がございます」

「はい？」

「あの八王子城は北条の大切な支城にございます。必ず、関白軍が攻撃致します。姫さまには庵を出られト山さまの心源院にご避難くださいますよう、甚左衛門殿、刑部殿、大膳殿にお願いしてございます」

「承知致しました。ご心配なく、ご出陣くださいますよう」

「では、まいります」

一蔵、森蔵、六助、熱田丸、仁右衛門、風鬼、赤馬、金八、宗次郎、七里、悪太郎、吉ノ助、剣助、幽山、風、龍亮、日花里総勢十七人の出陣である。

見送るのは信松尼、光霞尼、尼僧になったお華、於順、お尋、信松尼の小さなお弟子如春尼、貞姫、香具姫、督姫、油川甚左衛門、馬場刑部、志村大膳である。

十七人は滝ノ介を入れて一斉に御所水から駆け降りた。総力を挙げて秀信を守るのである。万に一つの危険も許されない。武田攻め以来の総勢の出陣に皆緊張していた。

山中城攻撃の大将は豊臣秀次、右軍に池田輝政、長谷川秀一、堀秀政、織田秀信、丹羽長重、中軍に豊臣秀次、左軍に徳川家康である。他にも伊豆の韮山城、足柄城、下田城に秀吉軍が襲い掛かった。

北方軍の前田、上杉軍は強い。加賀、越後の雪国の兵もまた強い。粘り強い。踏ん張って逃げない。真田軍も負けずに強い。信玄が信長と戦わせてみたいと言った名将真田昌幸が指揮する信州・上野軍である。乱世の終わり、徳川家康を震え上がらせる男だ。天下の徳川軍を二度までも破る名将中の名将だった。

家康に「死んだら、あの世で真田昌幸と酒を飲んでみたい」と言わしめた男である。

北方軍は松井田城に襲い掛かり、倉賀野城、鉢形城、松山城と落とし、破竹の勢いは誰も止められない。その勢いで八王子城を包囲した。

信松尼は卜山禅師の心源院にいた。そこに上杉景勝と真田昌幸が訪ねてきた。上杉景勝には信松尼の妹菊姫が嫁いでいる。景勝は松姫の義弟だ。

真田昌幸は父真田幸綱の時から信玄の家臣である。幸綱は信頼され信玄の居館躑躅が崎に屋敷をもらうほどだった。昌幸は信玄に才能を見込まれ、信玄の母方に養子に入って武藤喜兵衛と名乗っていたが、長篠の設楽が原で信長と武田勝頼が戦った時、真田信綱、昌輝兄弟が勇猛果敢に戦い、信長の鉄砲隊に蜂の巣にされて討死した。そこで、武藤喜兵衛は実家に戻り真田昌幸に直ったのだ。

信松尼が奇妙丸の正室新館御料人として躑躅が崎にいる頃、何度も会ったり見かけたりしている。二人の武将は心源院の本堂で松姫と対面した。信松尼三十歳、景勝三十六歳、昌幸四十四歳だった。

「姫さまには、信長さまと中将さまの突然の危難、驚かれたことと推察いたしまする。仔細はお聞きしております。姫さまの三法師君、織田少将さまもこの度ご出陣、初陣と聞いております。ご心配とは存じますが、徳川殿、堀殿、池田殿が傍におられると聞きました。まずは、ご安心くださりまするよう……」

年長の真田昌幸がまず挨拶した。

「わざわざ戦の途中にお立ち寄りくださるなど、恐縮の極みにございます。少将さまのご心配まで戴き有り難く存じます」

「それがしがお父上信玄さまから頂戴した御恩をお返しもできず、心苦しく思っておりました。姫さまとお会いでき万感の思いにございます」

昌幸の眼に微かに涙が浮かんだ。武田家が滅ぶ時、昌幸は武田勝頼の傍にいて勝頼親子を自分の岩櫃城に引き取るつもりだった。だが、勝頼はより近い岩殿城に逃げて小山田信茂に裏切られる。昌幸は武田家の滅亡を見ているしかなかった。勝頼は昌幸に岩櫃城に行くと約束したのだった。そのため勝頼の館まで建てて、昌幸は勝頼親子を守って信長と戦うつもりで待っていた。堅城の岩櫃城でなら信長と五分以上に戦う自信がある。それができずに悔しかった。

「信松尼さま、菊から書状を預かってまいりました」

「戦にもかかわらず恐れ入ります。お菊さまはお元気でお暮らしでしょうか？」

「はい、元気にしておりますが、北国の寒さが沁みるようで、この度、関白さまから頂戴しました京の屋敷に移りたいと申しております」

「京ですか？」

景勝と病弱な菊姫の間には子がなかった。この時も病臥していた。菊姫は直江兼続の妻お船と京に移り、妙心寺の南化玄興に帰依することになる。

「京の屋敷は織田少将さまのお屋敷と近く、親しく行き来もできると喜んでおります」

「少将さまのお屋敷と？」

松姫は菊姫と三法師が会うのだと思うと嬉しかった。二人の武将は心源院と信松庵に黄金と米を寄進して帰っていった。深沢山に築かれ牛頭天王と八人の王子に守られた八王子城は、前田軍、上杉軍、真田軍の凄まじい猛攻を受けて、横地監物ら三千人が立て籠った堅城も数日で落ちた。その頃、織田軍の本陣では秀信と一蔵の対面が行われた。夜の密かな対面である。

「少将さま、武蔵恩方の信松尼さまにお仕えしておりまする一蔵殿にございます」

秀信に平伏している一蔵を霧丸が紹介した。

「一蔵、甚八の爺が死んだそうだな、爺は苦しまなかったか？」

「はい、穏やかに、眠るように上さまと中将さまの元に逝かれました」

「うむ、余は初陣で戦のことはわからぬ。越前守と正印軒が教えてくれる。信長さまと中将さまに教わりたかった」

霧丸が越前守と正印軒を見た。二人とも渋い顔だ。

「母者は達者か？」

「健やかにお暮らしにございます」

「うむ、して一蔵の配下は何人か？」

「二十人にございます」

「そうか、信長さまの時は二百人だったと楓から聞いた。余に力がないから何もしてやれぬ。許せ……」

「勿体ないお言葉にございます。われらは中将さまのご命令に生きております。少将さまには、何卒、お気遣いのなきよう願い上げまする」

「うむ、明日は総攻撃だ。一蔵は余の傍におれ……」

「畏まりました！」

秀信は一蔵が自分を守るために現れたとわかっている。その夜、一蔵と霧丸が相談して秀信を守る配置についた。織田家に恨みを持つ者がどこにいるかわからない。戦場で油断はできない。秀吉軍は各支城に猛攻を加えながら小田原城に迫っている。秀信が参陣している堀秀政軍八千五百も、箱根口から山中城を攻撃して落とすと、小田原城の早川口に迫った。ところが五月二十七日陣中で堀秀政が急死する。一蔵たちに緊張が走った。死因は疫病で三十八歳の若さだった。極端に緊張する戦場での陣中死は珍しいことではない。信長の若き家臣として、蒲生氏郷と堀秀政は双璧と言われた逸材だった。越前北ノ庄城にいて秀信の代官として近江の織田領の面倒を見てきた。

秀信、百々越前守、斎藤正印軒、霧丸が駆けつけたが、陣中ではいかんともしがたく海蔵寺に遺骸が運ばれるところだった。後継者は嫡男秀治十五歳である。

この小田原征伐の秀吉軍は大軍だけに、六月に入って大きな戦いもなく重苦しい空気が漂い、勝手に逃亡する者が多発した。それは秀吉の石垣山の一夜城を見た北条軍も同じだった。大量の逃亡者がでる有り様で、城内では小田原評定が繰り返されている。後に長びくだけで何も決まらない会議を小田原評定というようになる。

そんな中で、秀吉軍と北条軍の間に入って仲裁したのは、徳川家康と織田信雄だった。家康の徳川家は隣国のため北条とは懇意にしている者が多くいる。七月に北条氏政と弟の氏照、家老の松田憲秀と大道寺政繁の切腹で戦いは決着した。

「少将さま、武蔵恩方へお回りになり、母上さまとご対面なさってはいかがにございましょうか?」

霧丸は松姫のことをあまり話さない秀信に対面を進言する。

「霧之助、まだ陣中じゃ。関白さまは鎌倉から奥州入りをなさるそうだ。余だけがそのような勝手なことを願い出ることはできぬ」

そう秀信は冷静な判断をする。十一歳とは思えない落ち着きだ。代官秀政の死が秀信を成長させていた。武家はいつどこで何があるかわからない。祖父信長が死のうは一定という小唄を、人間五十年という敦盛を謡い、自分を戒めていたと楓から聞いた。そこに戦の終わった一蔵が現れた。

「一蔵、戻るか？」

「はい、あちこちに落ち武者が潜んでいると思われますので、恩方の信松尼さまの身が案じられます」

「うむ、母者のこと頼みます」

「畏まってございまする」

「また、会おうぞ……」

一蔵が秀信の陣を出て、配下と恩方に向かった。

五　茶々姫

小田原征伐の前年、行幸の翌年の天正十七年（一五八九）五月二十七日に秀吉の側室茶々姫が嫡男を産んでいた。棄と名付けられた鶴松である。「捨て子は育つ」の迷信からだが、その鶴松を秀吉は八幡太郎と呼ぶように命じた。秀吉もお寧も棄の父親を疑った。秀吉はそれが誰なのかほぼわかっていた。だが、どんな側室から生まれた子でも抱き上げればすべて秀吉の子である。大喜びして関白の子と認知した。秀吉が自分の子だと言えばそうなのである。秀吉五十三歳の嫡男だった。

その慶賀に禁裏からは産衣が下賜された。公家から庶民まで関白に嫡男が生まれたと大騒ぎである。蒲生氏郷は先祖の俵藤太が大百足退治をしたという、伝説の鏃を鋳潰して太刀に仕立てて献上した。

わずか生後四か月で秀吉の後継者と決まり、生まれた淀の城から茶々姫と大阪城に移った。後陽成天皇から太刀を賜っての大行列である。年賀は大阪城で迎え、二月にはその鶴松が京の聚楽第に入る。嫡男を得た秀吉ははしゃぎにはしゃいでいた。寒い季節の大阪と京の行き来は、二歳の子には過酷だ。棄丸こと八幡太郎は丈夫な子ではなかった。だが、高齢で嫡男を得た秀吉の溺愛ぶりは尋常でない。

小田原征伐が終わり、東国遠征から聚楽第に戻り、朝鮮使節の謁見に二歳の鶴松を連れて現れた。ところが鶴松が使者の前で小便を漏らして、相手を憤慨させる事件が起きた。秀吉という男の振る舞いはその顔に似て猿並みの時がある。だが、秀吉がどんなに溺愛しても叶わぬことがある。それは人の寿命だ。

東国から戻った翌天正十九年（一五九一）一月三日、めでたい新年に鶴松が病を発した。大騒ぎで新年もなにもあったものではない。秀吉は全国の神社仏閣に鶴松の病気平癒を祈禱するよう命じる。

　その時、京にいた秀信も気が気ではない。茶々姫とは清洲城で一緒に暮らしたことがある。幼すぎて記憶にはないが楓が良く知っていた。秀信は北野天満宮や妙心寺玉鳳院を訪ねるなど忙しい。玉鳳院には祖父信長と同じ祖父の信玄の墓がある。茶々姫が信長と天下一の美女、お市の間にできた秘められた子であることも、内密に楓から聞いた。

　そんな出歩きさえ遠慮して秀信は中止にする。この時の鶴松の病は祈禱の霊験あらたかにてなんとか平癒した。だが、その鶴松の寿命は三歳までだったのである。八月二日に鶴松は再び病を発して倒れた。わずか三歳の子に度々の病は過酷であった。秀吉が神社仏閣に何百石、何千石積もうが平癒は叶わなかった。五日に鶴松はあっけなく死んだ。

　傅役の石川豊前守の願いで、豊前守が帰依する南化玄興の妙心寺に運ばれ葬儀が行われた。秀吉は清水寺に入って悲しみの気持ちを静めようとする。鶴松の霊廟は妙心寺玉鳳院の傍らに営まれた。この時、秀信は九年ぶりに茶々姫と会ったが、とても話ができる様子ではなかった。自害でもするのではと周囲が心配するほど落胆していた。

　だが、信長の血を引く茶々姫は気位が高く、一筋縄でいくような温い姫ではなかった。才色兼備の茶々姫は淫を好む女でもあった。猿顔の秀吉の弱点を知っていて、自分は側室だが秀吉の主家だと思っていた。

清水寺を出た秀吉は傷心の茶々姫を連れて有馬温泉に湯治に向かった。後に秀吉は京の東山の方広寺大仏殿の隣に祥雲寺を建立し、南化玄興を開山として鶴松の菩提寺とする。

この年三月三日、秀吉は聚楽第で信長が許可した遣欧少年使節を謁見した。使節はスペインやイタリアなどを回って前年の六月二十日に長崎に帰国していた。十三、四歳で派遣されて八年ぶりの帰国だった。

天正十五年にはインドのゴアまで戻ってきていたが、秀吉のバテレン追放令があり、帰国の機会を窺っていたのである。天正十八年（一五九〇）に秀吉を怒らせたコエリョが死ぬと、ヴァリニャーノが少年使節を連れてインドから日本に戻ってきた。信長に許可を取ったのがヴァリニャーノで、使節をゴアまで連れて行ったのもヴァリニャーノだった。

ヴァリニャーノとオルガンティノとフロイスとともに聚楽第に現れた、四人の少年使節は逞しい若者に成長していた。この四人の他にグーテンベルク印刷機を習得するため少年二人が随行していた。四人は秀吉にジョスカン・デ・プレの「千々の悲しみ」という南蛮の音楽を披露する。その席に十二歳になった秀信も招かれていた。何と麗しきリュートの音色だろうと感動した。歌舞伎者の信長が聞いたら何と言うか考えてみる。秀信も信長の血なのか結構な歌舞伎者で派手好きだった。

秀信は南蛮音楽も気に入ったが、その服装と容姿にはことのほか驚いた。髷のない頭は髪た。

が短く清々しいと思った。衣装も地味な神父のヴァリニャーノやフロイスと違って美しかった。

秀吉は高禄で家臣にならないかと少年たちを誘ったが、キリシタンとして生きる覚悟の四人は応じなかった。この四人はやがてそれぞれの道に分かれ悲惨な結果を迎える。

その夜、ヴァリニャーノとフロイスが、一条下がり松の秀信の屋敷を訪ねてきた。二人は十字を切ってから秀信に頭を下げた。信長を良く知るフロイスはすでに布教の仕事から身を引き、日本の事象を書いた『日本史』の編纂に力を入れていた。六十歳になり『日本史』編纂を最後の仕事と考えている。

「織田少将さまにお聞きしたいことがございまして、夜分にて恐れ入りますが、内密にお伺い致しました」

部屋には秀信と霧丸の二人だけで、越前守と正印軒はバテレンにかかわると、後難があると思って姿を見せなかった。

「余にわかることであればお答え致しましょう」

「有り難く存じます」

「四年前に破壊されました京の南蛮寺が、信長さまのお許しで完成した折、安土城に信長さまをお訪ねし、完成の御礼に品々を献上致しました」

ヴァリニャーノが身を乗り出すようにして口を開いた。

「その献上品の中に、ザビエルさまの十字架といわれる、紅玉(ルビー)が十二個付いた美しい品が含まれておりました」

「信長さまはその十字架をたいそうお気に召されたご様子で、懐にお入れになられました」

「見たのか？」

「目の前にて……」

フロイスは上機嫌の信長を鮮明に覚えていた。

「その十字架をお探しか？」

「はい、イエズス会には大切な十字架です。インドのゴアに持ち帰りたいと願っております」

ヴァリニャーノが心配そうな顔で言った。

これまでもフロイスとオルガンティノが高山右近や小西行長などにも聞き、あちこちを尋ね歩いて探してきた黄金の十字架である。

「余はそのような十字架の所在は聞いたことがありません。信長さまの遺品に、そのような十字架が見つかったとも聞いていないが……」

そう言って傍の霧丸を見る。

「存じ上げませんが……」

「信長さまがどなたかに、お譲(ゆず)りになられたというようなことは、ございませんでしょうか？」

その十字架を探すのがヴァリニャーノの来日のもう一つの理由でもある。

「譲る？」

秀信がヴァリニャーノとフロイスを交互に見た。

「信長さまがそのような十字架をお譲りになったとも余は聞いていない。霧丸、信長さまのお傍にキリシタンがいたか？」

「はい、体の大きな黒坊主がおられました」

「それはヤスフェです。本能寺で信長さまから逃げるように命じられ南蛮寺に逃げたそうですが、二条城に駆けつけて再び戦ったそうにございます。そのヤスフェは今はマカオで暮らしております」

「所持していなかったか？」

「はい、見たこともないと……」

そのヤスフェは信長が弥助と呼んでいた、ヴァリニャーノが日本に連れてきた黒人だった。信長が気に入り、家臣にし槍持ちにしていた。そのことは秀信も聞き知っている。

「その十字架の大きさはどれぐらいのものか？」

「五寸（約一五センチ）ぐらいにございます」

「余も探してみるが、見つかればまずは関白さまに献上しなければならぬのでは？」

そう言って霧丸を見た。

「御意！」

その十字架の所在を知っている霧丸は悟(さと)られまいとあまり喋(しゃべ)らない。二条城で中将信忠から預かった黄金の十字架に間違いないと思う。だが、そこには信長の秘密が書いてあると信忠から言われた。とてもヴァリニャーノには返せない。

「少将さま、もし見つかりましたら、加賀におられる高山右近さまか小西行長さまにお渡し戴きたいのですが？」

ヴァリニャーノは十字架を秀吉にではなく、高山右近か小西行長に内密に渡せと言っている。困った顔の秀信は返事をしなかった。信長が持っていた黄金の十字架が見つかったと秀吉に知られれば、どんな沙汰(さた)が下るかわからない危ない話だ。

「フロイスさま、このお話を少将さまは聞かなかったことにして戴きます。もし、見つかりましたらそれがしの一存にて高山右近さまにお渡し致しましょう」

霧丸は返す気はないが、話の成り行きで責任を取ると言っておさめた。

「承知致しました」

二人のバテレンが秀信に十字を切って退室する。そのあとに信長の好物だったコンフエイトウが残されていた。その夜、楓が二人のバテレンが何しに来たのか夫の霧丸に聞いたが、霧丸は楓が心配するだけだと思い「少将さまにご挨拶に来たのだ」と曖昧に言った。

楓の首には例の革袋が黒くなって吊り下がっている。

「この革袋のことでは？」

「違う。お前が心配することではない」

「それならいいんだけど……」

楓は秀信に手渡すまでは誰がなんと言っても渡すつもりはない。二条城で死を覚悟した中将信忠が楓に託したただ一つの遺言である。たとえ関白に殺されても渡すつもりはない。その楓は十三歳で渡すか十五歳で渡すか、それとも十八歳か二十歳で秀信に渡すか迷っていた。十三歳では早過ぎるように思っている。

「いつ、少将さまにお渡しするか？」

「そなたが中将さまから預かったのだ。よく考えてお渡しすれば良い」

「二十歳では遅いか？」

「いや、遅いことはないだろう」

そう言って霧丸が楓の腕を引いた。

六　岐阜中納言

鶴松を失った秀吉の落胆は尋常ではなかった。

五十歳を越えてできた嫡男は誰の種であろうが可愛かった。ましてや、秀吉が可愛がっているお気に入りの若者の種である。嫉妬心もあるが、もう一度茶々に嫡男を産ませてくれとの願いもあった。だが、関白たる者が口にできることではない。

茶々を抱くたびにそんなことを考えた。天下ご一人の身分だが秀吉は寂しかった。お寧にも話せることではない。近頃では家康が唯一の話し相手になっていた。なんでも真剣に話せる弟の秀長が一月に死んだ。二月には秀吉の傲慢さから利休に切腹させている。続いて鶴松が亡くなったのである。秀吉と豊臣家の運気が急激に落ち始めていた。このままでは秀吉の寂しさが爆発してしまう。このあたりから秀吉は狂気といえる振る舞いが多くなる。鶴松の死による脳天への一撃と長年の苦労からか秀吉の老いはかなり早かった。時々、失禁するようなこともあった。

聚楽第を甥の秀次に譲り、隠居城として伏見城の築城を命じる。誰もが驚いたのは懸案になっていた朝鮮出兵を断行すると言い出したことだ。このような秀吉の暴走を止めていた小一郎秀長が亡くなったことが大きかった。

秀吉の後に天下を取るのは自分だと確信している家康は何も言わない。豊臣家の財力が消耗されれば都合がいい。後継者鶴松を失って正気を失っている秀吉は、家康の密かな野望にまで気が回っていない。誰も秀吉の暴走を止められなくなった。戦に勝てば信長に褒められる。それが秀吉の原点で戦好きなのだ。それが剝き出しになった。

秀吉は関白を辞して朝鮮出兵に専念するため、姉の長子秀次を次々と高位高官に付け、その秀次を関白に据えて関白は豊臣家の世襲にするよう整えて行く。武家関白制である。秀次は十一月二十八日権大納言、十二月四日内大臣、十二月二十八日関白、翌天正二十年（一五九二）一月二十九日左大臣、二月には後陽成天皇の二度目の聚楽第行幸、三月二十六日になって太閤秀吉が、愛する茶々姫を連れて九州名護屋城に出陣した。死に急ぐような狂気の沙汰としかいいようのない秀吉の振る舞いである。太閤とは摂政や関白の職を退いて、その者の子が同職に就いた場合に宣旨を受ける称号で太閤殿下と呼ばれる。

四月から日本軍が続々と渡海して朝鮮に攻め込んで行った。一番隊小西行長、二番隊加藤清正、三番隊黒田長政、四番隊福島正則、五番隊島津義弘、六番隊小早川隆景、七番隊毛利輝元、八番隊宇喜多秀家、九番隊豊臣小吉秀勝、水軍を入れて十六万人という巨大兵力である。その日本軍は破竹の勢いで漢城まで攻め込んで行った。朝鮮との外交は臨済僧の景轍玄蘇が一手に担っている。

　ところが九月九日、九番隊の小吉秀勝が岐阜兵八千と渡海した巨済島で急死する。隻眼の二十四歳の武将は茶々姫の妹で正室の江姫と完子姫を残して死んだ。その後継に選ばれたのが五月に参議に昇進した秀信だった。渡海している九番隊の指揮権と、小吉秀勝の居城岐阜城と十三万三千石を引き継いだのである。九番隊は御大将を失って信長の孫織田秀信を待つことになった。

「霧丸、太閤さまにご挨拶して渡海するぞ！」

　十三歳の秀信に渡海の予定はなかったが、急遽巨済島に渡海することになった。朝鮮出兵で最も若い大将である。たちまち秀信の陣所は大騒ぎになった。

「越前。渡海する兵の支度だ。正印軒、兵糧の支度だ！」

　戦地で大将が亡くなることは、兵の動きが止まるということでもある。一日たりとも許されることではない。秀信は二百人に満たない側近と兵を引き連れて船に乗った。十三歳の秀信にはどうしたらいいかわからない厳しい仕事である。だが、そんなことは言っていられない。百々越前守と斎藤正印軒、霧丸に仕事がのしかかってきた。岐阜兵の中には後に秀信の家臣になる人材が多数いた。

それに九番隊には細川忠興や長谷川秀一など、信長と信忠の家臣だった者たちがいて秀信には心強かった。

ところが秀信が渡海して間もなく、九州から大阪に戻った茶々姫が懐妊しているとわかったのである。だが、海の彼方では激しい戦いが始まっている。平静を装いながらも秀吉は内心穏やかではなかった。茶々は多淫でもあり、好からぬ噂もぽちぽちと秀吉の耳に入っていた。

そんな茶々が翌文禄二年（一五九三）八月三日に大阪城二の丸で男子を産んだ。慶賀の報せは九州の秀吉のところに飛んだ。その報せに大喜びした秀吉は、十六万の大軍を放り出して十五日に名護屋城を発ち、二十五日に大阪城で生まれたばかりの赤子を抱いた。名は拾と付けた。後の豊臣秀頼である。

天下の諸大名たちが太閤の一喜一憂に振り回されている。

「茶々よ、よく産んでくれた。感謝じゃ」

そう言いながら、茶々と遊んだ公家や陰陽師、一緒になって騒いだ侍女たちを口封じのため、石田三成に命じて密かに次々と処分する。秀頼の出生の秘密は徹底して消し去った。誰にも止められない秀吉の狂乱は続いた。

お拾が生まれて間もなく、秀吉は関白を秀次に譲ったことを後悔し始める。まさか再び嫡男ができるとは思わなかった。秀次から露骨に関白を取り上げることもできず、秀吉が考えた策は日本を五つに分割し、四つを秀次に与え、一つを秀頼に与えるという殊勝なものだった。秀次も秀吉の嫡男誕生で気が気ではない。いつ関白の座を追われるかわからない。秀次は恐怖を感じながら気を病み憔悴していった。

そんな時、熱海で湯治していた秀次に何の相談もなく、前田利家夫婦の仲人で生まれたばかりの秀頼と、秀次の一歳の娘が婚約し、将来は関白職を秀頼に継がせるという話が、前触れもなく秀次の湯治先の熱海に届く始末である。関白秀次は驚いたが太閤に逆らうことはできない。不快な感情を押し殺して我慢するしかなかった。益々、秀吉の老醜が剝き出しになって手がつけられなくなる。

その感情を抑えに抑えて秀次は表面上、秀吉と良好な関係を保ったのである。だが、秀吉は京と大阪の間の伏見に築いた城にいて、両方を見る構えで隠居城というよりは、実権を握った太閤の城になっていった。城の周辺に大名屋敷が建ち京の秀次が監視される恰好になった。秀頼を産んだ茶々姫の力が増大し、その勢力が秀吉を取り込んで、秀次の勢力は穏やかではいられなくなる。

豊臣家が真っ二つに割れる兆候が出てきた。

秀吉の名代として若い秀次が渡海して、朝鮮で指揮を執るべきだとの声もあったが実現しない。秀次が朝鮮行きを聞き入れなかったからだ。秀次は決して暗愚な武将ではなかった。ただ若いだけに多淫だったともいう。継室一の台、側室は小上臈からお振の方、小督局、於伊萬の方、小少将など、三十余人の公家や大名の姫から捨て子までを含めて多くの愛妾がいた。

そんな中、秀信が朝鮮から帰国する。

岐阜城に到着してすぐ十四歳の秀信が十三歳の妻を迎えることになった。雪乃という可愛らしい姫だった。その父親は和田孫太夫。幕臣和田惟政の弟定利の子である。定利は兄惟政と将軍足利義昭に供奉して上洛し、後に信長の家臣となり、尾張黒田城の城主にまでなったが、長島一向一揆攻めの時に信忠の指揮下にいて討死した。その忘れ形見が孫太夫だったのである。

十三万三千石の大名になった秀信は忙しかった。家臣や兵を整え、いつでも戦場に出られる支度をしておくことが重要だ。石高から三千の兵は常備しなければならない。家臣団も五十や百ではない。土岐家、斎藤家の旧臣や信孝の旧臣、急死した豊臣小吉秀勝の家臣など、にわかに大量の家臣を抱えることになった。抱えるのは武家だけではない。侍女や小者に至るまでその数は膨大である。岐阜城だけではない。京の屋敷にも、伏見や大阪の屋敷にも家臣を配置しなければならなかった。越前守や正印軒は卒倒しそうなほど忙しい。そんな時、秀吉に呼ばれた秀信が上洛し、九月二十四日に従三位中納言に任官し、羽柴の姓を賜(たまわ)って公卿になった。秀信を大好きなお寧が官位の上階(じょうかい)など将来のことを考えている。十月三日には秀吉に従って参内(さんだい)し、後陽成天皇から天盃(てんぱい)を賜った。その時、親しく天皇からお言葉があった。

「中納言は幾(いく)つか？」

天子のご下問に直答が許された。

「十四歳にございます」

そう答えた秀信にニコッと天皇が笑った。

「あの時は三つでした」

そう二条城からの動座を回顧された。秀信は優しい笑顔だと思った。秀吉と秀信が上機嫌で御所から下がった。だが、秀吉の頭は朝鮮出兵と秀頼のことでいっぱいである。秀信は帰国したが多くの日本軍が朝鮮に残っていた。

　文禄三年（一五九四）。秀信は新年の正月早々にも参内した。秀吉はお寧と同じように若い秀信を可愛がった。その秀吉が九州に下ると五月二十三日に明の使節を名護屋城で謁見する。その場に徳川家康や前田利家と秀信も同席して明の沈惟敬（しんいけい）と対面した。
秀信は十五歳だが、岐阜中納言として官位官職は高く、秀吉と行動を共にすることが多かった。太閤の護衛も兼ねている。実は渡海した巨大兵力は異国の戦いに苦戦し、緒戦の優勢はなくなり苦しい戦いをしていたのだ。そのことを誰も報告しないから秀吉は知らない。秀吉の怒りが恐ろしい武将たちは、前線の正確な状況を秀吉に知らせなくなっている。戦いにおいてはこういうことが起こりやすい。

再び、秀吉と京に戻った秀信は、文禄四年（一五九五）正月に関白秀次と参内した。

この頃、遣欧少年使節とともに秀吉に拝謁したオルガンティノは、前田玄以の執り成しと配慮で京に住むことが許された。そのオルガンティノに秀信が楓と密かに会いに行った。岐阜城主になって一緒に住むようになった弟の秀則（ひでのり）もいる。秀則は中将信忠の側室鈴姫が産んだ吉丸（よしまる）である。二人は仲が良く信長を尊敬しキリスト教に興味を持っていた。オルガンティノと会うのは四度目である。

秀信はオルガンティノの人柄と話に感動する。会う度に話が新鮮だ。秀信と秀則の二人は相談し、オルガンティノに願って洗礼を受けることにした。洗礼名は秀信がペトロ、秀則はパウロ、今や秀信と一心同体といえる楓はマリアとなった。楓が持っている紅玉（ルビー）の十字架はオルガンティノが持っていたものだ。今はその十字架に信長の秘密が刻されている。キリシタンになったとはいえ楓の持っている秘密は誰にも告白できない。霧丸は楓の入信に反対はしなかったが、自分は先祖から法華だと言ってキリスト教に興味を示さなかった。

三月八日に秀吉が聚楽第の秀次を訪ねた時、兵を率いて秀吉の護衛の任に当たったのが秀信だった。この訪問の後、太閤秀吉と関白秀次の間が急に悪化していく。その始まりは秀次が一の台や小上臈などの美妾と遊戯にふけっていると批判されたことだった。

このような生活の中身が表沙汰になるときは、その裏に得体の知れない陰謀が隠されていることが多い。案の定、この年六月、秀次に謀反の疑いがかかった。貶めるための大嘘で秀次が鷹狩に出て、山の谷や峰や藪の中で謀反の談合をしたというのである。最早、ためにする言い掛かりとしかいいようがない。秀吉は側近の話を鵜呑みにし、秀頼のことになると思考が停止してしまう。遂に秀吉と秀次の関係が破綻する時が来た。

七月三日、聚楽第に石田三成、前田玄以、増田長盛などの奉行たちが来訪、謀反などの噂の真偽を問い、関白秀次から秀吉に誓紙を出すよう要求する。事がここまで進むと関係修復はほぼ不可能である。秀次は噂をすべて否定して、秀吉に対し反逆の考えなどないことを訴え、誓紙を書いて提出した。だが、秀吉の気持ちが鎮静するどころか七月八日に再び前田玄以、山内一豊、宮部継潤ら五人が、秀吉の使者として現れ、五ケ条の詰問を突き付け、清洲城に蟄居するか伏見城で秀吉に弁明するかを迫った。こうなると秀次は覚悟するしかなかった。老いた秀吉は思い込みと妄執が激しく、秀頼可愛いの一辺倒で老醜が顔を出していた。秀吉の生来の性質は残忍である。その最たるものが干殺しである。餓え殺しともいう。秀次は秀頼が生まれたばかりに殺されるため、ありとあらゆる汚名を秀吉にきせられた。それはすべて秀吉自身の老いからくる乱行悪行である。関白を殺すための罪状は何でもいい。秀頼のために一族郎党、関係筋を粛清するのだから権力者の思うままで良い。殺生、野蛮、残虐、淫乱、無法、暴君、無智、暴虐、無能などこの世の悪行のすべてを秀次に背負わせた。

秀次は全く逆な男だった。若いゆえの短気や淫気はあったが極めて温厚で、古典を集め学問に励み小心で秀吉を恐れている。人から好かれる優しさを備えていた。秀吉に反逆してその首を取るぐらいの気概があれば、塗れ衣を着せられてみっともない粛清にあうことはなかっただろう。

観念した秀次は叔父の秀吉の慈悲に、一縷の望みをつないで伏見城に向かう。だが、秀吉は秀次に会う気などなかった。聚楽第から秀次を引きずり出す策略である。禁裏の近くで戦いなどの騒動は起こせない。太閤と関白の個人的な喧嘩のようなものだった。

秀次は伏見城下の木下吉隆邸に留めおかれた。そこに秀吉の使者が来て「太閤さまとの対面は叶いません。速やかに、高野山に登るべしとの仰せにございます」と死の宣告を告げた。高野山に登るということは、配流か賜死を意味することが多い。死が早いか遅いかだけである。

秀次は即座に剃髪し墨衣に着替え、木下吉隆、羽田長門守、木喰上人らと高野山に向かった。その後に秀次を慕う供が三百騎も従ったという。慌てた石田三成は秀吉の怒りを恐れ、見送りが多すぎる人数だと言って、翌日から小姓十一人と東福寺の臨済僧虎岩玄隆だけに限定する。

だが、その程度では騒ぎがおさまらなかった。秀次の高野山配流を悲しむ者たちが、次々と見舞いの飛脚を送ってきた。道は大混雑、ついに一々挨拶していては先に進めない賑わいになった。これにも、飛脚を送らないようにと通達が出された。秀次は多くの人々に慕われていたということである。その上、人々は秀次が罪に問われる真相を知っていたし、秀次が秀頼可愛いの秀吉の老醜の犠牲になることを知っていた。ただ、声を出して言わないだけである。

秀吉の残忍さは狂気に変質していた。秀次の正室や側室、その眷属などがことごとく捕えられ、丹波亀山城に送られて監禁。高野山青巌寺（後の金剛峯寺）に入った秀次には供回りの数、衣装、出入り禁止、監視など細々と指示が出た。秀吉の執着は偏執狂という危ない状況だった。

秀次の家老の白江備後守は切腹、妻子も自害、熊谷大膳は二尊院で切腹、木村常陸介は摂津大門寺で斬首、他の家臣団は家康や景勝らの大名にそれぞれ預けられ、医師の曲直瀬玄朔や俳諧師の里村紹巴まで流罪になった。

関白秀次の家臣だけでなく親しかった者まで咎められ、罰を受けるようではいかんともしがたい。秀次の家老で秀吉の兄貴分でもあり、蜂須賀小六らと同じ木曽川の川並衆だった前野長康は、「猿めは一族を滅ぼすつもりかッ！」と激怒して腹を斬ったという。

七月十五日、高野山青巌寺に福島正則らが現れ、秀次は太閤秀吉から死を賜った。これに木喰上人が抵抗する。

「福島さま、寺院内では寺法により、罪人でも保護される定めがございます。ここは寺院内で話し合う刻を頂戴した……」

木喰は罪のない秀次が切腹させられることに不満だった。何とかその切腹を阻止したかった。そんな木喰の気持ちは百も承知の正則である。秀次と正則は血がつながっている。秀次の母は秀吉の同父姉、正則の母は秀吉の叔母、その正則は真相を知っているだけに助けたいのは山々だが、そんなことをすればどうなるか、正則といえどもただではすまない恐ろし過ぎる話である。

「上人。その話は受け入れられない！」

「そこを曲げて、福島さまの温情にて……」

「上人。太閤さまのご命令は絶対である。抗いなされば、高野山と一戦交えることになる。全山焼き払われ、皆殺しにされてからでは手遅れでござるぞ！」

福島正則の威しと強引な説得に木喰上人は屈服するしかない。秀次の家臣や小姓までが次々と切腹、秀次が尊敬し帰依した師の臨済僧虎岩玄隆が太刀を握る。

「師のご坊。お許しをッ！」

秀次が玄隆に謝罪した。

「豊禅閤さま、まことに楽しゅうございました。南無釈迦牟尼仏、お先にまいります」

秀次を極楽へ連れて行こうと玄隆が握った太刀を墨衣の上から腹に突き刺し、その腹を一文字に横に切り裂いて息絶えた。

「左衛門太夫。この首、太閤さまに持って行け！」

正則にそう言うと玄隆の後を追うように、秀次は柳の間に入り切腹した。それを雀部重政が介錯し後を追った。この時、秀次は二十八歳だった。

秀吉の粛清の嵐は吹き荒れる。秀次の首だけでは満足せず八月二日に秀次の妻子三十九人が三条河原で斬首、哀れだったのは大納言菊亭晴季の姫一の台と、最上義光の姫で伊達政宗の従妹駒姫こと於伊萬の方だった。一の台はお市以来の天下一の美女で秀吉が狙っていたが、いち早く秀次の継室に迎えられ最も愛された姫だった。その一の台を北政所は何んとか助けようと秀吉に助命嘆願したが、狂気の秀吉は聞く耳を持たず一の台は一番に処刑された。

駒姫は上洛したばかりで秀次の寝所にさえ入っていなかった。義光の依頼で徳川家康や前田利家が助命嘆願したが秀吉は聞かなかった。三条河原で処刑される。駒姫の犠牲は憐れだということで最上義光は許された。聚楽第に人質になっていた義光の妻が、駒姫の後を追って自害したという。

あまりの凄惨な処刑に物を言わない京の野次馬が、騒ぎ出し秀吉に囂々たる非難の声が上がった。だが、秀吉の粛清は止まらず、関係した大名にまで及んだ。

助かったのは小督局が産んだ一歳の菊姫一人で、この姫は後に真田幸村の側室になる。

秀吉は諸大名に誓紙を書かせ、秀頼に忠誠を誓わせるなど恥も外聞もなく、このような秀吉の振る舞いは死ぬまで続く。秀吉の一族は秀吉の母大政所の血筋だけで少なかった。この事件で秀次の眷属をすべて殺したことで、豊臣家で秀頼に仕える親族がほとんどいなくなった。秀頼可愛さの余り秀吉は周囲が見えなくなっている。秀次にかかわって秀吉に睨まれた大名は、すべてと言っていいほど家康に助けを求めた。秀吉のこのような振る舞いによって豊臣家を守る親族がいなくなり、大名までが豊臣家から離れては、秀頼がどうなるかわかるようなものだが、それが秀吉にはまったく見えなくなっていた。豊臣家滅亡の種をまいたのは老いた秀吉自身なのである。

岐阜中納言織田秀信は秀次と一緒に参内したり、親しかったが、秀吉の傍にいることが多く咎められることはなかった。

七　殉教者

尊敬する信長を意識して秀信は治世でも信長の政策を踏襲する。

岐阜城下での楽市楽座は勿論、領国内の道路の整備や河川の整備、寺社の保護、長良川の鵜飼いなども保護した。信長に似て派手好み、洒落者で歌舞くのも好きだった。顔や、その容姿も信長に酷似していたから、お寧は大好きな信長と勘違いするほどだった。

慶長二年（一五九七）。美しき公達に成長し十八歳になった秀信に信長の秘密を伝えるべく、霧丸と楓が秀信と三人だけで会った。秀信は内密なことと悟って、妻の雪乃さえ同席させない。小姓や近習も下げた。

秀信の寝所の隣室で静かだ。

「本日は中納言さまがお父上の中将さまのご命令で、二条御所から脱出なさった時のお話で、まだ申し上げていないことがございます。そのことをお話し致します。あまりにも重大なお話にて今日まで申し上げませんでした。それは亡き中将さまのご命令でもありました」

「お父上の？」

「はい、その時は既に信長さまは本能寺でお亡くなりにございました」

秀信が霧丸と楓を交互に見る。

「中将さまはお覚悟を決められたご様子で、二人を二条御所の軒下に呼ばれ、親王さまのご動座と一緒に脱出せよと仰せになられました。その時、楓が中将さまから小さな革袋をお預かり致しました」

「革袋？」

「はい、小さな革袋にございます」

楓が首から外した黒くなった革袋を秀信の前に置いた。それをチラッと見たが秀信は手に取らなかった。

「まずは、話を聞こう」

「はい、この革袋にはリビエルさまの十字架と言われる、黄金の十字架に紅玉が付いているものが入っていると聞きました」

「それはヴァリニャーノ神父とフロイス神父が、探していると言われた十字架か？」

「はい、今でもオルガンティノ神父さまはお探しと聞いておりますが、中将さまからお預かりした大切な革袋、決して他言はいたしておりません。首に吊るし肌身離さずお守りしてまいりました。それゆえに神父さまにもお返しできませんでした」

「それでどのような謂れがあるのだ？」

「はい、十字架の謂れはわかりませんが、中将さまが仰せになられたのは、信長さまが安土城を築くに当たって、安土山が鎮まり、城が千年の世を越えられるようにと、多くの黄金を埋められたということでございます」

「黄金を埋めた、どこに？」

「その場所を十字架の裏に記してあるとお聞きしました」

秀信が革袋を見たがそれでも手にしなかった。

「そうか。その十字架をお爺さまが父上に譲られ、父上が余に渡せと言って楓に預けたのだな？」

「はい、親王さまがご動座の支度をするわずかな合間にございました。それ以上のことはお聞きできませんでした」

そう言って楓が秀信に頭を下げた。眼にうっすらと涙を浮かべている。あの日の無念さであろうか、その涙の意味は楓にしかわからない。

「楓は十五年もの長い間、失くさずによく持っておったな。霧丸、今この革袋を開けて中を確かめても、すぐに何かできるものでもあるまい。余の災いになるかも知れぬ。太閤さまにでも知られれば取り上げられよう。そういう物があるということを知っただけにして、これまで通り楓が持っておれ、父上からの預かり物じゃ、それが一番良い……」

秀信がニッと楓を見て笑った。岐阜中納言となった秀信は十八歳になり、驚かず騒がずどっしりと落ち着いた青年武将に育っている。霧丸は頼もしい限りだと思った。

「楓、このようなものは重荷だろうが、余が出せと言うまで預かってくれ……」

秀信が革袋を楓に押し返した。

「畏まりました。お預かりしておきまする」

革袋から出すことなく、楓が再び十字架を預かった。黄金の紅玉の十字架を誰も見ていない。レッドクロスと呼ばれる秘密の十字架を見た信長も丹羽長秀も死んだ。見たであろう信忠も死んだ。そこに記された文字を見た者は誰もいない。

この年の前年、文禄五年（一五九六）は地下の大鯰が騒いだとんでもない年だった。年の前半は比較的穏やかだったが、閏七月九日に伊予に大地震が発生、続く十二日には豊後に巨大地震が発生、大津波も発生して瓜生島（うりゅうじま）が没する災害が起こった。

ところが同十二日深夜、畿内を巨大地震が襲った。十三日にかけて大騒ぎになる。秀吉の伏見城天守が倒壊、六百とも七百ともいわれる人々が城中で死んだ。秀吉は運よく助かり台所で一夜を過ごす有り様だった。秀信は伏見城に駆けつけようとしたが、同時に京では方広寺大仏殿が倒壊する大騒ぎになっていた。家財を積んだ荷車を引いて逃げようと京はごった返している。この災難を受けて朝廷は改元を決意、文禄五年十月二十七日を慶長元年十月二十七日に改元する。

その頃、呂宋（ルソン）からメキシコに向かっていたサン・フェリペ号が秋の大嵐と遭遇（そうぐう）、土佐（とさ）に漂着する事件が起きた。この事件がきっかけとなって、秀吉が禁教令を発した。サン・フェリペ号だけが原因ではなかった。イエズス会の後に来日したフランシスコ会は、イエズス会のような適応主義を取らず、托鉢（たくはつ）修道や無所有を主張するなど、秀吉政権にはあまりにも不都合であった。中でもイエズス会などはバテレン追放以来、自粛（じしゅく）しながらの布教活動だったが、フランシスコ会は後発の弱みからか強気な布教活動で、秀吉のバテレン追放令や禁教令に挑戦的だった。どこの宗教者も自分は正しいと信じているから、こういう宗教問題は権力者には厄介なことが少なくない。

九州や西国の日本人が奴隷として海外に売られていたり、コエリョのように露骨に秀吉を威嚇したり、印象の良くない秀吉はフランシスコ会に怒り、京奉行の石田三成にフランシスコ会員と信徒を捕まえ、磔にするよう命じる。

ところが、イエズス会もフランシスコ会も区別できない役人が、フランシスコ会員七名と信徒十四名までは良かったのだが、イエズス会員三名も捕縛してしまった。これは大きな誤算だった。

三成はこのイエズス会員のパウロ三木三十三歳、ディエゴ喜斎こと備前屋喜左衛門六十四歳、ヨハネ草庵十九歳を逃がそうとするのだが、三人は捕縛されたのも神の思し召しと、訳のわからぬことを言って逃げようとしないのだ。三成は逃がすことができず厄介なことになったが、結局、二十四人を京の堀川通り一条戻り橋で左の耳たぶを切った。

秀吉の命令は鼻と耳を削ぎ落した上で、引き回し磔にしろという厳命だったのである。だが、三成は秀吉の命令に背くわけではないが、十二歳、十三歳の子どもが含まれていることから、憐憫の情を持って耳を落としたことにしてわずかに傷つけ、その耳をオルガンティノに下げ渡した。それをオルガンティノは号泣しながら受け取った。

秀吉から長崎で処刑するようにとの命令で二十四人は徒歩で長崎に向かう。

極寒の中、磔にされる絶望の旅である。それにもかかわらず二十四人は神に召される喜びを感じている。あろうことか、イエズス会員三人を世話するペトロ助四郎と、フランシスコ会員を世話する大工のフランシスコ吉が一行についてきて捕縛された。この世話人の二人も信仰に命を捧げたのである。

長崎奉行の弟寺沢半三郎は、十二歳のルドビコ茨木をあまりにも哀れに思い声をかけた。

「キリシタンの教えを棄てよ。さすれば、そなたの命を助けてやる」

だが、ルドビコは応じなかった。

「この世の束の間の命と、天国での永遠の命を取り替えることはできません」

一行二十六人は刑場に長崎の西坂の丘を希望したという。そこはキリストが磔にされたゴルゴダの丘に似ているからと言った。十二月十九日の処刑の日、混乱が予想され外出禁止令が発せられたが、西坂の丘に集まった群衆は四千人を超えた。パウロ三木は死を前にして、十字架の上から群衆に神の教えを語り掛けたと伝わる。処刑後、二十六人の体はすべて分けられ、世界各地に殉教者の聖体として送られて行った。この二十六人の殉教者は二百六十五年後、ローマ教皇ピウス九世によって列聖し聖人となった。

八　崩壊

慶長三年（一五九八）八月十八日、太閤秀吉が死んだ。享年六十二だった。その後継者豊臣秀頼はまだ六歳。官位官職は従二位権中納言である。秀吉政権は政権と言えるようなものではなかった。秀吉が亡くなるとすぐぐらついた。朝鮮出兵から大軍が続々と帰還。所詮は何の展望もない秀吉一人の妄想に振り回された出兵だったのである。

諸大名が帰還すると、恨みつらみから、みっともない仲間割れで、いがみ合いが始まった。俄か作りの五大老、五奉行などと言っても、秀吉が生きていればこそで、亡くなれば家康の存在だけが目立つ一強九弱である。天下を狙う家康には、耐えに耐え抜いた絶好の機会がきた。ひねくれ者の寝業師には待ちに待った天下人へ昇る機会である。

五大老と言っても、徳川家康二百五十六万石、前田利家八十三万石、宇喜多秀家五十七万石、上杉景勝百二十万石、毛利輝元百二十万石と、家康は官位官職も石高も抜きん出ている。結局、小牧、長久手の戦いを中途半端にした結果、誰よりも辛抱強い家康をのさばらせることになった。秀吉は豊臣家を自分とお寧の一代で終わりと考えていた。ところがそこに鶴松が生まれ、秀頼が生まれてきた。こうなると秀吉の寿命と秀頼の成長の競争になり、秀吉の寿命が先に尽きてしまったということである。

五奉行にいたっては有名無実、浅野長政二十二万石、石田三成十九万石、増田長盛二十万石、長束正家十二万石、前田玄以五万石ではまったく話にならない。政権を安定させるべきで朝鮮出兵などやっている暇はなかったのだ。秀次を粛清している暇などはなかったはずである。信長が急死して天下への欲望が剝き出しになったが、秀吉にも黒田官兵衛にも室町幕府以後の政権のありようが見えていなかった。とりあえず強引に天下を取ったが、強固な政権作りではなく朝鮮出兵に向かってしまう。

この秀吉の中途半端な政権は、家康の謀略でたちまち内部崩壊してしまうことになった。秀吉の死から関が原までの二年間で家康は秀吉政権を木端微塵にする。

秀信は政権のいざこざに無関心ではなかったが、かかわろうとの考えもなかった。むしろ、秀吉が亡くなって秀信が積極的になったのは、岐阜城下にキリスト教会や司祭館、キリシタン養生所を建てることだった。

信長と同じようにキリスト教を保護したからといって、秀信は神社仏閣をないがしろにしたり迫害したりはしない。むしろ、積極的に神社仏閣も保護した。秀信の教会や司祭館は翌年には完成する。その頃、秀信は京にいた。激動する情勢は刻々と変化する。二十歳になった秀信は大きな戦いが勃発するような、得体の知れない不安を感じていた。

石田三成が武将たちに嫌われ、家康の謀略を感じながらも、加藤清正ら七将に追い詰められ、奉行職を退任して佐和山城に蟄居すると、岐阜と佐和山は近いこともあり、秀信は岐阜の留守居に城下を厳重に警戒せよと命令する。畿内には不測の事態が起きかねない不穏な空気が漂ってきていた。

一方で秀信は万一大きな戦いが起きた場合のために、兵力や武器の整備など支度を命じていた。前田利家が亡くなり、石田三成が五奉行から引くと家康が急激に台頭し、独断でやりたい放題したい放題。自分の実力を誇示するような傍若無人（ぼうじゃくぶじん）の振る舞いに及んだ。

人というのは不思議なもので、加藤清正や福島正則などは、秀吉の血筋でありながら三成嫌いから秀吉政権を潰したのである。それに秀吉恩顧の大名たちも加担した。三成という男は頭脳明晰（めいせき）な天才だが人望というものがなく随分嫌われたが、一方ではその能力を高く評価する者も少なくなかった。秀信も三成を高く評価していた。

風雲急（ふううんきゅう）を告げる中、家康とその側近は重大な決断を迫られる。それは五十八歳になった家康を、いかにして天下に昇らせるかの大戦略である。豊臣潰しに十年、政権樹立と安定に十年と考えても、家康は七十七歳になるのだ。そこまでの長寿が約束されているかわからない。後継には三男の秀忠がいるが、家康が思い出すのは自らの手で殺してしまった長男の信康だった。

信長に謀反を疑われたり家康をないがしろにするようでは殺すしかなかった。信長の娘徳(とく)姫(ひめ)をもらったのがまずかったと思う。家康は嫁を上からもらっては駄目だとわかっていた。家格が同格か下がよいとわかっていたのだがしくじった。家康自身も人質時代に今川義元の姪(めい)瀬名姫(せなひめ)をもらい頭が上がらなかった。

「殿。ここは戦う覚悟があってしかるべきでござる！」

井伊(いい)の赤鬼は三十九歳と若く主戦派である。赤備え(あかぞなえ)の井伊軍団に直政(なおまさ)は絶対の自信を持っている。いつでも家康の馬前で死んでやると覚悟していた。

「万千代(まんちよ)、そう力むな。悪い癖だぞ」

家康がたしなめると「殿は臆(おく)しておられるのか？」と食って掛かる。若く血気盛んな武将である。

「井伊殿、殿に無礼だぞ」

鳥居元忠(とりいもとただ)がニヤッと笑ってたしなめる。

「彦右衛門、万千代は戦いたくてうずうずしておるのだ。叱(しか)るな……」

家康は家臣団の苛(いら)つきをわかっていた。天下人を目指すには家康も結構な高齢なのだ。

「それがしもうずうずしておるわい！」

家康の四天王本田忠勝(ほんだただかつ)が大きな眼でジロッと家康を見る。蜻蛉(とんぼ)切という大槍を振り回して戦う猛将である。戦いたくて何が悪いというふてぶてしい顔つきだ。

「平八郎、年甲斐もなく万千代を煽るな」

「煽る？　殿は異なことを言う。井伊の赤鬼が先陣を切らねば、われらは戦場に出られぬ。赤鬼が突っかけてからの戦でござる」

徳川軍の先鋒は井伊の赤備えと決まっている。直政は人斬り兵部と異名を持つ闘将なのだ。

「わかった。だが、平八郎、余は易々とは戦わぬぞ」

「ふん、だから殿の兵はいつも腐るのじゃ！」

悪態を言って家康を睨み付ける。家康はそんな三河武士の気概を愛した。悪態を吐こうが罵詈雑言を言おうが家康は平気だ。言った分だけ働くのが三河武士だと思っている。

「ぬかしたな。平八、兵が腐る前にやってやる！」

「殿ッ。平八郎の罠じゃ！」

長老が叫んだ。

「平八の罠など蹴飛ばしてくれるわ！」

狸の家康が怒ったふりをする。

「殿、まずは上杉を叩く策に同意でござる」

榊原康政が冷静に意見を言った。

「小平太、それがしの喧嘩の腰を折るな！」

平八郎と小平太は同じ年で同じ四天王である。二人とも家康にはいなくては困る家臣だ。

「お主、殿と喧嘩のつもりか？」

「おおう、悪いか？」

「悪くはないが、ここは大戦略の軍議ぞ。殿と喧嘩するなら外でしてくれ」

「何ッ。やるかッ！」

「おう、平八郎の槍は錆びたとの噂だ」

「何だとッ、くそッ！」

榊原康政に煽られ本田平八郎忠勝が本気で怒った。五十二歳の両雄は互いに衰えたことを知っている。だから組討ちをするのになかなか立ち上がらない。若い頃ならとっくに外へ飛び出している。

「平八郎と小平太の一騎打ちなら見たいものだ。四半刻（約三〇分）も持つまいが……」

家康は止めようとしない。二人が顔を見合わせた。

「やるか？」

二人は引くに引けなくなった。

「二人ともいい加減にせんかッ！」

最長老の高木清秀が怒った。七十四歳の老将に二人が叱られる。家康がつまらなそうな顔をした。

「それがしも、仕掛けるなら上杉かと思いまする」

「それがしも、そう思います」

鳥居元忠と大久保忠佐が康政の考えに同意した。二人は六十一歳と六十三歳の三河武士だ。家康の家臣も老い始めていた。早いところ、家康が天下を取らないと自分が死んでしまうと思っている。

「上杉は百二十万石と大きいぞ。太閤が余を北と西から挟むために置いた大国だ」

「殿は伊達と組んで上杉を挟めば宜しいかと、そのための婚姻では？」

元忠は家康の策を感じ取っていた。伊達政宗の長女五郎八姫を家康の六男忠輝にもらう話がまとまっていた。勝手に大名同士が婚姻を結んではならぬという秀吉の禁令を破っての婚約である。

「だが、余が北に動けば西から大軍が出てくるぞ」

「それこそ望むところ。反転して一気に叩き潰せばいいまでのことでござる」

「彦右衛門、口で言うほど容易くはないのだぞ」

「心得ておりまする。ただ、どこかで一戦交えねば、ずるずると平八郎が言うように兵が腐りまする。決断は早い方が良いかと、支度がございますれば……」

家康はそれしかないのかと思いながら決断しかねていた。乱を起こして豊臣方を一気に叩き潰す方法が良いと思うが少々荒っぽい。秀吉のわがままに耐えに耐えてきた。後十年はとても待てないだろうとも思う。

家康は内大臣だが全く満足していない。欲しいのは征夷大将軍である。江戸に幕府を開きたい。その準備はすでにできている。家臣団も今がもっとも充実している。秀吉の家臣団のように貧弱ではない。徳川家には安祥譜代、岡崎譜代以来の分厚い家臣団がいる。それに信玄入道が育てた武田の家臣団を家康は丸呑みにした。武田の治世の実力は天下一だ。その武田の家臣たちを集めた成瀬正一の功績が大きい。家康が隠している自慢の家臣団が駿府と江戸にいる。明日にも幕府は開ける。そこが成りあがりの秀吉とは大違いだった。

家康は信長に秘密にして、武田の優秀な家臣を成瀬に集めさせた。三河武士は戦には向いているが吏僚としては頑固すぎて使えない。そこを完璧に補えるのが武田の家臣団だ。やがて徳川家の奉行に全員武田家臣団が就くことになる。吏僚に向いた三河武士はあまり多くなかった。

「よし、余が決断するまで、支度を怠るな」

ほぼ、天下取りが決まったようなものである。伏見の徳川屋敷は今こそという生気にあふれていた。

九　いざ、出陣

遂に、その時が来た。家康が呼び出しても上洛に応じない上杉景勝を討つ、上杉討伐に動くことになった。

その頃、伏見の上杉屋敷には松姫の妹菊姫がいた。病弱な菊姫は景勝の重臣直江兼続の妻お船の方と暮らしている。京の妙心寺の南化玄興に深く帰依し、穏やかな日々を過ごしていた。子はなかったが景勝に愛されている。

その景勝が上洛しないのは謀反心があるからだと、家康は己の傲慢不遜な振る舞いを棚に上げ、秀頼のためなどとわからぬ言い掛かりで討伐を決めたのである。秀吉が亡くなった混乱を利用して自分の力を天下に見せつけるしかない。ここで一気に分裂ぎみの豊臣家を弱体化させる。だが、家康にはその豊臣家を潰せるという自信はまだなかった。それでも家康は今こそ戦機が熟したと見て戦いたい。今、動かなければ動く時がないと思う。

　その上杉討伐が菊姫に聞こえてきた。

「お船、殿は家康殿に討たれるような悪いことをしたのか？」

「御前さま、家康殿はわが夫、兼続殿が西笑承兌さまに差し上げた書状を見て、激怒されたとか？」

「殿の上洛を促された承兌さまの書状への返事であったな？」

「はい、そうでございます」

「殿はやはり三成さまと……」

「御前さま、そのようなことを口になさってはなりませぬ」

　菊姫がお船に叱られた。

「いざというときは、玄興さまのところへ……」

「出家ですか？」

「はい、髪を下ろしまする……」

　お船は兼続から万一の時には南化玄興の元に逃げるよう命じられていた。

　そこに秀信が現れた。五度目の訪問だった。

「叔母上、お加減はいかがですか？」

「おう、中納言さま、そなたも会津へ……」

「うむ、叔父上とは戦いたくないが、命令では行くだけでも行かねばなりません……」

二十一歳になった秀信は、上杉景勝と戦うことはしたくない。恩方の母と叔母の菊姫のことを考えれば出陣を拒否したいが、その結果がどうなるかわかっている。あの仏頂面の家康に厳しく咎められるだろう。この苦しい立場に立たされた秀信は信頼するイエズス会の宣教師たちと会って何度も話し合った。迷いに迷って家康に従うことにしたのである。会津まで行くだけは行ってみる。

「中納言さま、悲しいことじゃ」

菊姫は子がないため、秀信をわが子のように可愛がっていた。秀信が京や伏見の屋敷に滞在している時は何かと物を届けてくれる。そんな叔母を裏切るような気分なのだ。

「叔母上、まだ戦と決まったわけではありません。どれほどの軍勢が北に向かいますか？」

秀信は景勝が石田三成と連携しているのではと考えていた。そうであれば家康といえども、この戦いは一筋縄でいかないだろうと思う。

「これから大阪へ……」

「はい、秀頼さまにご挨拶をしてまいります」

「中納言さま、気を付けてくだされ、京も伏見も、大阪も不穏だと聞いております」

「叔母上もご心配なさらず、叔父上はお考えあってのことですから……」

菊姫がニッコリ笑った。

「岐阜城下にキリストさまの教会をお建てになったとか？」

「はい、教会と司祭館を建てました」

「キリストさまにはマリアさまというお母上さまがおられるとか？」

「そうです……」

「この間、使いに来た楓から聞きました。楓がそのマリアさまのお名を頂戴していると言っておりました」

「そうです。楓はマリアと言います」

秀信は伏見に残されて不安だろうと、菊姫を見舞ってから大阪城に向かった。秀吉が生きている頃は何度も来た大阪城だが、秀吉が死んでからは初めてだった。いつ見ても大きな城だ。秀頼がこの城にいれば安全だと思う。勿論、この惣構えの巨大な城に攻めて来る敵など考えられない。

大阪城は石山本願寺の跡地に築城され、四方が海と川に囲まれた天然の要害になっている。その堅固さは比類なしという。信長の安土城とはまったく違う考えで築かれた城である。

秀信は京街道を南下して大阪城に入った。天守、本丸、二の丸、山里曲輪（やまざとくるわ）など大阪城はすべてが大きい。外濠、内濠に満々と水をたたえている。だが、この城の弱点を知っていた秀吉が、自慢げに家康に話したことがあった。南東の角であると。ここから攻め込まれると大阪城はもろいのだ。

それを見抜き後年、ここに真田丸（さなだまる）を築いた真田幸村と家康が死闘を演じることになる。

秀信は本丸ではなく、山里曲輪に案内された。そこに八歳の秀頼と茶々姫、秀頼の乳母正栄尼（しょうえいに）と茶々姫の乳母大蔵卿局（おおくらきょうのつぼね）、茶々の侍女十数人がいた。

「おう、中納言……」

秀頼が主座から降りて走ってきて秀信の前に座った。茶々は秀信の時だけはその不作法を許している。

「若君、暫（しばら）くお会いしない間に、大きくなられましたな？」

「うむ、もっと大きくなるぞ」

秀頼が自慢げに言う。母親の茶々姫が大きいから秀頼が大きくても不思議はない。事実、秀頼は身長六尺（約一八〇センチ）以上体重四十貫（約一五〇キロ）以上の巨漢に成長する。その姿は老いていく家康には眩（まぶ）しすぎた。そんな秀頼に恐怖を感じて家康は殺すしかないと殺意を抱（いだ）くようになる。

「早く中納言を追い抜いてくだされ……」

「何か持ってきたか？」

「本日は、若君に差し上げる物は何も持ってまいりませんでした。出陣のご挨拶にまいりましてございます」

「そうか。内府と行くのか？」

「はい、東国にございます……」

「よし、今日は余が中納言に黄金をやろう」

そう言って秀頼が茶々姫を見る。茶々は穏やかな笑顔で秀頼に頷いた。

「米蔵から米も持って行け」

そう言ってまた茶々姫を見た。八歳にしては異常に大柄だがまだ子どもだ。

「中納言殿、前へ……」

「はッ、叔母上さまもご壮健にておめでとう存じまする」

秀信が茶々姫を叔母上と呼んだ。茶々は自分が信長の子だと気付いている。秀信はそんなことは知らないが最初に会った時から茶々をそう呼んだ。

「中納言殿、若君から出陣の祝いじゃ」

秀信が秀頼と茶々姫に頭を下げる。そこに大蔵卿局が言った。

「中納言さま、若君さまから黄金二百枚、兵糧三千石を賜ります」

「はい、有り難く頂戴致しまする」

「中納言、戦は初めてか？」

秀頼が大人びた口調で聞いた。

「いいえ、太閤さまと小田原にまいりました。海を渡って朝鮮にもまいりました」

「戦に行くのでは今日は遊べないか？」

「はい、戻りましたらすぐ伺いまする」

「うむ、待っているぞ」

秀頼はいつもと同じように秀信と遊びたいのだが出陣ではそうもいかない。大阪城も落ち着かない騒々しさで、それを逃れて秀頼と茶々姫は山里曲輪にいた。六月十五日に家康が出陣の挨拶に来た時、秀頼は黄金二万枚と兵糧米二万石を与える。会津征伐は秀頼のためだと言われて二十万両もの黄金を祝意として差し出したのである。

「中納言殿、出陣はいつか？」

「岐阜に戻り、兵を整え、七月一日と決めております」

「うむ、中納言殿は数少ない若君の身内じゃ。先々頼りにしなければならぬ。無理をしてくれるな……」

「はッ、お言葉、胆に銘じまする！」

茶々は将来の秀頼の側近として、信長と信忠の血を引く岐阜中納言の秀信こそ相応しいと考えていた。その秀信は茶々姫に礼を述べて大阪城を辞し、大阪に住んでいる弟の秀則と、伏見から京に戻り岐阜城に戻ってきた。秀信は会津に三千五百の兵力を連れて行こうと考えている。岐阜中納言としては五、六千の兵力は整備したいところだが、石高から考えると常備は三、四千というところがギリギリの兵力である。十三万石の大名が三千五百の兵力であれば過不足はない。遠い会津を考えれば多いぐらいかもしれなかった。秀信が出陣すれば秀則が岐阜城を守ることになる。

秀信と雪乃の間に男子が生まれずまだ後継者がいなかった。そこで近江の六角家から六角義秀と、信長の兄信広の娘の間にできた、八幡山秀綱こと六角秀綱を養子に迎えている。大名は戦いに出ればいつ死ぬかわからなかった。

岐阜城の家臣団も徐々に充実してきた。家老に百々越前守綱家と木造長政、支城に池尻城主飯沼長実、竹ケ鼻城主杉浦重勝、墨俣城主斎藤徳元、美濃本郷城主国枝政森、鉈尾山城主佐藤方政、侍大将に飯沼長資、代官には斎藤正印軒元忠と菊岡重正、小姓に森左門、入江左近、前野伝助、左合所右衛門、家臣団に飯沼長重、服部康成、川方政信、富永勝雅、富永勝吉、長屋正隆、津田元綱、橋本太兵衛、武市忠左衛門、武市善兵衛、土方治兵衛、南部長右衛門、塩川孫作、井戸覚弘、一門には織田兵部、津田勝左衛門。

「殿、持参する兵糧のうち、干飯が少々不足しておりまする」

百々綱家が心配そうに言った。

「一日の出陣に間に合わぬのか？」

「はい、四、五日は遅れるかと思いまする」

「仕方なかろう。兵糧が不足しては困る」

秀信は出陣の支度が遅れたことを叱らなかった。兵糧は生米と干飯を持って行く。戦場で生米は食さない。干飯を袋に入れて腰に吊るす。それを水に浸せばどこででも食せる。生米は下痢をする。下痢した兵は使いものにならない。干飯は焚いて飯にしてから天日で干して携帯食にする。一日出陣した軍団はどこで戦いになるかわからないから、最も大切なのが二、三日分の兵糧だ。兵は一日六合の勘定だから三日分にもなると腰に吊るすのも重くて厄介である。

百々と木造は家康に傾倒しているが、秀信はそこまで家康を信用していない。いつも家康に会うと印象が良くなかった。何を考えているのかわからない薄気味悪さがある。秀信を無視しようとする態度にさえ見えた。

ほとんどの武将が、秀信を信長の孫として扱い、愛想良く追従などを言うが、家康だけは何が気に入らないのかいつも仏頂面である。

秀信は弟の秀則と楓、それに護衛の霧丸だけを連れて、岐阜城の大御殿を出た。信長が稲葉山(いなばやま)の麓(ふもと)に造営した不思議な大御殿と庭である。少し荒れてはいたが、秀信はそこが好きで住んでいた。近習が二騎、後を追ってきて秀信を警護する。岐阜城下の教会は京にあった南蛮寺のように大きくはないが、とんがり屋根に十字架のある清楚(せいそ)な教会だ。

早朝の教会には五人の信徒がいて神の前に額(ぬか)ずいている。秀信が部屋に入ると座を開けようとした。

「そのまま、そのまま、お祈りをお続けくだされ……」

そう言って秀信は列の端に座った。神の前では武家も町人も身分に差はないと宣教師は言う。すべては等しく神の子であると。畳の部屋の祭壇は一段高くなっていた。十字架のキリストがいる。三人は十字を切って頭(こうべ)を垂れ神に祈った。

この時、秀信は決意していた。会津には行かない。上杉の叔父とは戦わない。自分が戦うのはこの岐阜に攻めて来る敵だ。教会と司祭館を守る。神の騎士として戦う。それなら、戦いも許されるはずだと考える。神を守るため、十字架の騎士として戦う。

「主よ、われに力を、いざ、出陣！」

すべては神の名に恥じぬ振る舞いをしなければならない。天下人織田信長の孫として正々堂々と戦いたい。その結果、祖父と父の本貫の地である尾張と美濃を手に入れ、織田宗家を復活させたいと思う。いつ来るかわからぬ敵を待つのである。家康が動いた以上、大きな戦いになることだけは間違いない予感があった。もし、大阪の秀頼と江戸の家康が戦うことになれば、岐阜はその中間の最も大切な要衝になる。青野原（あおのがはら）という大垣（おおがき）、垂井（たるい）方面は古い頃からの戦場で、関東と関西を分かつ不破関（ふわのせき）というのがあって、そこを関が原（せきがはら）と呼んでいる。関の東を関東と呼び関の西を関西と呼ぶ天下を二分するのが不破関なのだ。そのあたりが主戦場になるだろうと思われた。

つまり、岐阜を通らなければ西から東にも、東から西へも出られない。秀頼と家康がもし戦うなら秀信は迷わず秀頼の味方をする。教会の前に霧丸と近習が立っていた。

「余は霧之助（きりのすけ）と行くところがある。秀則は城に戻っておれ……」

「兄上……」

「心配ない。すぐ戻る」

城下から南に駆け、秀信と霧丸の二騎は木曽川河畔（きそがわかはん）の忍び小屋に向かった。そこには鬼丸、佐助、滝ノ介、三吉がいた。秀信が安土城の仮御殿に幽閉されてから、坂本城などでいつも秀信を守ってきた信長の勇者たちである。

「中納言さま！」

突然の秀信の訪問に鬼丸たちが慌てた。秀信は「そのままでよい」と言いながら、気楽に囲炉裏の傍に座って「これはいい」と寒くもないのに炉辺で手をかざした。

「鬼丸、余は会津には行かぬ……」

「では、どちらに？」

「どこにも行かぬ。余は上杉の叔父上と戦う気はない。もし、岐阜に攻めて来る者がいれば、教会の神さまを守る騎士として戦う」

「それでは、内府さまに抗うことになるのでは？」

鬼丸も最大の実力者は徳川家康だとわかっている。

「余は会津の叔父上や大阪の叔母上と戦うことはしない。恩方の一蔵殿にそのように伝えてもらいたい」

秀信は鬼丸に自分の考えをはっきり伝えた。もし徳川軍に攻められることにでもなれば、織田軍の三千や五千の兵ではいかんともしがたい。だが、大阪城の秀頼には豊臣恩顧といわれる多くの大名たちが味方するはずだ。秀信もその一人だと考えていた。もし万一の時は楓の持つ十字架と一緒に祖父の信長が現れるかもしれない。それでも駄目なら神の子として殉教する。

秀信は一蔵の配下が会津に向かうことを知っていた。それは秀信を守るためである。

「承知致しました」

佐助が座を立った。

「わしの馬を使え……」

霧丸が恩方まで走る佐助に自分の馬を渡すことにした。佐助も足は速いが七里ほどではない。

第五章　高野山（こうやさん）の嵐

一　敗北

慶長五年（一六〇〇）六月のこと。秀信と霧丸が忍び小屋から城に戻ると、夜になって佐和山城の石田三成から使者が来た。既に、西の諸大名が続々と会津に向かって移動しているという。中山道を江戸に下る大名はやがて岐阜城下を通ることになるだろう。家康を総大将に会津の上杉百二十万石を、謀反の疑いで攻撃するのである。北からの伊達政宗、南からの徳川家康に会津は挟撃される。

上杉景勝と連携している石田三成は、会津に向かう諸大名を湖東の愛知川のあたりで止めようとしていた。それは三成が挙兵して家康と戦うことを意味する。

秀信が三成の書状を読んだ。そこには挙兵への与力と、その見返りとして尾張と美濃百十万石を織田宗家に返すと約束していた。尾張と美濃は織田宗家の本貫地であり、祖父信長が尾張を統一して美濃を奪い、上洛の足がかりにした地である。その尾張と美濃を父信忠が相続した。秀信はその尾張と美濃を織田宗家の領地として復活させたい。その気持ちを三成に見抜かれていた。

「承知しましたと三成殿にお伝えくだされ……」

「殿ッ！」

百々越前守が叫んだ。

「お使者、大儀！」

三成の使者が広間を出て行くと、百々と木造の二人の家老が秀信に詰め寄った。

「殿。承知したとは三成殿に与力なさるおつもりかッ？」

滅多に怒らない百々越前守が顔を赤くした。

「殿、われらに相談もなく、三成殿に約束するなど殿らしくもない！」

木造長政も怒っている。二人は家康贔屓で秀信に家康への与力を勧めている。

「二人の考えは充分にわかる。だが、余は会津の叔父上や大阪の叔母上と戦うことはしない。余はこの岐阜を動かぬ。祖父と父の城であるこの岐阜城で、攻めて来る者があれば戦う。これは主命である」

神の命令だと秀信の断が下った。ここで岐阜中納言は石田三成に味方することになった。

秀信が奥に入ると雪乃が心配そうに二人の姫を抱き寄せている。

「雪乃、いよいよ、戦が始まる気配だ。そなたらをここに置くことはできぬ。大阪の義母さまのところへ行ってもらう。大阪ならここよりは安全だ」

秀信は大阪にいる秀則の母鈴姫のところに、雪乃と二人の姫を移そうとした。

「殿……」

雪乃が秀信に首を振って拒否する。十三歳で秀信に嫁ぎ、十四歳で一の姫を産んだ。その姫はもう六歳になる。二番目も姫だった。

「雪乃、ここは間違いなく戦場になる。これは余の命令だ！」

冷静沈着な秀信が怒った。雪乃が泣くと二人の姫も泣いてしまう。辛い親子の別れである。この結果は悲惨なものになる。鈴姫、雪乃、二人の姫は大阪で捕えられ幽閉される。それを雪乃の父和田孫太夫が救出するが逃げ切れず、鈴姫と雪乃とを刺殺し一の姫だけを背負い近江に逃げた。二の姫は逃亡の途中で死んだ。逃げ延びた一の姫は後に六角義郷の妻になる。この一の姫は六角氏郷を始め四人の男子を産む。

ついに運命を分ける戦いの時が来て、秀信に苛酷な大波が押し寄せてくる。

三成の戦略は尾張の犬山城、美濃の岐阜城と大垣城を防衛の前線にして、突破されれば家康軍を関が原に引きずり込んで叩く策で、かつて徳川軍を敗った真田昌幸の作戦と似ていた。智将石田三成が考えた決戦の作戦である。家康を討ち取る完璧な考えではあったが、味方に裏切りが多発して誤算が重なりこの策はあえなく崩壊する。

三成の最大の失敗は武田信玄が、信長と戦わせてみたいと言った真田昌幸に相談しなかったことだ。この時、家康が最も恐れていたのが真田昌幸だ。後年、その名を聞いただけで家康が震えたという智将中の智将である。徳川軍を二度までも破ったのは昌幸だけである。

昌幸の正室山手姫と三成の正室月姫は姉妹で二人は義兄弟だった。三成は昌幸の智謀を嫉妬していたのかもしれない。三成は自分こそ天下一の智将だと思っている。だが、昌幸は三成よりはるかに聡明で優れていた。ことに謀略では右に出る者なしという。三成は大阪にいた山手姫を人質にして、言い訳の手紙を昌幸に送ったりしている。三成は昌幸の智謀を嫉妬しただけでなく信じ切れなかったのだ。天才にはありがちなことである。

秀信が雪乃と別れた数日後、恩方の一蔵が配下を連れて、岐阜に到着したと霧丸が秀信に伝えた。

「どこにいる？」

「はい、大宝寺に入りました」

「よし、今夜会おう、余が大宝寺に行こう」

秀信は一蔵の知らせを百々や木造に知られまいとした。二人が家康とつながっているとは思わないが、知らせの内容次第で動揺することもある。

夜遅く、秀信と霧丸が御殿を忍び出ると、鬼丸と三吉が馬を曳いて待っていた。七里が傍に立っていた。年は取ったが走る足は衰えていない。

「久しいな？」

秀信が七里に声をかけた。秀信が馬に乗ると一斉（いっせい）に駆け出した。大宝寺は沢彦宗恩（たくげんそうおん）が長く住職をした寺で、その弟子の宗玄（そうげん）が老僧になり住職をしていた。本堂の前に宗玄と一蔵が立っている。松明（たいまつ）を持った佐助がいた。

「中納言さま……」

宗玄が合掌（がっしょう）した。それに秀信が合掌で応える。

「一蔵、母者（ははじゃ）は達者か？」

「はい、信松尼さまは日々、健（すこ）やかにお過ごしにございます」

「うむ、小田原について、また世話になるな……」

「中納言さまのご無事こそ、われらの喜びにございまする」

そう言って松姫からの書状を秀信に渡した。秀信が本堂に入るとそこにいた全員が平伏する。広い本堂に蠟燭（ろうそく）が一本だけ灯（とも）っている。暗く顔は判別できないが二十人ほどだ。

「皆、いつも大儀だ。石田三成殿が挙兵され、この度は大きな戦いになると思われる。家康軍を大阪城に近付けない戦いだ。犬山城、岐阜城、大垣城が前線になる。余の布陣は追って報（しら）せる。敵の動きを知りたい……」

「仁右衛門、見たことを話せ！」

一蔵が命ずると仁右衛門が薄暗い中に仁王のようにヌッと立ち上がる。逆に秀信が座った。

「家康軍が武蔵に入ってから、風鬼、熱田丸、の三人で追いました。六月二十五日駿府、二十九日鎌倉鶴岡八幡宮で戦勝祈願、七月二日江戸城」

そこまで言って懐から紙片を出した。燭台の傍に寄って読み始めた。

「七月二十一日江戸城から出陣、二十四日下野小山に到着、二十五日軍議、にわかに西に向かう大名が出たため探索、石田さまの挙兵が判明、それを知らせに戻りました。風鬼は内府を、熱田丸は福島正則を追っております」

「いつものように先鋒はその福島左衛門太夫だな？」

一蔵が仁右衛門に聞いた。

「はい、池田輝政、浅野幸長、黒田長政、藤堂高虎などが反転して続々と西へまいります」

「よし、間もなく、この木曽川に先鋒が現れるな？」

「間もなく、清洲辺りに終結するかと思われます。その動きは熱田丸が知らせて来るかと……」

「いよいよだな。一蔵、木曽川の忍び小屋で敵の動きを見張れ。余が出陣したら本陣にまいれ。七里、余の使いをせい！」

「はッ、畏まって候！」

「行くぞ！」

風雲は急を告げている。秀信が座を立った。ついに戦いの時が来た。織田宗家の命運をかけて、岐阜中納言織田三郎秀信が戦う。霧丸が秀信の馬の轡（くつわ）を取り、傍を七里が走った。城の大御殿に戻ると百々や木造を始め家臣団が集まっている。あちこちから家康軍の動きが聞こえ始めていた。秀信が主座に座ると軍議が始まった。

「越前守、軍議を始める前に、木曽川に鉄砲隊を出せ。敵が渡河するのを阻止する」

「はッ、承知致しました」

百々越前守が鉄砲隊二百人を木曽川に急行させる。

軍議は果敢に打って出るか、初めから守りを固めて籠城（ろうじょう）するかで割れる。ぽつぽつと岐阜城に支城の軍団が集まり出した。大広間の家臣団が見る間に増えて満席になった。

「静まれッ！」

秀則が叫んだ。温厚な秀則の大声は珍しい。敬虔（けいけん）なキリシタンでありながら、京の妙心寺に見性院（けんしょういん）を創建した仏教徒でもある。兄の秀信を助けて戦う覚悟でいる。

「中納言さまの御前である。考えのあるものは手を挙げてもらいたい！」

座が静まると百々越前守が城を出て戦うべきだと主張した。その百々の考えに引きずられ意見は戦うべきと傾いた。ついに秀則も木造も正印軒も支城の城主たちもここは戦うべきであると主張して、籠城の意見が消えた。つまり籠城は戦った後のことだということになる。この時、集められていた織田軍は六千五百余である。戦いが始まれば大垣城にいる石田三成から援軍が予定されていた。その援軍が一万なのか二万なのかはっきりしないが、軍議では打って出ることになった。犬山城には稲葉貞通の稲葉一族や、城主石川貞清、竹中重門、関一政などが入っている。竹中重門は秀吉の軍師竹中半兵衛の息子である。

　こうなると犬山城も岐阜城も大垣城も簡単に落ちる城ではない。

八月二十二日、遂に木曽川に池田輝政軍四千五百余が現れ渡河を開始、織田鉄砲隊が応戦したがその渡河を止められなかった。少し遅れて下流から福島正則軍六千余が渡河を開始する。これも鉄砲隊は止められなかった。浅野幸長軍六千五百余、黒田長政軍五千四百余など三万五千の大軍が一気に木曽川を越えて押し寄せた。

　迎え撃つ百々越前守と飯沼長資軍二千五百余が、米野村で池田輝政軍と激突、木造長政軍千余が中野村へ、佐藤方政軍千余が新加納村へ、岐阜中納言三郎秀信は自ら千七百余を率いて上川手村に現れた。そこに福島正則軍六千余が現れる。

「おうッ、信長さまだッ！」

「何ッ！」

　正則が馬上に立ち上がった。三、四町ほど先の土手の上に確かに信長がいた。大青鹿毛に乗り南蛮胴を着け、つば広の南蛮帽子をかぶって、黒い大マントに身を包んでいる。マントの背には大きな十字架が縫い付けてあった。まさにあの小雨の中を本能寺に向かう信長の最後の姿である。神のために戦う騎士がそこにいた。

「おう、右府さまだ！」

マントの内側の緋色が美しい。正則が鉄砲隊に叫んだ。

「撃つなッ、あれは神さまだッ！」

夏が終わろうとする強い日差しの中に、信長と見紛う中納言秀信が馬上にいた。

「さすが右府さまの御孫さまかな、お見事でござる！」

そう言うと正則が一騎駆けで織田軍に突進した。その後に大軍が続いた。秀信の前には一蔵と仁右衛門が立った。

「どけ、どけッ！」

突進してきた正則の大槍に向かって行った仁右衛門が一突きにされた。織田軍が正則に殺到する。そこに正則軍が群がって大混戦になった。秀信を守っていた一蔵の配下が次々と討死する。仁右衛門、金八、滝ノ介、宗次郎、幽山らは果敢に敵と戦い討ち取られる。米野村では飯沼長資が討死していた。

この時、織田軍は福島軍に四百三十余も首を討ち取られた。寡兵では津波のように押してくる大軍をとても支え切れない。

「中納言さまッ、ここは一旦城へ退却して籠城を……」

返り血を浴びて赤備えのような斎藤正印軒元忠が進言する。大垣城からの援軍を秀信は待っていたがそれはなかった。三成はぐずぐずと援軍を出さない。

「よし、城へ戻ろう！」

霧丸が秀信の馬を城に向けて駆け出した。総退却である。織田軍はあちこちで負けていた。池田軍と戦った百々、飯沼軍は四百九十余を討ち取られ、浅野軍にも三百余を討ち取られた。

野戦での秀信の敗北は見えていた。城に入る前に秀信は犬山城と大垣城に援軍要請の使いを出した。援軍が来ても戦いの逆転は難しい情勢になっている。その理由は、犬山城の稲葉、石川、関、竹中の諸将が、家康軍の井伊直政に密書を送り戦わずに寝返っていたからである。つまり岐阜城は左翼のないまま戦っていたのだ。大軍に敗れた織田軍があちこちから岐阜城に集まってきた。

二　剃髪

戦う前の犬山城の寝返りから三成の誤算が始まる。この戦いは稀に見る武家らしくない醜い汚い戦いになって行った。裏切り、寝返りが多発するのだ。それが関が原の戦いの真相である。既に福島、池田、黒田、浅野など家康軍の先鋒は秀吉恩顧の大名だが、三成を嫌うというだけの理由で家康に味方し、大阪の秀頼を裏切っていた。決戦の関が原でも吉川広家軍や小早川秀秋、赤座直保、小川祐忠、朽木元綱、脇坂安治など最後まで寝返りが大流行する。三成の不徳と傲慢、家康の捻くれと狡猾さが剝き出しになり、味方をも信じられない薄気味悪い戦いになっていく。

秀信は八月二十三日、岐阜城に籠城し、稲葉山に登る四口に百々越前守軍、木造長政軍を置いた。それを福島正則、池田輝政、山内一豊、田中吉政、黒田長政、浅野幸長、有馬豊氏、藤堂高虎、堀尾忠氏、井伊直政らが完全に包囲し、岐阜城は落城寸前になってしまう。徳川方はあまりに大軍だった。

朝からの攻撃で岐阜城の稲葉山砦、瑞龍寺山砦、権現山砦が次々と落ちて、本丸だけになったが秀信はそれでも戦った。その攻城戦は凄まじかった。二の丸の煙硝蔵が爆発炎上。秀則、織田兵部、斎藤徳元が奮戦。百々、木造、長資の父飯沼長実、入江左近、梶川高盛、山田又左衛門、伊達平右衛門などの武将が徹底抗戦。和田孫太夫は一の姫を近江の百姓家に預け、岐阜城に駆け付けたが、孫太夫は自らの手で殺した娘雪乃の後を追うように討死。大岡左馬介、森左門、滝川治兵衛、武藤助十郎、津田藤右衛門、安達中書らも死に物狂いの働きをする。

だが、敵の圧倒的兵力に織田軍はついに壊滅、逃亡も始まって秀信の傍には秀則以下数十人しか残っていない状況になった。

「一蔵、母者を頼む。城から落ちてくれ！」

「中納言さま！」

「行け、こうなってはもう援軍はない。配下を連れて山を下りろ！」

その頃、ようやく、大垣城から援軍が出ていた。既に肝心の石田三成は姿を消し大垣城にいなかった。岐阜城の女たちは皆山を下りていたが、楓だけは戦支度で秀信の傍に残っている。

「霧之助、余はキリシタンゆえ自害はできぬ。最後は余と秀則の首を斬れ、頼むぞ！」

そう言って秀信がニッコリ笑った。

「中納言さま……」

「霧之助は余が高遠を出る時から一緒だった。最後は余を斬れ……」

霧丸と楓の眼に涙があふれる。もういかんともしがたい最後の時が近づいていた。

「殿ッ、司祭館に火が入りましたッ！」

その呼び声に秀信が窓に走って本丸から城下を見下ろす。敵軍が稲葉山に群がっている。その中で司祭館が白煙、黒煙を上げて燃えていた。教会にも延焼したようで白煙が上がり出した。

「主よ、お許しを……」

そうつぶやくと十字を切って燃える教会に頭を下げ、高床主座に戻って近習(きんじゅ)に南蛮胴を取らせ、軍装を解いてから主座に座った。最早(もはや)ここまでと覚悟を決めた。信長の孫として見苦しい振る舞いはできない。ここで滅ぶのは無念だが仕方がない。家康は自分と秀則を生かしてはおかないはずだと思う。もう織田宗家を残す方法はないとわかる。

「霧之助、余を斬れ！」

「中納言さま、お許しを！」

「ならぬ、余を斬るのは霧之助しかおらぬのだ。ぐずぐずするな！」

霧丸が柄(つか)を握って太刀を抜こうとした。そこに楓が体当たりする。霧丸が高床から転げ落ちた。

「三法師さまッ、武蔵へ逃げてくださいッ！」

「楓、母者を道連れにはできぬ……」

そこに木造長政が池田輝政を連れて現れた。輝政は岐阜城の城主だったことがあり、山の弱点をことごとく知っていて攻め上ってきたのだ。二人が秀信の前に平伏する。

「武蔵守……」

「中納言さま、ここは降伏の上、速やかに山を下りてくださるよう願いあげまする！」

もう部屋の入り口に敵軍があふれていた。木造が平伏して申し訳ないと泣いた。戦いは終わった。戦っていた一蔵と鬼丸が現れる。

「中納言さま！」

「一蔵、恩方に戻れ、正印軒、一蔵を七曲り口まで案内せい……」

斎藤正印軒が秀信に平伏してから立ち上がった。秀信は主座を降りると太刀を輝政に渡し、腰の脇差も鞘（さや）ごと抜いて輝政に渡した。秀信の後ろに秀則が従った。静かな武装解除である。

本丸を出ると大玄関の前に福島正則と浅野幸長が多くの家臣と立っている。

「中納言さま……」

「うむ、左京太夫（さきょうのだいぶ）、北政所さまにお伝え願いたい」

「畏まりました……」

「北政所さまの格別なるご温情、三郎秀信、誠に有り難く感謝申し上げますとな……」

「承知しました」

浅野左京太夫幸長二十五歳の父親は、北政所お寧の義弟だ。

秀信が恥ずかしそうにニッと微笑んで正則にうなずいた。

「中納言さまのお見事な戦いを拝見致しました」

「左衛門大夫、痛み入る。秀頼さまを……」

この後、秀信の生き残った家臣の多くが正則の家臣になった。浅野家、池田家も秀信の家臣を受け入れたという。

城を出た秀信は浅野幸長軍に囲まれて城の南、上加納の浄泉坊に入った。

秀信に従った家臣は正印軒以下六十人ほどいた。霧丸と楓は秀信の傍から離れず警戒している。

その夜、秀信は剃髪し美濃を出て尾張の知多に送られた。従う家臣は四十人ほどに減っていた。秀信は秀則に大阪に向かうように命じた。大阪の秀頼を頼れば助かるだろうと考えたのである。自身は家康から死を命じられると覚悟を決めていた。だが、秀則が生き残れば万一ということがある。その秀信の考えは甘かった。家康は織田宗家の復活を許すことはなく、秀則は命は助かるが剃髪して京に住み宗爾と名乗り、寛永二年（一六二五）十月にその京にて死去、四十五歳と伝わる。家康は織田宗家を残す気はないだろうと思う。秀信はここまで戦ったのだから死が相応しいと考えた。甘い処断はしないのが家康だ。この時、黒田長政や藤堂高虎なども秀信を処刑すべきだと考えていた。ところが岐阜城を陥落させた功労者の福島正則が、「自分の武功と引き換えに岐阜中納言の助命を……」と家康に願い出る。秀信と戦った池田輝政も浅野幸長も処刑に反対。正則に臍を曲げられては困る家康が、秀信に死を命じたが撤回し渋々高野山に追放すると決めた。

家康の死の命令が配流に変わった。

「中納言さま、高野山まで浅野家の軍勢が護衛なさるとのことにございます」

「そうか。左京大夫殿か？」

「高野山にお供する者はそれがしの他に三十名ほどになります。お供の儀、お許しくださいますするよう願い上げまする」

斎藤正印軒が秀信に同行する者たちの名を記した紙を差し出して許しを願い出た。高野山に入る場合、お山は女人禁制のため妻や愛妾、侍女などの入山は認められない。秀信と入山するのは家臣の武士だけになる。その人数があまり多くては困るが、二、三十人の入山なら許されるだろうと思う。

「相わかった。楓は入山できぬな？」

「はい、お山は女人禁制にございまする」

「中納言さま、女人は山麓（さんろく）まで行けますので……」

霧丸が楓を連れて行くと秀信に伝える。楓は霧丸より愛する三法師と別れることなど考えられない。高野山に追放されることが決まった日、鬼丸、佐助、三吉、悪太郎、七里の五人が紀州に走った。いち早く、山麓に忍び小屋を探す。いつでも山に登り秀信を守る手立てを決める。まだ中将信忠の三法師を守れという密命は生きているのだ。

岐阜城で戦った一蔵は配下を失い、生き残った誰一人も無傷の者はいなかった。戦いが終わってすぐ城を出て恩方に向かっている。一行は目立たぬように二、三人にわかれて移動した。そんな中でも鬼丸たちは秀信を守るため傍に残った。

九月十五日、関が原で三成の敗北が決まって十日ほど後、家康から正式な処分を伝える使者が来た。その内容は高野山に入り、修行をするようにとのことであった。その配流決定は家康の本心ではなく、正則、輝政、幸長らの温情だったのである。他に供揃（ともぞろ）えの数の指定や、高野山のどこに入るか、馬で行くか、輿（こし）か、徒歩かなど詳細な指図はなかった。

供揃えを整えた一行は尾張から伊勢に向かう。一行を指揮するのは斎藤正印軒元忠で、供揃えは小姓の森左門、入江左近、家臣団は安達中書、竹内三九郎（たけうちさんくろう）、伊達平右衛門（だてへいえもん）、高橋一徳（たかはしいっとく）

斎、山井采女正など家臣三十余人である。

あちこちで落ち武者狩りが行われていた。高野山に向かう秀信一行は伊勢から鈴鹿を越えて伊賀、大和から紀州に入る。大阪に近付くことははばかられた。十三万石を家康に取り上げられた罪人である。それでも、尾張、伊勢は織田家と縁のある者が多く、津島十五党の大橋家と堀田家から黄金二百枚の寄進があった。大橋家には信長の姉の鞍姫が嫁いでいる。

浅野家は秀信の奪還を恐れ、秀信への目通りを認め寄進も認めた。

浅野左京大夫には北政所から秀信を粗略に扱わぬよう要請が来ていた。家康はそんな北政所と秀信の関係を知っていて、護衛を浅野家に任せたのである。

尾張は織田家の本貫地で先祖代々の縁戚が多い。伊勢にも織田信雄、信孝、信包などのつながりが多い。一方で、信長が伊勢長島の一向一揆の皆殺し、根切りをしたため、恨みを持つ者がいないとも言えず警戒が厳重になった。岐阜中納言織田三郎秀信の名前の威力は凄まじく、入山前に一目なりと目通りしたいと願い出る者が後を絶たなかった。

中には剃髪して坊主の秀信を見て「おいたわしい……」と泣き出す者が出る。秀吉、家康と見てきた尾張や伊勢の人々は、信長の功績がいかに大きいかわかっていた。世の中は変わるものだと教えてくれたのが信長だった。秀信一行は伊勢から伊賀に入り、上野から大和に入り、紀ノ川の上流向副村に入り、九度山麓を高野山の大門を目指した。紀伊の国は南国にして、海からの風が渡ってくる美しい国である。紀ノ川は大河にして高野山から注ぐ水は仏の水にて清浄、魚の跳ねる川面は黄金に輝いて豊饒、弘法大師空海さまに抱かれた地にて邪気はなし。人は皆優しく御仏の弟子なり。山の緑の壁は御仏の功徳なり。やがて秋には錦の壁となるだろう。

先行した鬼丸、佐助、悪太郎、七里は向副村善福寺の裏、紀ノ川の河畔近くの小さな朽ちかけた百姓家を忍び小屋にしていた。秀信一行は先に高野山に使いを出して、家康の命令で入山する通達をする。一行が大門まで行くと二十人ほどの僧侶が待っていた。

「内大臣徳川家康さまのご命令にて、岐阜中納言織田三郎秀信さまが修行のため当山に登ってまいりました。しかるべく、お手配のほど願いまする」

斎藤正印軒が挨拶した。

「丁重なるご挨拶、痛み入りまするが、当山は中納言さまに含むところあり、このままご入山いただくわけにはまいりません。当山の許しが出るまで山麓にてお待ち戴きたい」

「何と、下山せよと申されるか？」

「さよう、中納言さまの入山、まかりならぬとの考えがあり、話し合っている最中とお思いくださるよう……」

「内府さまのご命令ですぞ」

「承知しております。されど当山には当山の寺法というものがございます」

「含むところとは、お聞かせ願いたい！」

斎藤正印軒が食い下がった。

「されば申し聞かせましょう。先年、中納言さまの祖父織田上総介（かずさのすけ）信長さまと当山は干戈（かんか）を交えました。その折、信長さまは高野聖（ひじり）千三百余人を捕え皆殺しにされた。この所業は赦（ゆる）される振る舞いにあらず、その眷属（けんぞく）を易々（やすやす）と当山にお入れしては、お大師さまはじめ亡くなられた聖の皆さまに申し開きができません」

高野聖を殺した信長の眷属と言われては引き下がるしかない。二人の問答を秀信が聞いていた。

「本日は紀ノ川まで下りますが、後日、お山のご意向をお伝えくださるよう……」

「承知致しました」

この日、秀信は高野山に入山できなかった。信長と高野山の関係が秀信に及んだのである。一行は大門から三、四里（約一二〜一六キロ）ほど北に下って、一旦、向副村の善福寺に入った。この時、秀信の世話をしたのが楓と西山（にしやま）家の娘お梅（うめ）だった。お梅は十四歳の美人だった。数日後、西山家に招かれた時、楓は秀信がお梅を気に入ったようだと見て夜の伽（とぎ）にあげた。このお梅が一年後に男子を産むことになる。

秀信になかなか入山の許しが出なかった。動きがとれなくなった秀信は紀伊三十七万石の領主になった浅野幸長に、入山の許しが出ないことを通達して、紀ノ川の河畔で蟄居（ちっきょ）することにしたが、お寧からの命令があったのか浅野家の配慮なのか監視はあまり厳しくなかった。勝手な振る舞いを慎（つつし）みながらも、地元の豪族や有力者から招かれれば、夜に、わずかな供回りだけで秀信は密（ひそ）かに寺を出ることが黙認された。浅野家はまだ入山していない秀信が二十一歳と若く、目立たない夜の出歩きを許した。

そんなある日、地元の豪族で近江源氏の流れをくむ、坂上田村麻呂（さかのうえのたむらまろ）の末裔（まつえい）と名乗る、銭坂（ぜにさか）城主生地新左衛門（おんじしんさえもん）こと坂上新左衛門尉真澄（さかのうえしんさえもんのじょうますみ）に招かれた。

三　真田昌幸（さなだまさゆき）

夜の出歩きを霧丸が厳重に警戒する。

秀信の馬の轡（くつわ）を必ず霧丸が握った。馬の前に斎藤正印軒、馬の後ろには森左門と入江左近が従っている。その後ろに伊達平右衛門と高橋一徳斎がいた。後方に隠れて鬼丸と悪太郎がいる。二重の構えで秀信を守っている。高野山の周辺には秀信の命を狙う者がいるかもしれない。招かれた先の酒肴は左門と左近が必ず毒見した。

霧丸と鬼丸は家康の家臣服部半蔵の配下を警戒。忍びたちの襲撃と毒を警戒していた。

土着の豪族は地に根の生えた有力者が多い。生地家もそんな豪族で、信長と高野山の争いの時は苦しい立場にもがいた。信長側か高野山側か苦悶したが、双方は全面激突寸前で戦いは回避された。そんなことで新左衛門は織田家とわずかだが縁があった。

生地家は紀ノ川の支流丹生川河畔、九度山麓にあった。この宴席に新左衛門の娘町野が出てきた。町野は十六歳で落ち着いた物静かな娘だった。秀信に見られると恥ずかしげに目を伏せて微笑む。その麗しさに秀信は和歌を扇子に認めて町野に渡した。流罪の身の恋歌である。町野はその歌に感動、翌朝、秀信の枕元に返歌が残っていた。

雪乃を失った秀信は町野を継室に迎える決心をし、斎藤正印軒にその話を進めるよう命じた。流人の妻になることは先のない話だ。それでも町野は秀信を好きになって受け入れる。だが、この継室は浅野家には秘された。やがて町野も男子を産むことになる。

秀信は高野山に追放された関白秀次のいた青巌寺への入山を願っていた。だが、十月になっても入山の許しが出ず秀信は九度山麓に留まることになった。あまりもたもたしていると、家康に聞こえてどんな咎めがあるかわからない。兎に角、家康は信長の痕跡を消したいのである。やがて、大権現さまになる家康が大切で、信長や秀吉など存在しなかったに等しくなる。

高野山は女人禁制の山だが、九度山は空海の母の玉依御前が四国から出てきて住んでいたことで、慈尊院は女人高野といわれる。その母に会うために空海は月に九度、四里半（約一八キロ）の道を山から下りてきたという。それが九度山の謂れである。広くは九度山も高野山の一部だった。高野山の支院があった。そんな秀信一行を追って七里の妻陽炎が現れた。女手がなくなったことを心配して一蔵が命じたのである。陽炎は東美濃で百姓をしていた。

十月二十八日まで待たされて、ついに秀信の入山が許される。だが、秀信に対する迫害は信長に対する恨みで、秀信も家臣団も想像していない壮絶なものになった。当初、秀信は尾張の知多で剃髪はしたが出家はしていなかった。入山してすぐそれを咎められた。

高野山は出家しないのはなぜかと問い詰めた。秀信は言い訳をせず高野山側の言いなりに出家をしたがこのように何かにつけて因縁を付ける。山の寺法など知らない秀信は戸惑うことばかりだった。それは家臣団も同じである。秀信は心労から見る見る憔悴して行った。

山の生活で必要な物は七里と陽炎と楓が調達して、鬼丸や力持ちの悪太郎と佐助が山に上げる。山では秀信を守るため三十数人が生活している。山と山麓で力を合わせて秀信を支えていくしかなかった。

そんな時、秀信と同じように高野山に追放になった名将真田昌幸が、三百人近い家臣と山に入ってきた。この一行には真田信繁（のぶしげ）こと幸村（ゆきむら）が妻の利世（りよ）を連れていた。そのため真田親子は高野山蓮華定院（れんげじょういん）に入る予定だったが、女人禁制で許されず九度山麓に留まった。

真田一行は蓮華定院の紹介で九度山麓の善名称院（ぜんみょうしょういん）に入る。紀ノ川の支流丹生川の河畔にあり風光明媚（めいび）な場所だった。秀信の継室町野の生地家とは七、八町（約七六三〜八七二メートル）も離れていなかった。

真田信繁の妻利世は大谷吉継（おおたによしつぐ）の娘で、三成の最大の理解者だった大谷吉継は関が原で小早川秀秋に襲い掛かられ戦死している。そのため利世を引き取る者がなく、昌幸は高野山に連れてきたのである。それを家康と浅野幸長が認めて高野山ではなく九度山に住むことになった。

秀信は青巌寺に入れず、青巌寺の北、女人堂に近い巴陵院（はりょういん）にいた。

年が明けた慶長六年（一六〇一）の寒い日の夜、その巴陵院に真田昌幸が現れる。浅野家や家康に知れたら大問題になる。流人同士が会見するなど許されない。高野山に知られれば聖たちに嫌われている秀信は山から追放になりかねない。

秀信と昌幸は秀吉の大阪城で二度ほど会っている。信繁こと幸村は秀吉の近習だったこともあり、秀信は大阪城に行く度に会っていた。

「中納言さま、少しおやつれになられましたな？」

昌幸が秀信に挨拶もそこそこに気遣った。

「皆、下がれ……」

秀信は正印軒、霧丸、采女正、一徳斎、左門、左近を部屋から出るように命じて、二人だけの密談になった。その頃、巴陵院の裏山弁天岳(べんてんだけ)の嶽弁才天(だけのべんざいてん)の近くに、七里、陽炎、楓の三人が忍び小屋を作って入っていた。鬼丸、佐助、悪太郎は向副村にいる。

「中納言さま、お体には気を付けられて、流人暮らしはそこが胆(きも)でござる」

「安房守(あわのかみ)殿……」

「気弱になられてはなりませんぞ。聖どもが中納言さまを目の敵(かたき)にしているとは聞いております。それは右府さまの時の恨みにて、中納言さまに八つ当たりするなど不埒千万(ふらちせんばん)。されど、たとえ石を投げられようとも流人の身なれば辛抱するしかござらぬな……」

「承知しております」

秀信が昌幸に微笑んだが力がなかった。高野山には蓮華谷聖(れんげだに)、萱堂聖(かやんどう)、千手院聖(せんじゅいん)などと呼ばれる高野聖の集団がいた。

謀反を起こした有岡城の荒木村重の残党を高野山が匿(かくま)ったり、信長に敵対した将軍義昭と通じたり、高野聖に化けて密偵(みってい)活動をしたり、高野山が大和宇陀において信長と領地争いになったことで、天正九年（一五八一）に高野聖千三百八十三人を捕縛し皆殺しにした。高野聖が一揆を起こし織田軍と戦ったのだ。その聖たちの恨みが秀信に向かってきている。

「先年の小田原攻めの折、上杉殿と恩方をお訪ね し信松尼さまとお会いしてまいりました」

「母上さまと……」

「はい、お健やかにお過ごしでございました。姫さまとは甲斐の躑躅が崎にて親しくさせて戴きました。武田家が大変の折にはお役に立てず、姫さまも大層ご苦労なさったとお聞きしましたので……」

「その頃は幼く、それがしを父上さまが摂津に逃がしてくれたそうにございます」

「それはお聞きしております。ところで中納言さま、失礼ながらお幾つになられましたか？」

「この正月で二十二歳にござる」

「おう、お若い、何もかもこれからでござる。まだ家康の天下と決まったわけでもござらぬ。大阪城には秀頼さまがおられる。捲土重来……」

この時、昌幸は家康との決戦を考えていた。関が原は石田三成の戦と考えている。次は自分が家康と戦うと考えていた。その場所は関が原に近い青野ケ原で南北朝のころからの戦場である。だが、この昌幸の作戦は実行されず幸村に引き継がれる。

「何卒(なにとぞ)、ご壮健にて、中納言さまはいざという時は大阪城の御大将でござる」

昌幸が元気のない秀信を励ました。名将真田昌幸は必ず秀頼と家康の戦いがあると信じている。天下の帰趨(きすう)は三成を倒したぐらいで家康のものになることはないのだ。もう一度、本当の決戦の時が来るはずだ。その時は中納言秀信と一緒に高野山から脱出することを考えている。

高野山に流されたぐらいで天下一の謀略家は死ぬことはない。

「巴陵院の向かいの蓮華定院は真田家の菩提所にて時々訪ねてまいります。常は九度山の善名称院に住まいしております。お力になれることもありましょう。そのうち、信繁がお伺い致します」

秀信は信繁が昌幸と一緒にいることは知っていた。その頃、信繁たちは流人の砦とも言える真田庵を作り始めている。

「中納言さま、服部半蔵の配下だけには気を付けられて、くれぐれもご油断のなきよう。あの者たちは必ず、中納言さまの命を取りに来ます」

「このような山にまで？」

「中納言さまはいずれ大阪城の御大将になられるお方です。家康は必ず命を取りに来ます。あの者たちは手段を選ばぬゆえ、万全の備えが大切にございます。高野聖も最下層の僧にて、間者、諜者の真似事をする油断のできぬ者たちにございます」

この時、昌幸は服部半蔵と高野聖の二方向から狙われる秀信を心配していた。

本能寺の折、家康を堺から逃がした服部半蔵は五年前に死に、その子正就が三代目半蔵となり二百余人の伊賀同心を配下に抱えている。一蔵の父甚八も本能寺の変事までは二百の間者を抱えていた。今は鬼丸たち十数人が残っているだけだった。

真田昌幸はいまだに多くの滋野忍者を連れていた。霧隠とか三好清海、由利鎌之助、筧十蔵、根津甚八などの勇士たちはみな健在である。夜半まで秀信と話して蓮華定院に戻って行った。

この年、秀信は憔悴して心配されたが、山の生活になれると徐々に回復した。それでも高野聖の迫害は止む気配がなかった。高野聖は高野山を本拠にしているが、真言宗というより浄土宗に近い教義で、全国を遊行して歩く僧だ。「高野聖に宿貸すな、娘とられて恥かくな」と謡われ、高野聖を泊めると十ケ月後には娘が子を産むなどと言われたが、高野山の信仰を広める働きもして民百姓には慕われていた。そんな高野聖が大勢で巴陵院の前に集まり、大声で信長や秀信をなじったり石を投げたりする。その振る舞いは下品で卑猥だった。追い払うこともできず、秀信と家臣団は巴陵院の中で、罵詈雑言の屈辱に耐えるしかなかった。だが、悪いことばかりではなく、お梅が男子を産み、ひと月ほどして町野も男子を産んだ。秀信はすぐにも下山したいと考えたが囚われの身であり、出家した身では俗世に未練を残すのは禁物だ。それでも秀信は町野とお梅に祝いの文を書いた。

この先、家康に嘆願して赦免されることがあるかもしれない。昌幸が言うように大阪城の秀頼が成長して力を持つことも考えられる。大阪城の御大将を務められるのは、秀頼の身内の中では身分の高い岐阜中納言織田三郎秀信しかいない。信長と信玄の孫、道三の曽孫である。血筋では秀頼などより遥かに上の秀信である。すぐにでも家康より上の身分に行ける唯一の血筋なのだ。

その頃、織田信雄は家康に改易にされ、大阪城下に隠遁、織田信包は丹波に三万六千石を領していた。織田有楽斎長益は家康に味方して大和に三万二千石を与えられている。家康は決して織田一族に大封を与えようとはしない。それほど信長の血筋を恐れていた。中でも家康にとって秀信は実に危険な存在だった。処刑を命じ家康が秀信を殺したいのはわかるが、福島正則のように周囲の大名がそうはさせない。高野山に流されて秀信には忍耐の日々が続いた。信長の威光今もなお健在と言えよう。

四　町野(まちの)

秀信の高野山での生活は困難を極める。一年、二年と経(た)っても迫害は全く止む気配がなかった。そのうち服部半蔵の配下が鬼丸たちに捕捉され、紀ノ川の河原で戦いになったり、同じ半蔵の配下が真田の滋野忍者に見つかり、丹生川に追い詰められて殺されたり、油断のできない緊張が続くようになる。その上、巴陵院では入江左近が高野聖の無礼に耐えかねて、太刀を持ち出して斬りつけ、高野聖を殺し腹を切って果てる事件が起きるなど、秀信は気の休まる日がなかった。弁天岳の七里たちは夜になると女人堂近くまで下りてきて警戒した。

入江左近の事件が高野山内で大問題になった。そんな折、夕餉(ゆうげ)を食した秀信が倒れたのである。高野山に入って四年後の慶長九年（一六〇四）の秋だった。それが毒だと気付いたのは霧丸だった。左近がいなくなり毒見に隙(すき)ができたのだ。そこを敵は逃さなかった。

向副村から悪太郎が呼ばれ、秀信を背負って女人堂前から密(ひそ)かに弁天岳に入った。痩せた秀信があまりにも軽く力持ちの悪太郎は泣き泣き走った。七里、陽炎、楓が秀信の傍を走っている。時々水を飲ませて吐かせ、それを繰り返し四里半の道を走って、明け方近く町野のいる生地家に飛び込んだ。生地家の奥には既に二人の医師が待っていた。町野の父新左衛門が指揮して秀信の手当てが始まる。生地家の周りに鬼丸、佐助、悪太郎、七里が警戒に出た。その頃、霧丸は善名称院の真田庵に飛び込んで、真田昌幸に秀信の危機を知らせ、助けを求めていた。

秀信が危ない。昌幸と信繁が三人の近習を連れて、霧丸の案内で丹生川の河畔を生地家に向かう。まだ辺りは暗く百姓家は眠っていた。医師二人と町野、陽炎、楓の必死の看病が続いていた。痩せた秀信は意識がなく危険な状態になっている。その頃、昌幸の命令で滋野忍者三人が堺に走っていた。堺の医師を連れて来るのである。生地家の奥で秀信を見た昌幸は愕然となった。秀信は意識がなくぐったりとして生気が感じられない。だが、微かに息はしていた。痩せてはいたが若い秀信の肉体は死の影と必死で戦っている。

「御曹司、死んではなりませんぞ！」

昌幸はここで秀信を死なせるわけにはいかない。大阪城に入って家康と戦うのだ。

山では秀信が病になったとの触れ込みで所在が隠された。秀信の身代わりは年恰好の近い左門だ。

秀信は一日、二日と眠り続け三日目に堺から昌幸が呼んだ医師が、昼夜を走り通して到着する。医師は秀信の心音を暫く聞いていたが「助かる……」と微かにつぶやいた。その場にいた昌幸、信繁、町野、霧丸、陽炎、楓の顔が急に明るくなった。町野と楓が両手で顔を覆って泣いた。

「よし、ひと安心じゃな……」

そう言うと昌幸が信繁を残して真田庵に帰って行った。霧丸は秀信を鬼丸たちに任せて山に戻って行った。秀信が無事だと聞いた家臣団は喜びに沸いたが、左近の一件を高野山がどう判断するか心配されるところだ。

案の定、高野山の裁断は山からの追放、秀信は下山せよと厳しいものだった。その上で、秀信が高野山の僧を斬ったと喧伝（けんでん）された。斬ったのは左近でまったくのねつ造された噂（うわさ）が山を駆け下りた。その頃、秀信は生地家の奥で五歳になったわが子と遊んでいた。一命を取り留めたが回復にはまだほど遠かった。秀信は痩せ衰（おとろ）えている。この時、高野山に下山を命じられたことが果たして幸運だったのか。

生地新左衛門は再び秀信が狙われるのを警戒した。瀕死（ひんし）の状態で生地家に運ばれたことを知っているだろう敵に対して、秀信が病臥（びょうが）している風を装うことにする。一方、山にいる正印軒と霧丸たちは、高野山からの追放命令を受けて下山する支度をしていた。秀信は病であると偽装している。既に、年が明け慶長十年（一六〇五）も三月になっていた。追放され夜陰に紛（まぎ）れて山を下りた偽の秀信一行は、向副村の善福寺に入った。数日後、秀信が生地家を出て正印軒たちと合流する。

「中納言さま、油断致しました。申し訳ございませぬ……」

斎藤正印軒が平伏し泣いて謝った。

「気にするな。余は岐阜城を出た時から、明日のない身と覚悟をしておる。むしろ、ここまでよく生きられたと皆に感謝しているのだ……」

秀信の優しい言葉に、方丈にいる一同がうつむいて涙をこぼした。二十六歳になった秀信は命を狙われ、身は衰えていたが、山での苦しくも過酷だった生活の中で、心は大きく成長していた。今こそ、織田信長の嫡孫として、正三位権中納言として相応しい人格を備えた男に成長している。信長というよりその顔立ちは帰蝶に似ていた。

「余が健在であると知れば、また命を狙ってくるだろう。いずれ、大阪と江戸は手切れになる。その時、余が大阪城に入ると困る輩の仕業であろう。それだけ、世の中が混乱しているということだ」

秀信は息を吹き返してからそのことを考え続けてきた。昌幸が言ったことはそういうことなのだと思う。流人だからといって乱世の埒外にいるのではない。まだまだ鳴動する天下の混乱の中にいるのだと秀信は実感した。敵が再び襲ってくることは確実だと思う。

十三歳の秀頼と年も近く、秀頼の血族の中で高位の者は織田信雄と秀信しかいない。既に信雄は四十八歳と高齢で暗愚との評判では、秀信に大名たちの関心が集まるのは当然だった。ましてや、秀信は岐阜城で敗れたとはいえ、家康軍三万五千余にわずか六千五百の寡兵で立ち向かった勇将である。

大青鹿毛に乗って、南蛮鎧に身を包み、黒い大マントに白い大十字架を背負い、信長の最後の雄姿を思わせるその姿は、敵兵の度肝を抜いた。福島正則が思わず「神だ！」と叫んだ神々しさだったのである。大歌舞伎者である信長の血は確実に秀信に流れている。まぎれもなく信長だと誰もがそう思った瞬間だった。勇将と言われ、それに尾鰭が付けば家康も放置できない。

何よりも家康を苛立たせたのは、秀信と昌幸を高野山に同時に追放した失敗だった。浅野家が厳重に見張っているとはいえ、広大な山の中のことである、夜もあれば雪の日も嵐の日もある。危険な二人が密会することは容易に考えられた。

家康が最も嫌う男の孫と、家康軍を二度までも破った見たくもない謀略の男が、同じ山の中にいて密会しているかと思うと、家康は気持ちが悪くなるほど苛ついた。秀信と昌幸に大阪城に入られる愚だけは阻止したい。家康は鋭い勘で、秀信と昌幸の危険性を感じ取っている。事実、この後、家康にとって危険な二人は大阪城の戦いに出られなかった。

二人に代わって家康と対決したのが信繁こと真田幸村である。家康の命を取る寸前のところまで幸村は家康を追い詰める。家康の馬印は二度までも倒され、家康は二度も切腹を覚悟するが、天佑は幸村になく、泰平の世を望んだ天は家康を愛したのである。家康は絶体絶命の大阪の戦いの藪の中から立ち上がってくる。この男の執念もまた凄まじいものがあった。秀信と昌幸の密会を半蔵の配下が摑んでいる。その上で秀信の暗殺を実行した。だが毒殺は今一歩のところで失敗だった。秀信の傍に間者は霧丸一人である。一方の昌幸には海野、禰津、望月と言う滋野三家の滋野忍者が数十人付いている。半蔵の配下といえども近付くのはほぼ不可能だった。既に、半蔵の配下は二人が滋野忍者に狩られていた。

「中納言さま、お毒見はこの町野が致しまする」

いつも静かで目立たない町野が秀信の毒見役に名乗り出た。狙われれば確実に命を落とす。家臣団が仰天した。

「姫さま、そのお役目は左門が務めまする」

「左門殿、一人より二人の方が良いのではありませんか？」

町野は譲らない。愛する秀信のためなら死ぬつもりでいる。温く育ったようで紀州女は芯が強い。時には強情になるのだ。

「左門、敵が同じ手で余を狙うとは考えられぬ。ここは町野の気持ちを汲んでやれ……」

「はッ！」

「町野、万一、毒で狙われたら命がないのだぞ……」

「はい、覚悟はできておりまする」

傍にいた新左衛門が娘を見て、こんな強さがどこにあったのだと驚きの顔をした。町野は中納言暗殺は次も必ず毒だと考えている。聡明な町野は愛する秀信のため、それをなんとしても防ごうと考えていた。

紀州浅野家は秀信、昌幸、信繁の出歩きは五町（約五四五メートル）以内と制限している。その外に出ると浅野家の家臣が近づいてくる。流人の行動は厳重に監視されていた。ほとんど出歩けないとなれば狙われるのは外ではない。五町といえば紀ノ川に出るのもギリギリである。寺の周囲を歩くだけだ。だが、策士の昌幸は巧みに影武者を使ったり、変装したり、大胆にも滋野忍者に守られ大阪まで出て行ったりする。何者をも恐れない豪胆な武将で、家康が恐れるのもわかる振る舞いが多かった。

善名称院の真田庵は周囲に家臣団が住み要塞化されていた。各所にある長屋は砦になっていて、真田庵から家臣団の長屋まで地下穴でつながっている。神出鬼没、昌幸と信繁はどこに現れるかわからなかった。丹生川の河畔にある長屋からは半町（約五五メートル）ほどで川に出られる。丹生川を下り紀ノ川に出て海に向かい、海から大阪城に入ることができる。九度山から出て昌幸の逃亡先は大阪城だ。後年、秘密裏に大阪城に入るためこの道を幸村が使うことになる。その善名称院の真田庵と秀信がいる善福寺は半里（約二キロ）と離れていない。その中間に町野の生地家がある。

夜に、秀信、町野、正印軒、新左衛門、一徳斎、采女正、霧丸、左門が方丈に集まって話し合いがもたれた。小さな善福寺では半蔵の配下五、六人に襲撃されたら危険だ。立ち向かうのは鬼丸、七里、佐助、悪太郎、霧丸、それに陽炎と楓である。正印軒以下の家臣団は半蔵の配下と戦えるほどの力はない。どう考えても寺では護りにくかった。

防御を考えれば豪族の生地新左衛門の屋敷の方が、城と呼ばれているほどだから護り易い。それに新左衛門の屈強な家臣たちもいる。何よりも真田庵に近いのが心強い。真田庵と生地家は七、八町も離れていない。秀信が真田庵に匿われれば安全だが、浅野家に知られ家康に知られれば、謀反の企みがあるという理由で切腹、逆らえば浅野家の大軍に真田庵まで踏み潰される。

大阪城に逃げ込むこともできるが、十三歳と幼い秀頼の命を家康に差し出すようなもので危険だ。秀信が真田庵に逃げ込むことはできない。ここはなんとしても霧丸たちが秀信を守り抜くしかなかった。

「生地家であれば真田庵に近く、敵も容易に手は出せなくなりまする」

正印軒は秀信が生地家に移ることに同意だ。

「真田さまにご迷惑をおかけすることにはなるまいか？」

一徳斎は生地家に移ることには同意だが、真田庵にあまりにも近く浅野家から故障の入る恐れがあると考えている。

「真田さまに問い合わせることはできまいか？」

「いや、真田さまのことだ、否やは言うまい。そこが危ない……」

「では、浅野家に願い出てはどうか？」

「浅野家は半蔵に筒抜けであろう。半蔵が許すはずがないな……」

秀信が善福寺から生地家に移る方法が見つからない。だが、このまま秀信が善福寺にいることは暗殺してくれと言っているようなものだ。

「いずれにしても、ここにいてはまずい。移るのは早い方が良い……」

采女正は秀信が毒を食わされたことで焦っていた。何が起きてもおかしくない状況にあるのだ。夜に川を下って紀ノ川から一気に襲撃されれば寺では防ぎようがない。

黙って皆の話を聞いていた左門が面白い話を披露した。

「正印軒さま、左門の考えを聞いていただけまするか？」

「おう、中納言さまのためになる話なら何でも聞くぞ……」

「有り難い。それがしの策を申し上げる」

左門は軍師気取りだ。それだけ自信があった。

「散々、われらを迫害したお山を利用する策です」

「高野山をか？」

「はい、お話を聞いていたのですが、浅野家は危険、真田さまにご迷惑はかけられない。ならば、両者が納得し家康殿が口出しできぬ方法を取ればよい……」

「左門よ、そんな都合のよい話があるか？」

一徳斎が疑り深く左門を睨んだ。誰もが信じられない話だ。

「それがあります。まず、高野山に中納言さまが重いご病気にて寺を出たい。どこか近くの湯で養生したいと願い出ます」

「そんな許しが出るまいよ……」

一徳斎がブスッと言った。

「そうです。そこが狙い目です。数日後、新左衛門さまが中納言さまは余命も長くないようなので、村の総意で引き取りたいと申し出るのです」

「おう、左門、出かしたぞ！」

正印軒が扇子で膝を叩いた。生地新左衛門は高野山の信徒だから、反対はしないと思うというのが左門の狙い目なのだ。余命がいくばくもないとなればいくら高野山でも駄目だとは言えまい。

「そうか、中納言さまを山から追放したが、この寺にいればまだ高野山には責任がある。病気療養のため村が引き取ると言えば追放の名目は立つ！」

「そうです。中納言さまの身柄は村のものとなり高野山の責任もなくなります。高野山に浅野家が故障を言ってもおそらく病だから村の言い分を許したと受け付けない。お山の寺法とやらもある……」

「左門、お主、いつから軍師になった！」

正印軒が大喜びで左門の考えを受け入れた。

「新左衛門殿、いかがでござろう。中納言さまのためでござるが……」

「うむ、承知しました。村もこの新左衛門もお山第一で生きております。方便をお大師さまもお許し下さるはず、それがしが村長とお山にまいりましょう。南無大師遍照金剛、南無大師……」

五　別れの日

生地新左衛門と村長の願いを高野山は二つ返事で承知した。高野山と九度山一帯や紀ノ川沿いの豊饒な土地は高野山の領地である。お大師さまに守られ人々はみな正直で清浄であった。

「高野山の村人は慈悲深いのう……」

正印軒は大いに感動する。

「お言葉、痛み入りまする」

新左衛門たち豪族は高野山に何かあれば、お山のために戦う武家集団である。高野山にとっては大切な兵力だ。よほど都合が悪くない限り高野山は村人の願いに拒否はしない。新左衛門のような豪族に組まれて離反されたら、お山にとっては一大事である。問題の秀信を引き取ってくれれば、左門が考えたように責任を逃れられるし、厄介払いができる。寺の中で何かあれば浅野家に対する申し開きが面倒なことになりかねない。それを村が引き受けると言うなら好都合ではないか。高野山は大きな力を持っているが、浅野家や徳川家康と悶着は起こしたくない。お山の決定に故障を言い立てても、反論されて浅野家は恥をかくだけである。事実、この秀信の病気療養の申し出に浅野家は何も言わなかった。紀ノ川一帯の豪族は高野山を背景に大きな力を持っている。

三十七万石の大名でも迂闊に手出しはできない。紀ノ川沿いでは高野山は浅野家より力を持っていた。左門の策が見事に的中する。このことはすぐ真田庵に知らされて、秀信と昌幸は指呼の間に住むことになった。秀信は五月八日の夜に輿に乗って善福寺を出て生地家に入った。

その夜半、信繁が丹生川の河畔を遡って密かに生地家に入った。秀信と信繁は巴陵院で数度会っている。この時、信繁は三十九歳で真田家の頼もしい武将になっていた。

「中納言さま、この度はなかなかの策にて、浅野家も慌てておりましょう」

「いや、策などではございません。苦し紛れのことにて、なんともお恥ずかしい限りです」

左門が眠そうな目で座っている。この秀信の動きはその日のうちに浅野幸長に報告され、翌日には早馬で大阪城にいる家康に知らされた。家康は秀信を気にしていて考え込むと爪を噛む癖がある。

「正信、半蔵にしくじるなと言え……」

家康から秀信を殺す命令が出ていて、家康は秀信が生きていることが気に入らなかった。というのは家康の後継者である秀忠が秀信とは同じような年恰好なのだ。織田宗家の嫡孫がどうしても気に入らない。傍流や庶流ならさほど気にしないが、信長の直系の存在は気に入らないのだ。家康は大阪城と秀頼を潰すことだけで手いっぱいである。ところがその大阪城に戦いを仕掛ける策がなかなか見つからない。秀吉恩顧の大名はみな健在である。六十四歳になり家康は豊臣家を潰すことに集中していた。同時に徳川政権の土台を盤石にしなければならなかった。家康にとって織田家や豊臣家は余計な存在なのだ。

家康自身いつ死んでも不思議のない歳になっている。その家康は最大の敵である自分の寿命との戦いになっていた。人間は死が目前まで来ても信じられない。家康は焦る気持ちと不死身だと思いたい気持ちが闘っている。

家康は戦うのは関が原で終わりにしたかった。その関が原の戦い後、豊臣家の石高は二百二十万石から六十五万石に転落している。秀頼が大阪城を出てくれればグイッと首を絞められるのだが、なかなか家康の思惑通りにはいかない。茶々姫は大阪城から出ると秀頼が殺されると信じていて、どんな条件でも城から出ようとはしなかった。秀信は高野山に閉じ込めておいて、いずれその命を取ればよい。家康は少々戦いに疲れていた。小太りの六十四歳はいつも体が重く、気力も萎えるがそれをなじる役目が本多正信で「殿もそろそろ寿命ですかな」と辛辣な物言いをする。

「黙れ、まだ死ねぬわい！」

家康が言い張ると、正信はニヤリと笑って「若い女子でも呼びますか？」とからかう。

「ふん、今夜、三人ほど揃えておけ！」

二人は互いに強情に言い張って楽しんでいる。体に脂がつくと鷹狩りに行くのが家康の癖だった。人は四十をすぎると動きが鈍くなって脂がつきやすくなる。

逆に大阪城の秀頼はまだ十三歳で伸び盛りだが、その体格は異常に大きく家康より背が高かった。傍にいる者たちは本当に小柄な秀吉のお胤から、なぜ、こんな大柄な子ができるのだと疑っている。だが、大柄な女が産んだ子は大きいともいう。それにしても秀吉は猿顔の小男だったのだから。

関が原の戦い後の大阪城はいつも不安に包まれていた。そんな時、あまりにも突然に中納言秀信の運命の日が来た。

慶長十年五月二十七日早朝、秀信は久々の晴れ間に、朝餉の前に子どもと庭に下りた。生地家の庭からは紀ノ川の美しい流れが見える。川面が朝日をキラキラと跳ね返していた。秀信は子どもの手を引いて、美しい川を見せようと庭先に歩いて行った。

「パーンッ！」

乾いた銃声が山々に木霊し、秀信が尻もちをつき仰向けに倒れる。

「父上……」

「中納言さまッ！」

縁側にいた町野が庭に飛び出した。町野の叫びを聞いた楓も庭に飛び出す。

「三法師さまッ！」

町野と楓が秀信を抱き起こし縁側に運ぼうとした。

「か、楓、あれを世に出してはならぬ……、よ、世に出せば……」

ガクッと秀信の命が消えた。町野の手をしっかり握っていた。

「中納言さまッ！」

霧丸が庭に飛び出した時には既に秀信は息をしていなかった。

「くそッ、楓ッ、三法師さまをお一人では逝かせられぬッ！」

霧丸は庭の隅に走って脇差を抜くといきなり腹を切った。続いて駆けつけた左門と采女正が腹を切った。

「霧丸ッ！」

楓が叫んだ。肩で大きく息をした霧丸が楓を見る。

「ひ、ひめさまとおかしらに……、おんがたへいけ……」

「霧丸ッ！」

その頃、真田昌幸と信繁が家臣十人ばかりと生地家に走っていた。昌幸は朝の小便に立って厠で遠くの銃声を聞いた。すぐ秀信のいる生地家だとわかった。配下の忍びに敵を追えと命じて外に飛び出す。生地家の警備をしていた鬼丸と悪太郎が逃げる敵を追っていった。

秀信の遺体と霧丸、左門、采女正の四人は奥の広間に運ばれる。そこに昌幸が飛び込んできた。

「中納言さまかッ？」

正印軒が力なく昌幸に頷いた。

「おのれ家康ッ、手段を選ばぬ外道めが！」

「父上、弾丸は中納言さまの胸に命中しております。相当な手練れと思われます」

信繁は秀信が至近距離から一発で仕留められたと思う。間違いなく伊賀者の鉄砲使いの腕だとわかる。

「うむ、正印軒、余の家臣が敵を追っている。逃がさぬ！」

そう言うと昌幸が座を立って部屋を出た。その後を正印軒が追った。

「正印軒、浅野家と高野山には病死と伝えろ。織田家の名誉を守らねばならぬ。家康如きに暗殺されたとなれば笑い者になる。織田家は乱世一、名誉のあるお家柄、信長さまと信忠さまに続いて秀信さままで三代続けて暗殺では後世に語り継げぬからな……」

「はい……」

その頃、鬼丸と悪太郎、真田の家臣三人が半蔵の配下二人を、紀ノ川の河原に追い詰めていた。一人はまだ鉄砲を担いでいる。敵はその鉄砲を鬼丸に投げ付けると川に入って行った。そこに上流から三人を乗せた舟が流れて来て、川に入ろうとしている鬼丸たちに矢が飛んできた。

「おのれッ！」

真田の家臣たちが下って行く舟を川下に追って行った。その後を鬼丸と悪太郎が追う。敵の舟が流れて行く川下の丹生川の河口に、川舟が二艘現れて敵の流れて行く先を塞いだ。

「乗れッ！」

川舟を見つけた真田の家臣が鬼丸を呼んだ。鬼丸と悪太郎が舟に走った。

「早くしろッ！」

敵の舟が対岸に逃げようとしている。鬼丸が飛び乗ると舟が岸を離れた。それに悪太郎が追いついて飛び乗った。

「忝い、敵が対岸に逃げる！」

「わかっている。奴らを易々とは逃がさぬ……」

敵の舟を上流と下流から挟み撃ちにする。敵の舟には五人の覆面の男が乗っていた。追うのは上流から鬼丸たち五人、下流の舟に三人、もう一艘に五人の真田の家臣や忍びが乗っている。下流の三人が敵より早く対岸の河原に飛び降りた。

その三人が敵の逃げ道を塞ぐため敵の舟の着きそうな河原を走った。三方から囲まれてはさすがの忍びも逃げられない。敵が舟の向きを変えようとしたところに、鬼丸たちの舟がぶつかって行った。舟に立っていた敵の男が川に転がり落ちる。その男は川の浅瀬に立ち上がると濡れ鼠（ねずみ）のまま河原に走ってきて三人と戦いになった。鬼丸が敵の舟に飛び乗って戦いになる。顔を黒布で覆った薄気味悪い敵だ。眼がキョロキョロと逃げ道を探している。奇声をあげて川下から五人が走ってきた。鬼丸と悪太郎が逃げる一人を追う。鬼丸が追いついて背中に斬りつけた。獣のような叫び声で倒れると、鬼丸が馬乗りになって首に太刀を叩きつけて殺した。

「鬼丸ッ！　後ろだッ！」

悪太郎が叫ぶと鬼丸が河原に転がって逃げた。そこに真田の家臣が飛び込んできた。川下の河原では三人の敵を囲んで真田の家臣が戦っている。悪太郎が転がった鬼丸の腕を引いて立ち上がらせると、戦っていた敵が逃げ出した。その背中に悪太郎が太刀を投げ付けた。力持ちの悪太郎の太刀が唸（うな）りを生じて飛んで行って肩に当たってガシャと河原に落ちた。敵がよろけているのを真田の家臣が背後から斬り捨てる。敵にとどめを刺しているのを棄てて鬼丸と悪太郎が川下に走った。

十二人に包囲された敵はあちこち傷付いて血みどろだ。腕を斬られ骨が見えている。それでも戦いを止めない。だが、加勢もなく逃げられないと覚悟した半蔵配下の三人が次々と河原で腹を切った。

忍び同士の紀の川河原の戦いは終わった。

息絶えた三法師の傍で楓はその手をさすりながら、守り切れなかったと泣いた。その楓には中納言の最後の言葉が聞こえている。

「あれを世に出してはならぬ……」とそう言ったのだ。あれとはまぎれもなく楓の胸に吊るされている革袋の中の十字架である。「世に出してはならぬ」という言葉は中納言の遺言となった。

終章

一　レッドクロス

秀信の最後の言葉を聞いたのは町野と楓だけだ。

「楓、あれを世に出してはならぬ、世に出せば……」そう言って中納言は死んだ。

楓にはその意味がわかったが、町野には何のことかまったくわからない。だが、町野は秀信が楓に残した謎の遺言の意味を聞かなかったし、秀信の不思議な最後の言葉を心に秘めて誰にも言わなかった。

明らかに楓を名指しした遺言だった。楓は霧丸の遺体にすがりついて泣いた。紅玉（ルビー）の十字架の秘密を二人で守ってきた。その霧丸が三法師と逝（い）ってしまった。三歳の三法師を護（まも）れと甚八から命じられて二十三年、霧丸と楓は片時も傍（そば）から離れず護ってきた。

だが、護り切れなかった。中将信忠が三法師のためにと、二条御所の戦いの最中に楓に渡したザビエルの十字架、レッドクロスだけが残ってしまった。この時、ルイス・フロイスは亡くなっていたが、オルガンティノはまだ京にいた。秀信の遺言は十字架を世に出すなということだった。世に出せば……、と言って亡くなった。楓は京に出てオルガンティノ神父を探し、隠していたことを謝って返すことも考えた。だが、霧丸の遺言は「恩方へ行け」である。十字架のことを霧丸は言わなかった。

「恩方には松姫さまがおられる。霧丸の遺言だ。恩方に行こう……」

六月の半ばに鬼丸が悪太郎と二人で大阪に向かった。こうなったら家康の命を取らない限りおさまりがつかない。だが、その家康が大阪にいようが伏見にいようが、駿府や江戸にいようが易々（やすやす）と命を取れる相手ではないとわかる。

「七里、大阪に出て、家康の命を狙う。秋には一旦お頭のところに戻ると伝えてくれ……」

「承知、だが、無理をするな。命を狙う時は必ず来る。お前は半蔵の配下に顔を見られているはずだ。死ぬなよ！」

「うむ、大阪の秀則さまにも知らせねば……」

「秀頼さまには真田さまが知らせてくださるそうだ」

「わかった。恩方で会おう」

中納言織田秀信の遺体は高野山五之室谷に葬られ、鬼丸と悪太郎がその高野山を去ると、七里、佐助、陽炎、楓の四人も山を出て武蔵恩方を目指した。最後まで善福寺に残った正印軒と一徳斎、安達中書たち数人が秀信の墓の前で腹を斬った。秀信は享年二十六。世間には中納言の自害と伝えられた。

「七里、安土城を見て行きたいが？」

楓は二度と安土城を見られない気がした。誰もいない城跡が荒れ果てていることは予想できた。

「わかった。恩方に戻れば二度と出てくることはないだろう。大阪、京、坂本、安土、岐阜、岩村、高遠と三法師さまのおられたところを見て行こう。それでいいな？」

「うん……」

四人は鬼丸の後を追うように道を変えて大阪に向かう。

三法師が伊那谷高遠から移された摂津山下城は廃城になっていた。鈴姫は雪乃と一緒に大阪から逃げる途中で死んだ。京ではオルガンティノを探したがいなかった。この頃、信長の妻帰蝶は京の山に隠棲し、七十一歳でまだ健在だった。その住まいは七里が知っていた。だが、迷惑になると考え遠慮して立ち寄らなかった。湖西の坂本城も既に廃城になっている。

安土城も廃城になって久しく、安土山は摠見寺の一部を残して、草と灌木に覆われた山に変貌していた。豪壮華麗な天主が琵琶湖に姿を映していたとは思えない。

四人は山に登ってみたが、道すらわからない荒れ放題の山になっていた。焼け落ちた天主の跡すら定かではない。二十三年の歳月は無人になれば何もかも変えてしまう。

古の琵琶法師は語る。祇園精舎の鐘の聲　諸行無常の響きあり　娑羅双樹の花の色　盛者必衰の理をあらわす　驕れる人も久しからず　唯春の夜の夢の如し　猛き者もついには

滅びぬ　偏に風の前の塵に同じ　と。

岐阜城も廃城になっていた。信長、信忠、秀信と織田家三代の栄華の跡はなかった。信長の大御殿も秀信の教会もすべて姿を消している。楓は山下城で坂本城で、安土城で岐阜城で、涙が足りないほど泣いた。幼く可愛かった三法師が健気にも、自分の人生と向き合って戦った城々である。

「楓、こんな廃城を見て辛くないか？」

陽炎が泣いている楓を心配した。

「辛いよ、でもここには三法師さまと霧丸がいる……」

「うむ、楓と霧丸は三法師さまと色々な城を巡ったから……」

「三法師さまのように多くの城で苦労された方はいないはずだ……」

一行は岩村城下から伊那谷の高遠城下に向かった。三法師が生まれた信虎屋敷もなくなっていた。四人は諏訪に出て甲斐に入り、陣馬街道の案下峠を越えて恩方に入った。八王子の御所水に信松尼は庵を結んだが、武田信玄の猿楽師だった大久保長安が、稀な金山開発の才能を生かして、成瀬正一の助けで家康に仕え、今や徳川家の関東百五十万石の代官として任されている。

それればかりでなく、佐渡金山や生野銀山、石見銀山の奉行、大和代官、八王子の実高九万石の領主など、徳川家一の絶大な力を持っていた。後に幕府の老中になり天下の総代官と呼ばれる。その大久保長安が信玄の恩義を忘れず、八王子千人同心の面倒を見たり、松姫こと信松尼に信松院を寄進したり、なにかと松姫の力になっていた。七里一行は一蔵のいる本陣と呼ばれる百姓家に入った。

「お頭（かしら）ッ！」

「おう、七里！」

一蔵は土間に立った四人を見て何が起きたか悟（さと）った。

「中納言さまかッ？」

「お亡くなりに……」

「何ッ！」

一蔵が握っていた火箸（ひばし）をグサッと灰に刺した。

「あがれ。兎（と）に角（かく）、話を聞こう！」

四人を炉辺（ろばた）に上げて話を聞いた。七里が五月二十七日の出来事をすべて話した。七里は目に涙をためて話しながら悔（くや）しさが滲（にじ）み出ている。楓は哀れなほど萎（しお）れて泣いている。

「家康め、信長さまの恩を忘れた振る舞いを……」

一蔵は複雑な気持ちだった。信松尼の姉見性院（けんしょういん）は江戸城にいる。その縁で信松尼は江戸城から寄進を受けたこともあるのだ。武田家の下級武士が千人同心として八王子で徳川家の世話になっている。他にも多くの武田家の家臣が徳川家に仕えていた。中将信忠の正室である松姫の立場は織田家と徳川家の間に挟まって微妙なのだ。

「楓、御所水に行く、姫さまにお会いする。ついてまいれ……」

本陣の前の道を少し上ると信松庵がある。そこで信松尼は蚕を育て、機を織って暮らしていた。御所水は清らかな水の流れと仏のいる清浄なところである。信松院は逆に坂の下にあった。尼僧たちはその坂を行き来している。一蔵と楓が本陣を出て御所水に向かうと、坂の上から手桶を下げた信松尼が如春尼と降りてきた。楓は一瞬観音さまだと思った。白い衣に身を包み、摘んだ野の花が手桶に入っている。その佇まいはまさしく観音さまだった。松姫はもう四十五歳になっていた。一蔵と楓が道に座して平伏した。

「一蔵殿、急ぎのお話ですか？」

「はッ！」

「そなたは、楓ですね？」

「はい……」

二十三年ぶりの対面である。

「長い間ご苦労さまでした。三法師が亡くなったのですか？」

「姫さまッ、一蔵の力及ばず、申し訳ございませんッ！」

一蔵が涙をこらえてそう謝罪する。楓は両手で顔を覆って泣いた。

「楓、泣くのはお止め、先日、三法師が会いに来てくれましたよ……」

「姫さま……」

「本当に長い間、ありがとう。辛いことばかりだったでしょう」

信松尼がニッコリ笑った。優しい笑顔に楓がまた泣いた。

「霧丸が一緒に逝ったのですか？」

「はい……」

「三法師は苦しみましたか？」

「いいえ……」

「そうですか。一蔵殿、下の寺でお話をお聞きしましょう……」

そう言うとゆっくり足元に気を付けて坂を下りて行った。その夜遅く、楓が一人、信松院に呼ばれた。楓が急いで行くと方丈にポツンと信松尼一人が座っていた。

「楓、何か話があるのではありませんか？」

信松尼は楓の顔にある屈託を見抜いたのである。

「姫さま、本能寺の折、三法師さまは姫さまをお待ちして、中将さまと妙覚寺におられました。戦いが始まって親王さまが二条御所にご動座されることになり、そのわずかな間に、中将さまに霧丸と軒下（のきした）へ呼ばれ、三法師さまのために持って行きなさいと革袋を渡されました」

そう言って楓が信松尼の前に黒くなった革袋を差し出した。

「中は見ておりませんが、中将さまは紅玉（ルビー）の十字架が入っていると仰（おお）せでした。その十字架はザビエルの十字架というそうです」

「ザビエルの十字架？」

「はい、その十字架は黄金に紅玉が付いているそうです。その十字架の裏には信長さまが安土山に埋められた黄金のありかが記してあると……」

「信長さまの黄金？」

「はい、ですが三法師さまが高野山でお亡くなりの時、あれを世に出してはならぬ。世に出せば……、と仰せになりお亡くなりです」

秀信を思い出して楓がぽろぽろと涙を流した。

「三法師が世に出してはならぬと遺言されたのであれば、そうしましょう」

信松尼は三法師が世に出せば争いが起きると言いたかったのだと考えた。このような謂（いわ）れのものが人を不幸にするのだろうと信松尼は思う。

「楓、この黒い革袋をその厨子の中に入れておきます。この黄金の厨子はわらわが生まれた時、父上さまから戴いた不動明王さまです。この厨子に触る者はおりません。ここに封印してしまいましょう。三法師の遺言ですから……」

二人は革袋の中を見ず、信玄の不動明王の厨子の中に封印してしまった。

この日から信長の秘宝は黄金のレッドクロスに在り処を刻まれたまま、松姫を守る念持仏の信玄の不動明王に守られて、八王子の金龍山信松院の宝物として人知れずこの世から姿を消したのである。後年、平成の御代になって安土城の蛇石の調査が行われたが、蛇石に乗った信長の霊鷲山は姿を現さなかった。

切りとり線

あなたにお願い

この本をお読みになって、どんな感想をお持ちでしょうか。次ページの「100字書評」を編集部までいただけたらありがたく存じます。個人名を識別できない形で処理したうえで、今後の企画の参考にさせていただくほか、作者に提供することがあります。

あなたの「100字書評」は新聞・雑誌などを通じて紹介させていただくことがあります。採用の場合は、特製図書カードを差し上げます。

次ページの原稿用紙（コピーしたものでもかまいません）に書評をお書きのうえ、このページを切り取り、左記へお送りください。祥伝社ホームページからも、書き込めます。

〒一〇一―八七〇一　東京都千代田区神田神保町三―三
祥伝社　文芸出版部　文芸編集　編集長　坂口芳和
電話〇三（三二六五）二〇八〇　www.shodensha.co.jp/bookreview/

◎本書の購買動機（新聞、雑誌名を記入するか、○をつけてください）

＿＿＿新聞・誌の広告を見て	＿＿＿新聞・誌の書評を見て	好きな作家だから	カバーに惹かれて	タイトルに惹かれて	知人のすすめで

◎最近、印象に残った作品や作家をお書きください

◎その他この本についてご意見がありましたらお書きください

100字書評

信長の秘宝　レッドクロス

住所

なまえ

年齢

職業

岩室　忍（いわむろ　しのぶ）
戦国時代の常識を覆した大長編、『信長の軍師（立志編、風雲編、怒濤編、大悟編）』がロングセラーに。その後、朝廷側から見た信長を描く『本能寺前夜』、さらに『天狼 明智光秀』『家康の黄金』を次々に上梓、従来の織田信長像に風穴を開け、読者の熱狂的支持を得る。また、戦国の臭いが燻る草創期の江戸の治安を家康に託された、初代北町奉行米津勘兵衛と配下の活躍を描く「初代北町奉行　米津勘兵衛」シリーズも大好評である。主な著書に『擾乱、鎌倉の風』（上下）他。

信長の秘宝レッドクロス

令和五年四月二十日　初版第一刷発行

著者　岩室　忍
発行者　辻　浩明
発行所　祥伝社
〒一〇一－八七〇一
東京都千代田区神田神保町三－三
電話　〇三－三二六五－二〇八一（販売）
〇三－三二六五－二〇八〇（編集）
〇三－三二六五－三六二二（業務）

印刷　堀内印刷
製本　ナショナル製本

Printed in Japan. © Shinobu Iwamuro, 2023
ISBN978-4-396-63643-2 C0093
祥伝社のホームページ　www.shodensha.co.jp/

本書の無断複写は著作権法上での例外を除き禁じられています。また、代行業者など購入者以外の第三者による電子データ化及び電子書籍化は、たとえ個人や家庭内での利用でも著作権法違反です。
造本には十分注意しておりますが、万一、落丁・乱丁などの不良品がありましたら、「業務部」あてにお送り下さい。送料小社負担にてお取り替えいたします。ただし、古書店で購入されたものについてはお取り替え出来ません。

祥伝社

祥伝社文庫

誰が信長をつくったのか!?
かつてない大胆な視点と斬新な着想で描く、
大歴史小説の傑作!

信長の軍師

岩室忍

巻の一　立志編
巻の二　風雲編
巻の三　怒濤編
巻の四　大悟編

祥伝社

祥伝社文庫

戦国時代の見方が変わる衝撃の問題作

信長の軍師外伝
天狼　明智光秀（上・下）

同床異夢のふたりを分けた天の采配とは!?
明智光秀の激動の生涯。

家康の黄金

家康に九千万両を抱かせた男、大久保長安。
幕府の土台を築いた男の数奇な運命！

本能寺前夜（上・下）

公家から見た本能寺の変の真相は!?
朝廷の願う天下泰平とは何だったのか。

岩室　忍

祥伝社

祥伝社文庫

徳川幕府開府直後、家康から直々に
初代北町奉行を命じられた男
〝鬼の勘兵衛〟の衝撃の捕物帳！

初代北町奉行　米津勘兵衛

岩室　忍

①弦月の帥　②満月の奏　③峰月の碑　④雨月の怪
⑤臥月の竜　⑥荒月の盃　⑦城月の雁　⑧風月の記（以下続刊）

祥伝社

祥伝社文庫

坂東武者にとって鎌倉殿とは何者だったのか。
混沌の鎌倉政権を描く歴史大河小説!

擾乱(じょうらん)、鎌倉の風(上・下)

岩室 忍

源頼朝による武家政権の確立は、
関東の御家人に何をもたらしたのか?

祥伝社

四六判文芸書

西欧文明を最大限に活用した織田信長と、
日本の新たな歩みを描いた歴史時代小説誕生！

信長、鉄砲で君臨する

門井慶喜

武士には蔑（さげす）まれながらも着実に戦果をあげる
ヨーロッパの武器は、乱世の覇者に
何を考えさせ、いかに行動させたのか!?